本书作者（右）采访“杂交水稻之父”袁隆平先生

长篇报告文学

鲁迅文学奖获奖作品

根道

任林举◎著

时代文艺出版社

图书在版编目（CIP）数据

粮道 / 任林举著．—长春：时代文艺出版社，2017.1

ISBN 978-7-5387-5285-4

Ⅰ．①粮… Ⅱ．①任… Ⅲ．①纪实文学－中国－当代 Ⅳ．①I25

中国版本图书馆CIP数据核字（2016）第222896号

出 品 人　陈　琛
产品总监　郭力家
责任编辑　李贺来
　　　　　冀　洋
装帧设计　孙　利
排版制作　隋淑凤

粮　道

任林举 著

出版发行 / 时代文艺出版社
地址 / 长春市泰来街1825号　时代文艺出版社　邮编 / 130011
总编办 / 0431-86012927　发行部 / 0431-86012957　北京开发部 / 010-63108163
官方微博 / weibo.com / tlapress　天猫旗舰店 / sdwycbsgf.tmall.com
印刷 / 三河市万龙印装有限公司
开本 / 710mm × 1000mm　1 / 16　字数 / 212千字　印张 / 18
版次 / 2017年1月第1版　印次 / 2017年1月第1次印刷　定价 / 40.00元

图书如有印装错误　请寄回印厂调换

故务民于农桑，薄赋敛，广畜积，以实仓廪，备水旱，故民可得而有也。

（西汉·晁错《论贵粟疏》，摘自《汉书·食货志》）

——题记

目录 CONTENTS

目录

CONTENTS

第一章　上善若水

——粮食与大道

倬彼甫田
岁取十千
我取其陈
食我农人
自古有年
今适南亩
或耘或耔
黍稷薿薿
…………

——《诗经·小雅·甫田》

比《诗经》更加古老的粮食，总是在大地上留下青葱而富有活力的踪迹。

春天以来，我一直循着那些绿色的线索，远离城市，远离自己熟悉的生活，行走在乡间、田野，与那些庄稼以及与庄稼一样的农民为伍，询问并思索着粮食的事儿。从种子落地到漫山遍野的浓绿如染，我已经涉足了大半个中国的广大农村，吉林、辽宁、黑龙江、山东、河南、湖北、四川、陕西、宁夏、甘肃、山西、河北、内蒙古……眼看着小苗从土里钻出，渐次地分出叶片，一片、两片、三片……然后看着它们一点点拔节长高，同它们一起渴望着自天空而来的雨水，担心着老天的坏脾气。当我终于看到它们手拉起手，遮掩住土地的时候，我再一次与它们有了情感和心灵上的呼应。

这是北方的八月。

我在吉林省一个叫作乾安的小县停了下来。这里是我的出生地，是我真正意义上的故乡。

熬过了一个短暂的春旱之后，大片大片的玉米开始疯长，不知道哪一天，它们已经把自己的高度拔得超过了那些侍弄它们的农民。一望无际的松嫩大平原上，到处是它们挺拔的身姿。绿油油的叶片和紫红色的雄缨，随风舞动，在雨后的蓝天白云之下，酝酿出一派旺盛的情韵。

有时，它们极像农人们满身力气茁壮成长的儿女；有时，它们又像大地的手臂，意味深长地向天空举起。它们与那些葳蕤的蔓生植物以及早已长高的树木们联合起来，把零散分布的村庄、村庄里的农舍，团团环抱。那姿态很像一个满怀深情的妇人紧紧地用手臂护住自己的孩子。这久违的祥和、温馨的情景，让我在心里生出很多无以言表的眷恋与感念。是的，无以言表。面对这样的事物，我和所有人一样，都会显露出拙于表达的窘迫，尽管我已经在词藻库里进行了反复搜索，最后也只能挑选出一个毫无色彩的词语——大地的怀抱。

这情景让我不由自主地想起我现在的居住地，那些裸露着的楼群，那个在多雾的天空下显得形影孤单、突兀嶙峋的城市。它是我现在的生命象征，它的生硬、冷峻与眼前的景象形成对比。一个是我的现在，一个是我的过去；一个是我的表象，一个是我的内心。它们彼此对立，彼此忽视，彼此遗忘。在那些远离土地的日子里，有时我会与许多生活在城市里的人一样，在短暂的恍惚之中，自命不凡，认为人类本来就应该高于地上一切受造之物而傲然独立。只有现在这样的时刻，面对真实的土地和庄稼，我才能够清醒地从人类的狂傲中解脱出来，进入应有的自省与谦卑，再一次认识到人的脆弱与渺小。

此时，我和这些庄稼并肩站立在我们共同的生命的家园。最初，我就是在这里结识并熟悉它们的。黄米、高粱、谷子、小麦、小米、糜子、绿豆、大豆、荞麦……这些在古老的《诗经》里被称作黍、稷、麦、粟、菽、莜的事物，在我还一个字不识的时候，就已经进入了我的生命和心灵。我人生的第一课并不是一加一等于几，不是那些阿拉伯数字的演绎与组合，不是赵钱孙李或周吴郑王，不是那些横竖撇捺的结构与排列，也不是《尼尔斯骑鹅旅行记》，不是那些凌空蹈虚、漫无边际的神游和幻想。我和我的父辈一样，只能把有限的思想和目光集中于生命的根部，俯首于我们生之所依、命之所寄的土地和那些最接近土地的事物。

在我生命的初始阶段，我和那些庄稼一同在土地上生长。

我了解每一棵庄稼的生长过程，就如我了解自己的成长历程一样。我能够像呼唤邻家伙伴儿一样，在各种植物之中叫出每一种庄稼的大名儿或小名儿。我不仅知道一棵庄稼从种子到禾苗到开花到结籽是怎样由几片叶子变成粮食的，更知道一些粮食与我们之间的那些显在的以及隐藏着的关系。那时，我不仅在饥饿时渴望得到粮食，而且在摆脱饥饿后仍然知道如何欣赏、品味和赞美粮食。但那时我还不知道更深的东西，还不知道粮食就是庄稼的心思和灵魂，还不知道不会说话的庄稼把它们一生的心血、情感与思想都储藏在它的籽粒之中，更无法理解那些粮食会通过某种方式最终让它们的生命基因融进我们的血液和身体，使种植和食用它们的人们也具有了它们的某些禀赋和品质。

多年之后，当我再一次关注我们曾经不以为然的粮食时，走访了很多与粮食有着直接关系的人们，包括部、省（自治区）、市、县、乡、村的领导，包括那些每天与庄稼或粮食形影相随、休戚相关的农民和工商界人士。我查阅了古今中外各种身份的人对粮食的理解、认知和论述，又进行了长时间的深入思考，终于发现，我以及和我一样的人们，原来对粮食的认识竟然是如此的肤浅。

我的脚，在行过了千万里路程之后，又重新站在了人生最初的起点。

这是一个良好的契机。这让我看到了很多很多事物，看到它们的形式、表象在与这个世界同时发生了巨变之后，它们的本质却出人意料地保持着恒定。比如我们一向所熟知的土地与粮食，虽然灾年与丰年交替显现，品种与产量年年发生着变迁，亲近与远离庄稼的人们交相更迭，直接与间接食用粮食的人数正发生着显著变化，但某些自然的伦理，人与土地、粮食的关系却没有从本质上改变。不管人们在口头上或在内心里承认与否，实际上我们一直依赖着粮食而生存。是土地，是粮食，是那些生产粮食的人们喂养了这个世界。

庄稼不仅在空间里生长，而且在时间里生长。

我走遍了大半个中国，回过头来才发现，尽管地上的庄稼没有一棵会移动自己的脚步，但庄稼能够走到的地方，我仍然永远无法抵达；尽管我的脚步急切而执着，但庄稼所走过的里程，仍然多于我所能够行走的千倍万倍。虽然它们已习惯于沉默无语，虽然它们已习惯于静虚守恒，但它们却能够以人们无法想象的速度和声势，迅速将广大的时空占领。它们的叶片一直延伸至地极，它们的根须一直触及人类最深远的历史。

每一次，当我走到田边仔细端详那些玉米和水稻时，都能够感觉出与它们的似曾相识。它们在北方时的表情与在南方时的表情仿佛一模一样；它们现在的姿态与过去的姿态也仿佛一模一样。大概，南方的庄稼与北方的庄稼，现在的庄稼与过去的庄稼都是彼此的化身吧。这种浅显而又幽深、单纯而又玄妙、无争无为而又无所不在的品性，正是一切伟大事物所共有的禀赋。而粮食，那是庄稼的灵魂，是一种更加难以捉摸的事物。如果说庄稼在一定程度上能够给人以某种企盼的话，那么粮食则能够在一定程度上给人以足够的信念和力量。

在所有事物里，只有粮食如流动的水一样，绵延不断，在时间的河床里承载了人类悠长的历史以及我们苦苦寻索而始终难得的道。

老子在《道德经》里坐而论道："上善若水。水善利万物而不争，处众人之所恶，故几于道。"我不知道老子的这段话是否专门说给那些需要刻意修行、规范自己言行的圣人们，但我却固执地认为，这段话的真正领受者并不应该是人，而是所有那些具有恒定本性的事物。道是应验在一切事物上的运行规律，是一种天然的本性，是不可更改的，它只能存在于那些恒定不变的事物——比如粮食之中，而不能存在于那些摇摆不定，总处于变化的事物——比如人类的身上。人可以从那些承载大道的事物中感悟并顺应其运行规律，而不是改变或改造什么。道在暗处，道以不变、以永远的被动对那些发出主动动作的事物进行制约。道，就是老子胯下的那头青牛，它只管使足了浑身的劲儿一直往前走，如果你想西出函谷，你才可以跳上它的脊背；如果你想东过潼关，你就得另寻一头听话的驴子或一匹忽惊忽乍的骏马。

然而，那些真正的粮食生产者并没有闲情逸致和你讲这些空而又空、玄之又玄的道理。他们沉默而又执着，如一批批不惜付出任何代价也要年年涉过北极冰水的驯鹿，在岁月和生活的洪流里把握着自己那把握不定的命运。

短暂与永恒

当我在老家早已改变了旧有界线的农田里找到本家四叔时，他正拄着一柄锄头站在那块素有"西南山"之称的沙岗地边，穿一件深蓝但已褪得看不出蓝色的汗衫，定定地望着远方发呆。

四叔老了。

唐朝的贺知章曾有诗句："少小离家老大回，乡音无改鬓毛衰。"写阔别多年，终于回乡的沧桑感慨。读了很多年，一直觉得自然、真实。但当那天我见到了四叔后，便觉得贺知章的诗多少有些超离与冷峻，毕竟他还能够从容地思前想后或"打量"自己。我见到四叔的时候，一下子就被眼前的沧桑紧紧抓住，很长一段时间，都没有办法把注意力从他身上移开，我忘记了自己的存在。那一刻，我仿佛被岁月吸附、融化，有一些清澈、单纯的情感突然被他突兀的衰老击碎。

我的思绪不能不回到从前，回到四叔和父亲都年轻的那个从前。

那时，四叔和父亲一样，活得如那片土地上最茁壮的庄稼。在每一年的春种秋收之间，他们的身体和力气似乎都会和他们手下的庄稼一同生长。到了秋天，他们的庄稼纷纷倒在他们的手上，而他们自己却毫发无伤。俗语里有"不是冤家不聚首"的说法，我觉得农民与庄稼之间难舍难分的缘分，让他们成为天然的配伍，就像隔着物种的血亲一样，相互依存，又相互伤害，爱与恨胶着于一处，难以剥离。每一天，每一刻，他们都在做着难以回避的较量。

每一年，庄稼们在经历了与人的身体及情感的碰撞之后，被它们的对手放倒；每一代，农民们在经历了许多次春种秋收的轮回之后，又倒在了庄稼曾经倒下的地方。

事实上，在所有的天造之物当中，人类并不具有超越生命规则的特殊性。我们原本来自于泥土，迟早有一天也要如庄稼一样为那看不见的手所收割，也要回到泥土之中。

四叔年轻时是一个可以用"英俊"一词来形容的农民：卧蚕眉浓密

剑直，丹凤眼清澈锐利，红红的脸膛在阳光的暴晒下长年保持着近于紫铜的赤色，如果再加一把飘飘长髯，一定就是《三国演义》里关云长的形象了。其实，在这片农民的“战场”上，他就是手执一柄锄头、一把镰刀所向披靡的英雄。年轻时的四叔饭量大，如果有饭可吃，一顿能吃四个玉米面大饼子，外加一大碗高粱米水饭，吃起饭来虎虎有声。如果赶上四婶生气或心思不顺，一定就会在一旁向四叔甩来一句气愤的抱怨：“像是在吃冤家。”那时，农村赤贫，一个种地的人就连放开肚皮吃顿饱饭都是件奢侈和过分的事情，所以我们很清楚这句话的本意。后来长大了，才知道这句话的另一层意思似乎更加切近农民与粮食之间的本质关系：他吃进的东西，就是他的冤家。在农村，在土地上，庄稼就那么一年年地种，粮食就那么一年年地收，当粮食破碎入口葬身人腹时，虽万死不辞，却灵魂不散，以滴水穿石之功温柔地向人类一日日讨要着他们所欠下的命债。

许多年就这样悄然过去。在四叔脚下枯黄的被扑倒了几十次的庄稼，仍然如多年前一样青青葱葱地挺立着，而四叔却一点点弯下了自己的腰。他那曾经锋利飞快的牙齿，如今也在那么柔软的粮食面前望而却步，他已经能够感觉到那些粮食对他胃口的反抗和抵触，他已经不敢、也不能够一顿吃下四个玉米面饼子了。

我问四叔这么大岁数是否还能干农活时，四叔微微地笑了一下，微笑里不经意地流露出几分羞涩。这转瞬即逝的羞涩里隐藏着怎样的内涵呢？这是不是战场上的将军在垂暮之年也同样会有的一种情感？人老了，虽然不再与敌手对阵，虽然不再有刀光剑影的拷问和一决雌雄的催逼，但却在长久的闲置和沉寂之后，毫无疑义、无声无息地败了，败给了时间，败给了岁月，被时光的化骨绵掌击打成一个不中用的人，如一把生出了绿锈和霉斑的剑，如一把锩了刃、锛出豁口的镰刀。

对于一个农民来说，庄稼和粮食就是他的岁月。与其说老了的四叔败给了岁月，还不如说败给了他的庄稼与粮食。这就是他必须面对的事实，这就是他必须接受的命运。但命运或事实，常常并不是用来思考和议论的，而是供人们默默接受的，所以，四叔很少思考这些复杂的问题。四叔一般习惯于简单地处理生活中的一切，简单地判断，简单地思考，简单地交流，简洁地回答问题……

对于那个我认为很郑重的询问，四叔的回答显得漫不经心或轻描淡写。

四叔说："这些年种地不用花什么力气，还好，砍一砍大草什么的还将就。"紧接着，他就悠悠地叹了一口气说："不行了，老了。"在一个老了的农民无懈可击的简单中，这前后的心口不一，是一个很大的缺口。从这个缺口，流露出四叔内心的矛盾和挣扎。这时，一阵风吹过，他脚下的庄稼连同他身上的旧汗衫轻轻地泛动，起了不易察觉的涟漪。我不知道那些庄稼到底是不是有足够的灵性，如果有，我们就有理由把它们叶片的轻舞看成某种顽皮、得意的窃笑。

"人活一世，草木一秋。"四叔在扛着锄头引我向家走时，又端出他说了差不多一辈子的成语，但这时，他的神情显然与往常并不一样，我能感觉出他语调的沉郁与哀伤。

"你大姑父去年已经没了，我这辈子看样子也快到头儿了，有血肉的人到底是熬不过这些不喘气儿的东西呀。"我知道，四叔所说的不喘气儿的东西就是指那些庄稼。四叔小时候念过一些书，所以就有别于家乡的一般农民，说话时总和其他的农民有点儿不一样，有时会用一些准确或不太准确的文词儿，比如，人活一世，草木一秋。许多年，我一直搞不清这句话从四叔口里说出时，具体的指向是什么，因为它常常脱离了具体语义而成为一种飘忽不定的情绪。但简单地揣度，差不多也就有两种可能：一种可能，是他在年轻时说这话，大约总有一点儿得意于自己生命的长久，进而反衬出那些庄稼，那些草本植物生命的短暂；而另一种可能，就是在年事已高时说这话，大约就流露出一位老人对生命流逝的无奈与悲观，感叹自己这一生其实并不比那些短命的庄稼强许多吧！

然而，事情的本质也许比我们能够看到的表象更加残酷。那些短命的庄稼势必要在大地上站立坚守到四叔彻底倒下，并且就算又一个四叔在地上生出并最终倒下，它们仍将站立，它们会一直坚持到永远，一直笑到最后。

突然之间，四叔就谈起了死亡。

他说："人这一辈子，就是那么大'疙瘩'事儿，到头来两眼一闭两腿一蹬，落个清净。"入家门之前，他特意带我拐向房山的另一侧，指一指苇草下那摞厚厚的红松板材，对我说："你看，我把后事都准备好了，红松的。"我没说什么，因为我不知道应该说什么，愣愣地看了看他，猜想着他的用意和心情。

一个七十岁的老农民，一边扛着锄头去田里铲地，一边准备着自己的后事，应该叫勇敢还是叫达观呢？想来想去，或许最应该叫的是无奈吧。但此时的四叔，脸上却没有丝毫无奈或不愉快的神情。

就如我猜不透他的心思一样，他也猜不透我的表情。于是，他还是沿着自己的思路接着说："农村人就这样，到了年岁，随时就得准备撒开这个手。北屯的老周头儿都七十五了，活兔一样，天天去田里干活儿，十天前突然就没了。头天晚上还吃了三个馒头，谁想，第二天早晨就没起来。”

“死了，死了，一埋了之。一死，拉到炼人炉一炼，骨灰装棺往坟地一埋，这一辈子就算到头儿了。现在农村不像过去。现在死了人不让土葬，谁要是不炼，从棺材里挖出来，也得回炉重炼，才让装棺立坟……”

四叔的话语如一阵冷飕飕的风，吹过我的心头，也吹过院前园子中各种舞动着叶片或正在开花的植物。眼前的蓬勃与生动如一场热闹的戏剧，让我想起了许多退到后台或消失在泥土之下的人和事物。

也许世界上并没有什么永恒的事物，除了时间。因为只有时间，才没有时间的概念；只有时间是永远的，无始无终。时间只为时间之外的我们而设定，我们是时间里的一粒泥沙，只能够在时间里流动一小段路程，然后就被抛到时间之外，搁浅、消失在看不见的岸上。我们与庄稼以及由庄稼而出的粮食在时间的进程里相遇并相互厮守，但最后注定不可能与时间同在。相对的，我们人类因为每一个人都是一个独立的不可替代的个体，每一个人都有自己独立的名字和生命标识，所以我们会更快地在时间里消失；而庄稼却没有独立的个性与个体，它们只有共性，只有种群，一个类别的庄稼只有一个共同的名字——玉米或大豆等，所以，它们个体的消失并不被确认，它们会很奇异地演绎出永不终止的死而复生。

静止与流动

与四叔回村的路上，我们遇到了一辆来村里收粮的汽车。如今的粮贩子变得“文明”“文雅”了，不再像过去那样敲一只铜锣，扯开嗓子满街喊“收粮啦，收粮啦”。他们换了方式，在汽车的横栏上支一条幅，上书

"收玉米每斤1.02元"，然后在当街（村子里宽阔显要的路）停下来，守株待兔。表面的平静后面，隐藏着巨大的胃口。我向四叔询问，这个季节怎么还有粮可收，四叔只懊丧地哼了一声。一会儿的工夫，就有人肩扛手拎，大袋小袋地从各个看不见的角落里聚拢来。

原来，四叔的玉米早在去年秋粮刚下来时就卖净了。他说："这老农，除了种地，啥也不知道，不但庄稼能不能丰收不知道，就连粮食能卖多少钱也没法儿知道。眼看着苞米从去秋的四毛七涨到现在的一块多，只能干瞅着。"四叔说话时脸上有浓重的阴郁，"我和粮食打了一辈子交道，到老也没把这粮食上的事儿整明白。"

正在这时，四叔的小儿子赶着十几只羊从外边回来。四叔马上为我们彼此做了介绍："这就是你在长春的那个大哥，这是你老弟，叫三子就行。"还没等四叔介绍完，三子就接上了话茬，连说"知道、知道"。看样子好像以前曾在哪里见过我似的。其实，我离开农村时他还没有出生，离乡后很少回去，几次都无缘见到这个三子。不知为什么，三子的出现，让四叔打开的话匣子立即关上了闸门，中间有好一会儿的冷场。这期间我就在三子身上寻找着我们家族的印记，或者与四叔有关的生命信息。但是什么也没有，除了那个赫然难改的姓儿，除了按族谱起的名儿，在三子身上找不到一点儿与四叔相像的东西，更不要说什么家族印记。

后来才知道，正是这个三子，让四叔有了人生中最大的挫败感。三子是一个与土地和庄稼毫无缘分的人，用四叔的话说："种啥啥瞎，栽啥啥死。"鬼精鬼灵的一个人，从小到大没有种成过一垄地。和四叔一起种地，他种出来的庄稼就是不打粮，用农村的话说："邪性。"没办法，他只好放下锄头去放羊，夏锄时帮四叔铲铲地，秋收时割地打场卖卖力气。

三子说起庄稼时，比他爹说他时还要气愤："那该死的东西，别看它们不走不挪，要起性子来比会跑会跳的牲口还驴，我倒霉，就是逮不着那四处乱串的玩意儿。"

三子说，那年刚分地，抓阄抓到了西下洼子，本想在这十年九旱的地方，抓了一块洼地就如同在废铜烂铁堆里拣到了"狗头金"，结果，就那年水大，雨一场接着一场地下，一个夏天下来，那片地就变成了涝洼塘，春天下种时连做梦都想的好收成，活活地泡汤了，哪还有粮食可收，那些粮食都顺着雨水渗到地垄下面的土里，让土给吃了。

那年，听说美国的苞米种子能打粮食，三子现从南屯老李家花高价匀来一些，倒是好，别人种的苞米刚长到齐腰高，他种的苞米就长得过了人，以为那年算是"掏"上了，结果上了秋，还是不打粮，三子的苞米只长秆儿不长穗儿，秆儿长到了天上，想象中的粮食却仍在土里没出来。

那年……三子不停地说，像"土改"时开控诉会，苦大仇深的情绪，控诉着土地和庄稼，数落着它们对他的种种"不够意思"。后来又说起了闹蝗虫，他说，他的粮食都随蝗虫逃走了；说起那年大旱，他说，他的粮食都化成了气，升到天上去了。

他正说得起劲儿，四叔便在忍无可忍中狠狠地戳了他的痛处："你从来就没有在土地和庄稼上用过心，还想在土地上得到好处，那不是痴心妄想！"

"光用心能当个屁！南屯刘二毛子对他媳妇用心，怀里搂着怕挤着，嘴里含着怕化掉，干了一天活儿回来不但没饭吃还得给她洗脚，结果怎样？还不是跟收粮的老客儿跑了。再者说，你倒是会种庄稼能打粮食，又能当什么用？不是卖不出粮，就是卖不出钱，到了，还不是一样的受苦受累受穷！一个农村人能看多远，有啥能耐，咋整能整出个名堂，咋整能整过那个穷命！”

争吵中的三子，像斗鸡场上的小公鸡一样，面色赤红，斗志昂扬。言语中完全没有农民的老实木讷，看起来倒很有几分在台上演讲的教授气派。也许正是这长期的失败打击，让他变得比一般的农民对命运更加敏感、更加警醒。虽然比较起来我更喜欢四叔那样对土地有着更多情感的农民，但却不得不赞同三子对土地、粮食和农民自身局限的认识。

北方的8月，是一年中最富有生机的季节，放眼望去满目都是庄稼的翠绿，但这也是农事最不确切的季节。毕竟，庄稼并不等于粮食。这时的粮食就如落在枝头的鸟儿，可去可留，随时都可能飞走。即使是到了秋天，粮食已经落入了你的口袋，它们也不一定老老实实地待在你的仓里。粮食并不是死物，它们比庄稼更灵动、更难以把握。能够使它飞走或流动的力量更大，因素更多。

榆树市黑林镇的老胡，人民公社时当过几年队长，一生与粮食打交道。虽然到了晚年仍然放不下手中的锄头，但对粮食的难以把握却感触良多。我们去采访时，他几乎是一见面就脱口而出：“种粮不如养狗。”问其缘由，老胡解释说：“养条狗，不管穷富它都会跟定你，你高兴时它对你摇尾巴，你生气时打它都不走。可这粮食，谁有钱谁有势它就听谁的，跟着谁的心思走，粮食不成全种粮食的人哪！”

提起过去农村的那些事情，老胡说：“简直都能把人憋屈死。三年困难时期，我们生产队年年都打粮，好年景打的粮食都能堆成山，可就是不让吃，要按国家要求把粮食交上去。眼看着整车整车的粮食被拉到别处，就是吃不到自己嘴里，最后还得挨饿，饿得不行时，就把苞米叶子和苞米瓤子磨成粉当粮食吃。吃完了拉不下屎，人人脸上都浮肿，没劲儿，干不了活儿。晚上做梦，火车的轮子就在头顶转啊，轰隆隆、轰隆隆，车上拉的全是黄澄澄的粮食，没完没了地往远处运。心里不舒坦能找谁说去，谁让咱是农民。后来，总算盼到承包到户，粮食够吃够用了，可卖粮又成了问题。你需要它走的时候，它又走不动了，眼看着金灿灿的粮食堆在那里变不成钱，还一点点地起斑发霉。”

老胡的这些想法和情绪我能理解，毕竟，他是一个一生都没有走出乡村几次的底层农民，论见识、论觉悟、论器量，能够达到这样的境界，也就说得过去了。老胡的困惑，归根到底还是来自于农民自身的局限，来自于知识、视野、文化等方面的欠缺。

在粮食流转的大江大河里，榆树那样的小地方充其量不过是条小水沟。如果把观察粮食的时间节点放开，站在人类历史上看粮食，把观察粮食的视野放开，站在世界的高度看粮食，看粮食在人类发展进程中掀起过的惊涛骇浪，看粮食在世界各国经济及政治舞台上引发的剧烈风暴，看粮食所过之处的财富积累、水土流失和隐形战争，恐怕老胡就得倒吸一口凉气了。

是的，从古到今，粮食很少能够处于静止状态。粮食的相对静态是一种理想，就像我们所向往的田园牧歌一样，更多的时候只存在于梦境与幻象之中。粮食也很少是物归原主的，因其极端的重要，所以就决定了它难有固定的归属，它必然要被那些善于争夺的手推来搬去，处于被动的状态。

世界上并不存在着绝对静止的事物，表面上的绝对静止，往往蕴含着更加巨大的变化。粮食静止时，并不是世界上没有了粮食，而是有一些地方没有粮食，而另一些地方的粮食却静静地堆积或囤积在那里，我们因此见不到粮食的身影。此时，粮食只是在我们的视野里消失，并不是真的消失了。长期不流动的粮食与不流动的水一样，必然要偏离它自己的本质和本分，悄悄地积蓄起另外一种能量。

但粮食也不应该过分地动，粮食的过分流动或炒作往往给粮食生产者和经营者带来错觉或错误的信息，最后将致使粮食因缺而过多，又因多而过少，忽高忽低，波动异常，不但不能给我们带来益处，反而在一定的时候造成祸患。一般来说，过分流动的东西都应该叫作洪水或洪流。

粮食在动与静之间保持着自己的常道。当粮食处于其常态的两极时，都背离了粮食的本性。那不是粮道使然，而是人力所为，是人力对粮食过分搬弄的结果。尤其是粮食的过分或过快流动，必定要生出是非和祸端，必然会造成一些人们不愿意看到的后果：要么粮道自身破碎如大河决口，要么高速流转如洪峰汹涌，吞没或撕碎其间所有柔弱的事物。粮食的长期静止和极速奔流，这两种情况在人类历史上都不止一次地出现过对应现象——大饥荒或无端恶炒。前一种情况是最后的结果，后一种情况是逼近结果的过程。

大禹治水，整整九年，三过家门而不入，最终才把古老的黄河制服。那是远古时代，那时，那些土、那些石、那些崖，都是相对稳定和静止的。人们可以忽略岸的不确定性，只考虑如何对付河床里的水。那样的水，治起来尚且需要费那么大的周折，更何况是现代的“水”了。及至现在，浮躁的人心、沸腾的物欲已经把很多堤坝都打造成了“豆腐渣”工程，岸是疏松的，堤坝是可以移动的，所以有一些江河的走向始终很难把握，一遇洪水必有意外，必有险情。而粮食，一开始就在一个比自身变化更大的河床里运行，它的岸是虚拟的，是更加不确定的，所以它的“动”将更加复杂和难以掌控。因此，在所有流动的事物之中，粮食必将成为难以治理和难以掌控的典型。

只有那些风平浪静或微波不兴的流动才是粮食应处的最好状态，只可惜，历史上这样的状态并不常见。这种恰如其分的流动，在漫漫的历史长河里也只有那么明确的几次，一般都被史学家们命名为什么什么之治。想来，那些难得的时期不过是洪水未至或洪水过后的短暂间歇。至于我们这个时代，还没有真正地进入历史，不知道后来人，会不会也给我们一个什么命名。

面对现实，我们觉得很多事情是说不清的，说不清索性就不说好了。然而，这些天，因为每天在想着与粮食有关的问题，眼前经常会出现幻觉。总感觉到一条条粮食的河流正在我眼前快速流动，并伴着可怕的轰鸣慢慢地涌起潮水。有时，看到了那些滚滚车流也一下子想到了粮食。幻觉里，满世界的粮食都在那些钢筋铁骨的汽车的胁迫下，以每小时100公里以上的速度疯狂地跑动。不知道它们从哪里跑来又要跑到哪里，也不知道它们到底为什么而永不停息地到处乱跑。有的粮食是以燃油的形式为那些飞奔的家伙们提供动力，有的则被那些飞奔的家伙们绑架着倒卖来倒卖去。

蓦然，我仿佛又看到了各种各样的钱币，也组成了一条河流，与粮食的河流重叠在一起，一同飞奔，一同涨潮。这时，我是多么想念那些风平浪静的景象啊，那些让人心里安稳的景象。但愿，我眼前的一切幻象都源于自己的脆弱；但愿，过几天我就会从这些焦虑中解脱出来，精神凝定，意志顽强，而眼前的幻觉也随即消失。

显现与隐藏

父亲在世时，曾经讲过东屯谢大娘的故事。

农村人过日子仔细惯了，穷时省吃俭用，好时也仍然是一分钱掰成两半儿花，一块肉咬开分两次咽。谢大娘年轻时过了很多苦日子，老了见一点儿强，日子渐渐地有了模样，要米可以有米，要肉也可以有肉，但几个儿女从小让谢大娘调养得比他们的娘还仔细百倍，有钱攒着大用，有鸡留着下蛋，仍然坚持过着粗茶淡饭没油没水的日子。偏偏这谢大娘老来添彩儿，胃口变坏，吃不了苞米面的饼子和苞糙子粥，一吃就吐酸水，胃“贼”疼。几个张罗说媳妇的孩子拉开架势要说媳妇，张罗盖房的铆足了劲儿要盖房，没人有闲心过问谢大娘的身体。一个穷人家，有一点儿钱八百六十个用场，哪有精力管那小小的胃酸呢。就这样，谢大娘一天天萎靡消瘦下去，人变得阴沉又恍惚。忽一日，谢大娘从床上爬起二话没说，到鸡窝就抓出一只母鸡剁掉炖了，自己吃。儿子过来问她：“下蛋的母鸡好好的怎么杀了吃？”谢大娘说：“这些天连着做一个梦，有一个白胡子老头儿在梦里对我说，我前世是棵苞米，这辈子不能老吃苞米，那是作孽呢。所以我不能再吃苞米了，得吃肉，吃饭要尽量避开粮食。”儿子也没说什么，转身走了。过两天，谢大娘又杀鸡了。再过两天又杀了一只……家里二十几只鸡最后让她杀得只剩下不到十只。大儿子坐不住了，过来对谢大娘说：“妈，我昨天也梦到那个白胡子老头儿了。他让我告诉你，咱家的那些鸡因为吃苞米长大，都被苞米附了体，吃鸡相当于吃苞米，也作孽，他让你以后吃高粱和白菜。”谢大娘听了号啕大哭：“儿啊，你不知道吗？那高粱和白菜都是苞米的亲兄弟呀，更吃不得，你这不是不让娘活吗！”

我每想起这个故事，都会对农民的际遇与命运有很深的感慨，但捧腹之余，仔细想想，谢大娘母子所说的话里还真蕴含着一定的道理。

蔬菜和水果不是粮食，但可以直接入口充饥，补充人体所需要的营养，它们可以直接取代或实现粮食的功能。并且种蔬菜、水果的土地都可以用来种粮食，如果那片土地上不种植蔬菜和水果的话，或许就会生出粮食。反过来说，如果种粮食的土地上种上了蔬菜、水果，应该出产的粮食就会相应地减少，因为这世界上什么都有可能膨胀，只有地球的大小不会膨胀，可供耕种的面积也只会减少而不可能增加。

在山东省采访徐士亮老汉，我问他的地里种的是什么，为什么要这样安排自己的土地。结果他并没有按照我的思路回答问题，而是站在麦草垛边给我算起了他家的账。他说他原来种粮，现在种果。种粮时每年能收两茬庄稼，每亩地大约收450～500公斤玉米，300公斤小麦。如果按玉米9角0.5公斤，小麦1元0.5公斤算，每亩的收入大约1600元。农业直补，只有麦田有，每亩100多元钱。去掉成本，每亩地纯收入应该在1200元左右。原来他家里有8亩地，其中4亩果园、4亩粮田。后来发现粮田不赚钱，就把另外3亩粮田也改成了果园。果园效益可观，一般的年景，每亩毛收入1万元钱，2亩净剩1.5万元。3亩粮田改造的果园将来会更好一些，每亩能出果0.75万～0.8万公斤，0.5公斤平均价格2元左右。这样的账摆在面前，我还用问为什么他要放弃粮食而种苹果吗？现在满世界的人都在算自己的账，什么能赚钱就种什么嘛。

在中国，像徐士亮这样的农民到处都是，从一些中央及地方媒体的报道看，这类农民因为自己找到了挣钱的路子，不让国家操心，应该代表了一种先进方向。

我们在山东其他地方，如烟台、新河、昌邑、潍坊、寿光看到的情况也大致相似，到处是果林和菜棚。车行在山东的环岛高速公路上，几乎看不到别的景色，只有一望无际的果林，沿着曲折漫长的海岸线没完没了地延伸。苹果、桃子、樱桃以及分不清种类的果树遍布山野。而在寿光，我们则看到了另一番景象。到处是规则排列的塑料大棚，到处是按果菜品种和行政区划而确定的蔬菜批发市场，其情其景让人随时能够感觉到身临一个蔬菜王国。如果用媒体语言笼而统之地说，山东省已经实现了农业经济的规模化、专业化、产业化。

不仅仅是山东，陕西、河北、宁夏、甘肃以及南方各省的很多农民都开始放弃基本粮食品种，而纷纷搞起了蔬菜、水果的种植，原本长着庄稼或应该长着庄稼的地方，长满了果子和蔬菜。几乎每一个省、每一段公路两边都分布着各种各样的瓜摊儿、果摊儿和采摘园。

陕西省周至县，是八百里秦川的中心地带，自古以来都处于中国农耕文化的中心。我们采访的翠峰乡丁家凹就坐落于昌公塬的北缘上。虽然叫凹，却在塬上。丁家凹的村委会主任丁炜平是陕西省小有名气的乡村作家。他毕业于陕西省农业学校，是这个县唯一一个具有大专文凭的村干部，不仅对农村和农民的情况了如指掌，且对农村存在的各种问题有着较深入的思考。这是一个不仅会种地而且还会思考的农业工作者。据丁炜平介绍，他们这个村，一共1400多口人，平均每人1.5亩左右的地。而他自己家拥有着1.5亩粮田和3亩杏树园。他自家这个粮田和果园的比例，差不多就代表了这个县的粮、果比例。据初步统计，周至县大约有2/3的土地由种粮食改种水果了。公路两边如海洋一样的猕猴桃，让很多农民当年致富，而那些仍然在种粮食的人却还在温饱线上徘徊。

还好，一切还都不算糟糕，这些水果和蔬菜终究还没有偏离人们的基本生命需求，并且在一定程度上提升了需求层次。如果按照当下的时尚来命名，叫作农业产品的多元化，我可以再给它加上一种华丽的命名，叫作粮食形态的多样化。

在丁家凹的那次采访即将结束时，丁炜平突然有一点儿神秘兮兮地问我："你说会不会有那么一天，满世界都是水果和蔬菜呢？"我笑笑，没有回答，因为他比我更加了解国家和地方政府的农村工作导向。我想，也许永远都不会有那么一天；也许，现在正在往那一天靠近。

是的，森林也不能算作粮食。但不"退耕还林"，森林面积就不会恢复。以中国为例，至2010年，通过实施生态退耕，包括退耕还草、退田还湖等途径，全国总退耕面积将达到347.8万公顷的规模，这比《1997—2003年全国土地利用总体规划纲要》确定的211.7万公顷有了大幅增长。届时，就会有相当一部分粮食消失或隐藏到湖水、树木之中。

相反，如果不大面积砍伐森林或填海、填湖造田、开发荒滩，粮食种植面积也就不可能显著增加。

据英国农业学者拉吉·帕特尔的《粮食战争》一书介绍：在过去的十五年间，巴西的大豆种植面积和产量都直线上升了3倍左右。表面上看这是一件好事，但为了这3倍的大豆产量，巴西或整个地球却付出了巨大的代价。素有"地球之肺"美称的亚马孙森林，正被大片大片的转基因大豆迅速地蚕食着。美国一个大豆农场主艾米利·佩佩尼女士曾经很生动地描述过巴西的农场："我们把巴西的农场想象成加工出口区。而且，肯定有相当多的农场主剥削劳动者，也有许多农场主不关心森林滥伐。在马托格罗索州一个最边远的城，我开着拖拉机穿过一大片刚开发一年的土地，旁边的农场主挥动着手臂，指着远处的一大片森林，神采飞扬地说，五年之内那里都会变成大豆。”但艾米利·佩佩尼在介绍这些情况的时候，只强调了事实的一个侧面。早在艾米利·佩佩尼参观巴西农场之前，巴西的大豆就已经被美国三大粮食贸易公司——嘉吉、邦吉、ADM联手控制，巴西已经沦为美国的廉价粮食生产基地。

这就是说，巴西人疯狂砍伐森林行为背后的真正主使者原来是美国人。在粮商们的控制下，巴西农业如一只可怜的驴子，必须拼命奔跑才能够吃到勉强维持它奔跑所需的饲料。为了获得最基本的利润，巴西的农场主们必须忍受各大跨国公司制定的超低价格，拼命地扩大转基因大豆这个单一粮食品种的种植面积，不断地砍伐森林，不断地开发土地，否则他们的农场很快就会面临破产。

同样是开发土地，我们却在中国的东北找到了与巴西完全不同的例子。我们在吉林这个目前尚与“发达”二字牵不上关系的省份看到了另一种景象：当地政府正在把目光投向本省西部多达1000多万亩沙化、碱化的“不毛之地”，实施土地整理和粮食增产措施。未来五年，吉林省将围绕荒地开发，展开十大工程共计29个项目的建设，包括灌区改造、全程农业机械化、良种研发、生态保障等，总投资将达到260亿元人民币，实现新增50亿公斤粮食的目标。

中国与巴西的土地开发，虽然二者都把目标放在了粮食的出产上，但不论从立意还是从最终的结果看，二者都有本质的不同。

当然，那些鸡、鸭、猪、牛、鱼也不是粮食。但据专家们统计，世界上每出现0.5公斤供应市场的肉类，平均就有2.5～3.5公斤粮食被消耗掉，其中每生产0.5公斤牛肉最多可消耗3.5公斤粮食。那些动物，原来竟然是体积更加巨大的粮食。所以有人很形象地表述，小鸡，不过是长着羽毛的大豆。以此类推，我们完全可以说，牛是会哞哞叫的大豆，鱼是会游泳的玉米……

一杯可口可乐或百事可乐摆在我们面前，那棕黑的颜色、那泛着泡沫的形态以及说不出什么感觉的味道和口感，能够让我们联想到它与粮食有什么干系吗？对于这些风行市场的饮料，我们只知道到处是它们的广告，到处是装它们的瓶子，却很少知道它们的主要成分——HFCS（果葡搪浆，high fructose corn syrup），即一种经过复杂处理而得到的高糖玉米汁。它们的加工过程是这样的：通过一个叫作湿磨制（wet milling）的程序，玉米先被晒干、分类，在硫黄酸中浸泡，玉米中的细菌被杀死；然后是冲洗、过滤、脱水，再在弱盐酸里加热；最后制成玉米汁。这时，净化和处理后的混合物甜度相当于糖的3/4。要提高甜度，可以在混合液体中加入酶，使之发生化学反应，以提高果糖含量；然后，通过蒸馏和浓缩，把甜度提高到80%~90%。同时，含量为80%~90%的果糖被稀释，即达到了HFCS中55%果糖含量的工业标准。之后加上水、赖氨酸、柠檬酸等各种添加剂，便制成了某某可乐。总之，不管怎样折腾，它终究还是身经百变的玉米。

至于医药、淀粉、酒精、乙醇汽油等等这些必须依赖粮食而存在的事物，就更不需要一一列举了。

无处不在的粮食，或明或暗或隐或显，细密地分布在我们的生态及生命系统内外。如果有那么一架特殊的透镜，能够滤掉世界上一切明处或暗处的手、一切力量和物象，只看粮食的消长与波动，那么呈现于我们眼前的，肯定是一片海洋或一个纷繁复杂的水系。它的潮起潮落，它的此长彼消，它的忽隐忽现，一定比我们身上的血液循环系统还复杂，比我们的神经系统还丰富、敏感。

对于一个人，一个个体来说，粮食也许是一件简单的事情，它不过是口中的饭、口袋里的钱，至多不过是自家的小日子。而对于一个国家来说，粮食却是血液，是命脉。从毛细血管到大动脉，每一滴“体液”都与粮食有关。如果把一个国家比作一个人，这种特殊“体液”的流动，则关系到他是否健康，血液循环是否流畅，消化系统是否顺通，内分泌是否协调，有没有过力，有没有透支，有没有营养不良，有没有疾病在身，是否强壮，会长寿还是会短命。

“大道泛兮，其可左右。万物恃之以生而不辞，功成不名有，衣养万物而不为主，常无欲，名可于小；万物归焉而不为主，可名为大。”这是《道德经》里的话，纵然是如此难于理解的道理，也只能解释粮食的表层问题。看来，我们国家真的需要有一些更加高深的论道者，用现在的话说叫作理论家，对粮食的生产和运行规律进行深入思索和认真研究。

但现实却给我这样的感觉：在粮食或农业这个领域里，各种各样的声音总是显得太杂、太乱。很多人在那里指手画脚，各执一词，却没有谁能够完全说得明白。一些简单的问题，往往被复杂化，而真正面对复杂问题的时候，却往往又要进行长期而又简单的争论。一个18亿亩红线的问题，就有一些所谓的学者大模大样地坚持着连外行人都不会信服的观点。在没有经过艰辛、系统、客观的论证之前，凭什么站在台上争吵或发言？

如果是一个负责任的学者，在面向公众说话之前或向决策者提供依据之前，是否应该全面考虑土地的出产潜力、农业技术和资源配置？是否应该考虑农民的生产积极性、国家粮食政策、农业补助及出口补助政策、流通环节的不确定性和国际流通环节的不确定性以及国内政策落实情况和国际粮食战争形势？是否应该明了并告诉决策者，国内各阶层从农民到工人、从城市到乡村、从小商人到政府官员，大家都在想什么，说什么，做什么？国际上发展中国家在想什么，做什么？那些以超级大国为背景的国际粮食大鳄们都在想什么，做什么？他们已经神不知鬼不觉地在我们这个国家里布下了什么样的迷局？将来的世界粮食市场是否能够按照中国人一厢情愿的想法在任何时候都能够正常、按规则运行？如果我们的政策是策马，它应该在什么时候、什么情况下出手，“策”到什么地方，“策”到什么力度，“策”几下才能够正确有效？如果把政策比作针灸，那根针得多长，在什么时机，扎到哪里，扎多深，扎多久，是否要增加其他辅助措施？

祝福与诅咒

现在，我站在一片有“蛮荒”之称的原野之上。

这片在几个世纪里断续收留过很多北方民族的土地，如今已经遍布人迹。一望无际的农田和农田间遥相呼应的泡沼以及沼泽周边半碱化的草原，豁然地铺展开来。雪白的流云，在天空里变幻着各种形态，仿佛在涂抹，也仿佛在叙述着这荒野的历史。

在这样开阔的天地之间，一个世纪，也许只是悠然的一瞬，相当于某个安恬的午后，一个困倦的农人坐在他的土地上打了一个小盹儿。

然而，只有在一个世纪以前的那一幕发生之后，这片土地的故事才算有了真正的开始。那以前，这片土地一直被称作处女地。

锋利的铧犁就那么突兀地插入了黑色的泥土。

这是一个开端、一个仪式、一个请求、一个叩问、一个怀有某种美好愿望的入侵，是落在一页白纸上的第一个字。当第一条田垄被划开时，这一片亘古沉睡的荒原，便敞开了自己的胸怀。黝黑油亮的新土、芬芳浓郁的气息，汹涌澎湃地占领了人们的视线和嗅觉，使他们的生命及灵魂被感动充满，一双双企盼和寻求的眼睛一下子流溢出了泪水……

一个世纪以前，第一批来到这片土地上垦荒的先民们，也就是我爷爷那辈人，一定会清晰地记住当时那难忘的情景，也一定会知道，那一切意味着什么。

那是人与大地的对话。那翻开的泥土就意味着茂盛的庄稼，就意味着金色的粮食。那是上天赐予人类的安慰、承诺和祝福。

那是慷慨的接纳：母亲般慈祥，情人般温柔。于是那些旷日持久行走在流浪途中的脚步，结束了无休止的奔波，在土地上停歇下来。从此，他们可以由着自己的性子把这片土地叫作自己的田、自己的家；他们可以把累积了半辈子的抱怨、失意、愁苦、愤懑从肩上卸下来，随意堆放在土地上的任意一个角落。

当然，每一块土地上的人们都拥有着独立意志。他们可以躺下来指责天空的过失，抱怨过少的雨水或过早的冰霜；他们也可以像寻到了失散已久的母亲的宠儿般，在土地上做下蛮横、放肆的事情；他们甚至可以在不高兴时毫不顾忌地流露出人类所固有的劣根性，考虑背叛和离弃大地，因为他们在拥有了土地的同时也就拥有了背叛的资本。

土地始终保持着它的沉默。

土地，是上帝与人类间的一份契约，而粮食则是那份契约中最主要的文字和内容。相应规约和条款并不是没有注明，只是没有显现。凭借人类的心力，我们只看到了许诺，而看不到许诺背后的条规及罚则。人们似乎从一开始就忽略了一点：祝福的背面一定印着诅咒。

但不管怎么说，我们首先看到的却是最初的富足与繁荣。第一批垦荒者，在春天把汗水播撒进黑土之后，果然在秋天到来时收获了遍地金色的惊喜。那时的土地，如奶水丰沛的少妇，只要你一张口，摆出一个吮吸的姿态，就能得到流不尽的乳汁。大片的沃土良田，几千年的地力积蓄，根本不用忧虑收成，只愁人手不足，只愁力气不够。只要有人肯在这片土地上躬下身来，付出应该付出的劳苦，不管你是什么身份，雇主或雇工，都会得到大地的恩赐。那年年得见的金灿灿的粮食可以作证。据说，那时能够种得起两户（每“户”相当于10公顷）田地的承租人，赶上好的年成，不但可以保证自家及雇工的口粮年用有余，而且能够加两匹马，拴一挂车，腾出余钱给儿子说一房媳妇。

又一个世纪过去了，大地仍然保持着原有的沉默。而粮食则一会儿如天使，一会儿如魔鬼，在人与大地间神出鬼没，行使着奖励与惩罚、祝福和诅咒的双重职责。似乎也只有粮食没有忘记人与上帝之间的那份合同，那份在人们眼里变得分量越来越轻的合同。在一个世纪的指标变化中，忽隐忽现的粮食已经作为一种特殊文字，在这份合同上分别记下警告、教训、惩罚、诅咒、解除合同等不同级别的惩戒。而这些惩戒的承受者和执行者大都通过人类自身来实现，除了粮食，我们看不到另外一只更加严厉的手。

爷爷在世时，经常讲起发生在故乡土地上的各种灾荒和祸患。

他老人家讲故事时习惯于直接讲到结局。他说，最早的那批圈地者，最终只得个地主的虚名，不但没能拥有一寸土地，而且每天要接受着另一群曾受过剥削、一无所有的人们的管制和批斗。我曾经无知地问过爷爷其中的缘由，爷爷的回答很简单："谁让他们拿土地去盘剥别人了！"

这是一个问题。如果站在人的立场上去想这个问题，那些人那么做也许并没有什么大的过错，因为他们是人类中的强者嘛。在人类的逻辑中，强者就意味着比弱者拥有更多的权利。但是只要站在土地的立场上去想，他们就犯了难以饶恕的过错。因为大地是公义和公平的，大地的本意是要平等地养育其上的一切生灵。大地不允许一个物种以大地为借口去盘剥另一个物种，不允许一群人以大地为借口去剥削另一群人。任何一种形式的剥削，都是以公义为要约而行不义，是对大地的曲解和亵渎，定然要遭到大地的责罚。

爷爷曾不止一次地说起那些土地上的"新主人"。那是人民公社时期的事情。爷爷说，那些自称为土地的主人的人，其实没一个真正拿土地当回事儿，大家心知肚明，没有一寸土地是自己的，所以就没有人愿意老老实实地面对土地，侍弄土地，而是越过土地把心思和目光转移到支配权的角逐上。斗争，斗争，再斗争，斗争的结果是受到轻慢的土地不再出产粮食，而只出产仇恨与饥饿。

爷爷所讲的事情自然有他的局限，因为他只能看到身边、看到本村的那一点儿事情。他无法知道人类在土地和粮食问题上究竟有多少过错，也无法知道人类到底受过多少惩罚。其实不只是他，大多数人都不清楚，都没有在意过和认真地反思过这件事情。我翻过孟昭华先生编著的《中国灾荒史记》，在一千来页的书上，密密麻麻地印满了我们国家从古至今所受的灾祸。其实，那也只是小小的一部分，更多的都已经被忽略和遗忘。

就算是全部，那也只是中国的事情，如果把整个世界所受的惩罚都实录下来，怕是再加上五十倍的文字量也无法记全。我们说的这些也只是历史，如果把正在发生和将要发生的都写下来呢，那就更难以想象了。面对这浩如烟海的灾祸记录，面对这些难以计数的惩罚，谁敢站出来为人类辩护，大声说人类是无辜的？

现在，让我们假设一下，如果你是一个合同的甲方，你的乙方有着那么厚一摞的违约记录，你还会和他继续签约吗？我想，答案一定是否定的，你一定会果断地中止和部分中止你们的合同。

如果用这样的一个视角去审视土地问题，那么，耕地面积的逐年减少是不是正意味着人们在不断地做着与上帝部分中止合同的事情呢？

这时，我的眼前突然映现出吉林省榆树市市委书记李国强的表情，我觉得我现在终于能够准确地对那表情进行定义，那应该叫作：痛惜。

那时，我正在榆树采访。当李国强对我介绍他的那些招商引资项目时，说得最多的并不是那些项目本身，而是那些项目所占用的土地。他说："当我看到掘土机挖开那些黑土的时候，我的心是疼的，我真想把那些油黑的土移走，铺到另外的地方，再种上庄稼。"我知道那只能是他的一个愿望，一个无法实现的愿望。因为他一个人，单薄的身体里所蕴含的能量远远地逊色于推土机以及推土机背后那些超级能量。但这个市委书记却着实让我感动了很长时间。尽管在汹涌的经济狂潮里每一个人都身不由己，尽管他这种不合时宜的伤感对他的仕途毫无裨益，但最起码他还保持着某种朴素的情感与良知。在考虑土地问题时，他没有从个人或局部的利益出发，没有从功利的角度出发，这就决定了他的心意和情感暗合着自然的心意。

这个夏天，当我在农村到处奔跑的时候，多么希望能多看到一些这样的表情。但遗憾的是，我看到更多的是大片大片长着庄稼的土地或没长庄稼的土地被卖掉、送掉或占掉，取而代之的是开发区，是楼盘，是高尔夫球场，是各种名目的合法及非法占地，是各种各样的工厂，是风格不同的钢筋水泥建筑。这些年，全国各地以发展地方经济为名，掀起了一浪高过一浪的招商引资，似乎每一个当事人都因为成功地进行了某项招商引资而洋洋得意，因为只要有人把工厂建到了自己的辖区，不管有没有投资收益，不管有没有税收，只要近期的GDP能上来，自己的政绩就上来了，其他的都可以以后再说。

这种竭泽而渔的做法，与榆树市的做法形成了鲜明的对比。早在李国强上任之初，就对各乡镇做出明确规定，一概不准招商引资，大家要做的就是面对农民做好服务，想方设法把庄稼种好。这是一个领导者难得的理智与节操，就算再缺钱，财政再困难，也不应该疯狂到让一些不知道企业为何物的农民去办企业，也不能让一些没有任何商业知识和经验的乡村干部去招商引资，更不能为了一些蝇头小利随意交出越来越珍贵的土地资源，那样做无异于赶鸭子上架，无异于拿肉包子打狗，无异于不惜卖血卖肾换取一顿酒喝。

在长达两个多月的采访过程中，我看到了大片土地的沙化、盐碱化，也看到了有一些土地被撂荒。如果说这些都构成了中国的粮食安全隐患，有一天都可能演变成可怕的诅咒，那么，这些诅咒可能都不是最深最重的。最深重的诅咒不是让土地沙化、碱化或撂荒，而是让土地上长出钢筋水泥的建筑，永久地失去生长庄稼的能力。是的，最深重的诅咒并不是死得难看，而是自掘坟墓。

我的姑奶奶，就是我爷爷的亲妹妹，如果现在还活着的话，能有一百岁开外。她是一个心里装着很多故事的人。我小的时候，只要见到她，她就会给我讲故事。

“孙子啊，过来，奶奶给你讲个故事。”

于是我就悄悄地坐到她身边，像一只中了魔法而变得安静的小猫。

现在，让我讲一个我姑奶奶给我讲过的故事吧。

从前有一个孤岛上，住着五个没爹没妈的小孩儿，吃不上穿不上，过着悲惨的生活，眼看就要饿死了。这时，天上的一个神仙路过那里看到了他们，便生了悲悯之心。神仙给了他们每人一个聚宝盆，但那是几个很小的聚宝盆，不能要什么有什么，每只盆子只能生出一样东西来。神仙说：“你们每一个人都可以按照自己的需要随意选择，往后能不能活，能不能活得好，就看你们自己的造化了。”说完那神仙老头儿就回到天上去了。接过了聚宝盆之后，这五个小孩儿就开始琢磨，眼下正是饥饿难忍的时候，按理说应该向聚宝盆要些吃的，可是又一想，如果要吃的，就是堆成了山能值几个钱啊，如果向聚宝盆要金子的话，只用一小点儿就能从别人那里换回很多吃的，接下来不就有享不尽的荣华富贵了吗？于是，他们每一个人都忍住饥饿要了金子。可是，当他们拿着自己的金子去别人那里换取食物时，才发现每一个人手里都只有金子，最后，五个小孩儿就守着金子被活活饿死了……

本来，我并不想用这个带有寓言性质的故事影射人类最终的结局，我也不想让诅咒最后落到人类的头上。然而，人类的目光短浅、见利忘义、自私贪婪和得寸进尺，注定要把自己一步步引向迷途。忘记了初衷，丢失了目标，又回不到起点。漫长的人类生存经验已经无数次表明，藐视或忽略生命最基本需求的一切活动，比如孤注一掷地“寻宝”“求财”，单纯追求经济效益，等等，都是十分危险的，最终必定为那些基本需求所制约，或为那些看起来微不足道的事物所击倒。所以老子说：“朝甚除，则田甚芜，仓甚虚。服文采，带利剑……是谓盗夸。非道也哉！”

“出门在外或进山寻宝，要带足干粮。”老爷爷又一次在岁月深处发出了叮嘱的声音。他提醒我们，不管要去哪里或干什么，只有随身携带“干粮”才是头等大事，或许也只有那“干粮”才是人们最初的起点、最后的目标和不断前行的力量。

那声音虽然苍老残旧，覆满岁月的尘埃与裂痕，但却厚重深沉，一经发出，便如远古的钟声一样，穿透我们的心灵，激起经久不息的回荡。

第二章　上帝怀里的解药

——粮食与人性

魔鬼又领他上了高山
霎时间，把天下的万国都指给他看
对他说
这一切权柄、荣华我都要给你
因为这原是交付我的
我愿意给谁就给谁
你若在我面前下拜
这都要归你……

——《圣经·路加福音》

“撒旦退去吧！”耶稣说。

因为耶稣坚信，人活着不一定单靠食物，所以他在禁食四十天之后仍然有足够的力量，抵御魔鬼的任何试探。

然而，人做不到。人不是神也不是神的儿子，人一天都不能离开食物。人是一台事先被装好了程序的机器。一顿不吃饭，这台靠血气运行的机器就会发出饥饿的信号；一天不吃饭，这信号就会频频闪耀；三天不吃饭，生命的警示系统就会“声音”大作；七天不吃饭，两眼就变成了充溢着血色的红灯。千百年的人类生活史告诉我们，脆弱的人性一定会在失去食物的某一个时间里，骤然发生变化。人可能对什么都不屈服，但却无法不屈服于安放在生命内部的程序。《圣经》上只说神造了人，但并没有说魔鬼有没有插手人类的程序设置。

人到底是什么呢？

不过是魔鬼与上帝打赌时的一副赌具、骰子或筹码。上帝说，人啊，你们不能离弃造你们的神；魔鬼便在一旁冷笑说，我看未必。于是人们便在漫长的岁月里，不断地被看不见的手掷来掷去，一会儿脸朝天堂，一会儿面向地狱。

我们不过是一个场所。执掌天地的大能者依次走过，黑夜或白昼、严寒或酷暑、细雨或狂飙、干旱或洪水、恩典或灾难……上帝刚刚离开，魔鬼就已经在某一个角落里站定，我们不知道这一切由谁施与，我们也不知道这一切都意味着什么，我们更不知道后来是一个什么样的结局，这结局会在何时因何而来。

我们不过是一座房子、一座殿堂、一个道场。

也许当我们一生下来，或还没有生下来时，一个魔鬼和一个上帝就已经在我们的身体里相对而坐，摆下了彼此对垒的阵势。我们以为自己一生都在成长，都在发生着变化，但我们实际上从来也没有过什么本质的改变。我们依然是那座房子，依然是那座殿堂，依然是那个道场，我们一生都在感受或体会着发生在我们自己内部的那场从未停息的战争。

上帝说你要有爱、怜悯和恩慈，要洁净，要成为“我”的样式。于是，我们内部的血便开始汹涌澎湃，似有巨大的声音从暗处发出，为我们欢呼，从我们看不到、摸不着的内部把一种神圣的情感和气氛推向高潮。我们觉得自己本来就是神的儿女，应该和神一样崇高、圣洁，完全可以战胜躲在暗处的那些欲望。

然而，魔鬼并不答言，他只是微笑，十分俊美又十分狰狞，十分体贴、慈祥又十分恶毒。他轻轻地向暗处招手，便有两样古老的“生物”从无依无凭的“空”与完全空洞的黑暗里一点点现出轮廓。中国两千多年前的一位圣人曾清晰地看到过它们的面容，并一语道出其本质，他说“食色，性也”。一开始，这两样东西都如柔顺的小猫小狗一样，让我们喜爱，让我们快慰，让我们在它们的陪伴下体验到生命的甜美。不知不觉地，它们就变得异常活跃，开始在屋子里和场地上到处乱跑；不知不觉地，它们就一点点长大，大到严严地挡住了我们的视线，大到我们自己无法把它们赶出场地。这时我们才发现，它们的出现，并不是为了取悦我们。它们并不是我们的宠物，而是我们生命的占领者。

可是，可以果腹的粮食在哪里？可以抚慰心灵与肉体的异性之爱在哪里？原来，欲望的食物就是我们自己的食物，我们被欲望充满时就会与欲望一同疯狂，一同咆哮。难以抵御的痛苦、折磨与恐惧会让我们死死地抱住魔鬼的大腿，因为这时我们会认为，我们原本来自黑暗，是他把我们唤醒，他本来就是我们的主人，他会从死与冰冷的恐惧中把我们救起。

突然想起存在于人类间的另一些行径，比如严刑逼供，给同类喝辣椒水、坐老虎凳、拶指、冰冻、电击、吊飞机，据说现代刑讯里还有隔着钢盔砸头等数不胜数的花样，虽然这些手段都是魔鬼的手段，但实施者却并不是魔鬼，他们在冒充魔鬼。如果论级别，他们不过是小学文凭，太直接，太低级。所以，尽管残酷，尽管惨不忍睹，毕竟还是有人能够挺过来。真正的魔鬼是那种比最甜的“食”还香甜千倍，比最销魂的“色”还销魂百倍的存在。真正的魔鬼所做的功，世间恐怕没有人能够抵挡。能敌过的人都不是人，而是神。

然而，上帝造人并不想让人在很短的时间里就纷纷败坏或死去。谁造了房子都会让那房子存在下去，并实现其功能。所以，人的基本欲求在一定界限内总是被许可的；所以，我们说上帝是仁慈的。当基本欲求得到满足之后，人们又重新获得了力量，又能够抬起沉重的头颅仰望星空，面对着上帝，微笑，忏悔，祷告或祈愿。原来，这个时间轮到了上帝发言。于是，住在我们里边的另一方获得了胜利。当我们迎着阳光的时候，便暂时忘记了背后的黑影。

曾有人说，我们一生与自己战斗，终究难以战胜自己。是啊，你并不是自己的主宰，而是一座被人主宰的房子，怎么能够决定成败呢？

现在我们还是来说粮食吧。

其实，那就是一种介质，一种保持和摧毁人性的介质。吃饱的时候，我们的血是红色的，尽管我们依然不够完美，但大致上说，我们还能够自觉恪守着人性的基本界限，向爱，向美，粗识感恩，并做着抑恶扬善的种种努力。有时，甚至能够很“过火儿”地鄙夷一下吃喝拉撒那样低俗的事物，并扬言此生“不为稻粱谋”。但真有那么一天，把粮食从我们的视野和生活里撤去，让它变得无影无踪，如渗进泥土里的水，那时的人类，便会轻而易举地背离神圣，血会变成黑色，或停止流动。历次大饥荒来临的时候，人间都是一片地狱景象，人类以自己发明的文字这样记录着：“饿殍遍野”“人相食”“易子而食”……

粮食，悬在人类头上的一把“双刃剑”。

既是上帝给人类的祝福，同时也是魔鬼对人类的诅咒；既是魔鬼以营养品的名义卖给人类的毒品，同时也是上帝怀里的解药。

大凡毒品都有一个共同特点——依赖性。有一种东西，一旦吃上，人们就会终生依赖，一天不吃或一顿不吃都想，果真吃不到时，则浑身上下，不管是精神还是肉体哪里都会感到痛苦，并且这种痛苦最终可以演变、升级为不可忍受之痛苦。这种东西，一旦稀缺或难以得到，就会变得十分昂贵，你说金子值钱，有时它比金子更贵重百倍。对于需要它的人来说，它是无价的，只要能获得少许，要什么他就会给什么。归根到底，这是一种要命的东西。不管一个人失去了这种东西的供给之后，会变得多么萎靡不振、昏昏欲睡或垂垂欲死，一旦吃上，一切不良的感受便顿时烟消云散。但这种东西的存在，并不像人们的欲望一样恒定和长久，想有就有，想没有就没有。它常常会因为某一些人为的或客观的因素被控制在少数人手里，甚至干脆就无法得到。它的毒就毒在这里，千日的丰饶都不能把人真的送上天堂，而一日的匮乏就会把人实实在在地送进地狱。这种东西，如果我们不把它说成“东西”，而说成大烟、海洛因或粮食，前面的那段话读起来都合情合理。换句话说，它们都有着毒品所具有的某些主要的和共同的特点。它们让我们在钟情与向往的同时，总是心怀忧虑和恐惧。

然而，它们自身也有着解药的一切特性，因为某一种药力或魔力的作用，使你无力，使你痛苦，使你疯狂或使你生命垂危、奄奄一息，但只要你把一种有效的解药吃下，很短时间之内，人就变得正常，和好人一样。不过，当解药的药力过后，人又会变得如先前一样，然后，这种解药将再一次被强烈地渴望、强烈地需求……

其味甘醇

在不知不觉之中，人类便迷恋上了粮食，但人们并不愿意承认对粮食这种疗饥的“药”已经产生了难以解脱的依赖性，只知道并承认吃下粮食的时候，饥饿的症状会从身体上退去。

那些有粮食的日子或丰饶的日子，总是一些幸福和快乐的时光。

从春到夏，从秋到冬，人们的身边总是不断地传来粮食的消息，而各种形态和颜色的粮食也总是从这里或那里不间断地传递出来自天国的微笑。

每一年的春天，当农民们把种子撒向土地，很快就会有一些绿色的消息破土而出，那些无声的许诺总是让人心生喜悦。不管生活到底有多么艰难和辛苦，这时从人类眼里折射出的光都是平和与充满希望的。有人吟咏

“谁知盘中餐，粒粒皆辛苦”，正是因为他们还有吟咏的力量和心情，他们知道粮食并没有消失，只要经过努力，粮食还会像被不经意扯得稍远一点儿的话题，重新回到盘中，它们并没有被暗中的执掌者彻底藏匿起来。上帝说：“你必终身劳苦，才能从地里得吃的。”尽管汗水和粮食的对话，十分艰难又十分漫长，但毕竟在不断地进行着，并互有承兑。

然后是夏天。随着阳光和雨水的恣肆，庄稼开始茁壮生长，拔节长高，如越来越大的声音，如越来越清晰的祝福。尽管其间也有一些令人不快的声音横插进来，如冰雹般的寒冷，如干旱般的灼热，如洪涝般的浑浊可怖……但那些噪音常常会很快消失，被湮没在更加广大的祝福声里。人类的心被悬在半空然后又平稳落地的过程，已经被反复演练许许多多个世纪了，但在反反复复剧烈的弹跳中，却生出了不会轻易改变的信念：天无绝人之路。

秋天终于来临。

为我们把粮食放在地上的那人，已经悄悄地走远了，但我们却从来没有眺望到他伟岸的身影。从南方到北方，从山地到平原，麦浪刚刚停止了不息的波动，稻谷随即便展开了它们金色的铺排；一望无际的豆菽脱去掩藏着丰富细节的叶片，阳光下的高粱便将酝酿了一个夏天的心愿举过头顶……遍地的金黄和火红，只等着我们去一一收取。但秋天的美好却始终没有人能够准确地进行命名和形容，刚说出灿烂，却发现似有悦耳的声音回荡其间；刚说出嘹亮，又发现有一些静谧而又深邃的意味默然隐藏……秋天所呈现和蕴含的一切，远远比季节本身更加绵长悠远。那是铺满了大地的心愿，那是来自高处的情感。

不管那些粮食最终在哪条路上行走，去了哪里，被装进了口袋，被载运在路上，或被储藏于仓库之中，实际上，它们都在受命于一种暗示的力量：传递，不断地向远方传递。那是施与者的旨意。这旨意一直像一种生命的基因一样，藏在每一粒粮食之中并通过粮食传输给吃粮食的人们。它们必如阳光、空气和水一样，均匀散布于所有的时间和所有的地点。

此时，一个农民正在场院上攒集和分配着他的粮食，有一些将运往别处或更远的地方，运往那些不生长粮食的城市或一些荒芜、凄凉的地方；有一些则要留给即将到来的冬天，在那些漫长而又寒冷的日子里用以补充生命的能量，维持人类内心的温暖与坚强。这时，给予和分享的快乐在这个劳碌之人的心里油然而生，并一点点充实着他的信心和情感，这正好与远方那些隐约的企盼形成完美的契合。

各种各样为储存粮食而开辟的空间，广布于人群聚集的所有地方，这种自然而然的强调，让粮食看起来已经有了几分不露声色的尊贵。一些身居高位的人，也把目光投向秋天，投向广阔的田野，他们看到了那些劳碌的身影和正在发生的一切。从秋天而来的美丽风景，让他们的脸上和眼中同时流露出欣慰与赞赏的光泽。而更多已经忘记了粮食的人们，却因为不需要想起粮食而显得悠然自得……人们埋头于另一些重要或不重要、有意义或无意义的事情。学习、工作、恋爱、吵闹、竞争或打斗……生活，在粮食的润滑下匀速运转，但一切都看似与粮食无关。此时，粮食正躲在暗处就如经常躲在我们身后的父母，因为他们没有任何问题，好好地“待”在那里，并一直以一种关切的目光在默默地盯着我们，无声地祝福着我们，所以才让我们不用刻意地想起他们，有时甚至忘却。

但我们的心是安稳的。我们可以暂时放下本不安稳的身体，想一些更加遥远的事情，白云苍狗或夜晚的星星。想一想时间两端的那些人和事，我们有没有愧对过去和将来，有没有亏欠下一些必要的敬畏和感恩。到底是谁，赐予我们这些粮食，医治了我们生命里定期复发的病痛？

好多时候，我们能够想到，要去关心我们的同类，因为粮食在我们身体里所发生的一系列化学反应让我们无法不像粮食一样，对一切生命心怀悲悯。拥有着阳光一样色泽的粮食照亮了我们的血液和灵魂，让我们能够看到我们的同类与自己一样，是那么脆弱，那样需要慰藉和关怀。我们愿意拿出自己的快乐与他们分享，我们也愿意将他们的痛苦拿来与他们分担。我们不但有能力关心他们的饱暖，把剩余的食物赠予他们，我们还有剩余的心思和力量关心他们的心灵与情感，关心他们灵魂内部的苦楚与快慰。

粮食以融化自己的方式进入我们的血液，我们也以融化自己的方式融入人群和这个世界。我们会和坐在我们内部的神一样，谈论起那崇高的爱。我们无声地做很多事情，让我们之外的那些存在因为我们的存在而感到安慰和快乐。让生命成为一种诗意的礼赞，并不是我们自己的想法，而是因为某些元素在我们体内得到了意外的激发。融化了的粮食在我们体内灼热地燃烧之后，把我们的灵魂加热到可以飞翔的温度，我们生命里的冰，便溶解于一片金色的光里。我们不再寒冷，不再阴郁，并神奇地拥有了融化自己和以自己融化一切的愿望。于是，便有春天的风在我们内心吹拂，和煦而又柔软。

比我们更强的强者以及比我们更弱的弱者，都在某些时刻学会了彼此善待和宽容。因为共同的粮食让人们拥有了共同的“血缘”和共同的生命印证。人们以慈善或以尊严的名义，生活在同一片天空下面的同一座殿堂里，或走在同一条路上，彼此谦让，相安无事。虽然人性里的骄傲、自私等诸多黑暗，总会如天空里的云朵，偶尔在大地上投下阴影，但更多的时候只是一掠而过，即使有难免的狂风暴雨，终究还会有雨过天晴，一切都在我们能够忍受的限度之内。是粮食，为我们提供了醒悟和悔改的力量。

因为人类的宽容，牛马牲畜们受到了非比寻常的善待，它们或得到了更加丰富的草料，或被允许自由散漫地游荡在收割过后的农田里，一整天不用去想着肩上的轭、身后的犁以及不停回响在耳边的鞭声，它们不经意甩动着尾巴的时候，常常让人们想起在人类头脑中变得越来越抽象的自由。

一只红着脸庞的鸡，这时成为秋天乐章里一个必不可少的音符。它突然从场院外边大摇大摆地踱入场内，泰然自若地开始了频率很高的啄食。农民信手抓起身边的农具向它挥舞，它便张开翅膀跳出一段距离，紧接着又回到了场中，于是农民再一次挥舞手里的农具……一次次的反复让农民无可奈何地摇了摇头，脸上露出一丝宽厚而大度的微笑。这丰收给了他难得的好心情，于是他决定不再去驱赶它，而是停下手里的活儿，欣赏起那只意外得宠的鸡。这是他自己的鸡。也许一开始它就有享受这些粮食的权利，这是丰收的年景，它要在上帝的祝福声里，尽情享受属于它那短暂的幸福。这祝福一旦停息下来，一切都有可能不复存在，包括它卑微的生命。

在此之前，那些不耕不种的野生鸟兽们，已经理直气壮地飞临或光顾了人类的农田，没有征求任何人的同意，也很少遇到人类任何形式的反对或抗议，它们像遵照某种旨意或某种秩序的安排一样，在农田里把嗉囊或胃口填满，领取了自己应得的那份，然后各自回到洞穴或飞向远方。望着那些远去的凌乱的身影，守在田里的农民或田园之外的人们纷纷眯起追寻的眼睛，让目光久久地徜徉在越来越透彻的蓝天和白云之间。因为天空湛蓝、高远，人们的心，也悠地随之变得高渺、旷远起来。

因为粮食的承诺和兑现，人们不再急匆匆地奔跑或赶往那些陌生的地点，不再忧虑冬天的苦寒和未来那些莫测的时光。这时，如果站在很高的高处看没有饥饿之虞的人类，一定像饱食的羊群一样，温和、平静、安稳、柔顺，眼神里闪烁着悲天悯人的光芒。

这时，让我们顺便翻开《本草纲目》，看一看我们所熟悉的粮食，就会发现，任何一种粮食其实都是一种“药”，而它们的药效又几乎有调节脾之用：

> 粳米：〔气味〕甘、苦，平，无毒，〔主治〕益气，止烦止渴止泄。温中，和胃气，长肌肉。补中，壮筋骨，益肠胃。
>
> 粟米（即小米）：〔气味〕咸，微寒，无毒。〔主治〕养肾气，去脾胃中热，益气。
>
> 黄大豆：〔气味〕甘，温，无毒。〔气味〕宽中下气，利大肠，消水胀肿毒。
>
> 玉高粱（即玉米）：〔气味〕甘，平，无毒。〔主治〕调中开胃。①

正是因为这些天性平和、甘醇的事物，我们的生命与情怀才得到了某种恒定的滋养。

神秘的“虫子”

后来，雨水渐渐地多了起来。

地上的植物，因为雨水的丰沛，已经不再干渴。但雨水还在继续增多，地上的很多事物都因此改变了生命的状态，由最初的渴望变成无法承受。有一些在雨中倒下，因为它们的根基太浅；有一些则在雨中漂浮起

① 以上引自《本草纲目》，人民卫生出版社，1975 年版。

来，因为它们原本就没有根基；而另一些则在雨水中一点点膨胀，改变了原有的形态，因为它们早已经失去了生命；只有那些根深叶茂的植物，稳稳地在雨中站立。雨水经过的时候，它们并没有因为贪婪而过多地留用，而是让那些经过自己的水继续流走，流向它应该流去的地方，所以过多的雨水并没有成为它们生命的负累和伤害，反而使它们更加根深叶茂，它们经受住了雨水的考验。

然而，当粮食在人群中分配和聚集的时候，过程却十分缓慢、柔和。

往往，人们并不能像植物感受雨水那样感受到粮食对人类的滋润或浸泡。因为人类躲进自己的房子之后，便与天空有了隔阂，他们并不能像植物一样随时感受和领会自然的意图。人类在很久以前就从整体上失去了这个能力。

那些金光闪闪的粮食，分散在地上或存储在仓中，看起来十分美好，悦人眼目，但我们却不知道那一刻它掌握在谁的手中，将按照谁的意愿流往哪个方向。就算它们的数量已经记在了我们自己名下，也还是不知道它将属于我们生命里的哪一个方面，那两个在我们身体里对面而坐的宿敌——上帝和撒旦，谁来替我们对那些粮食行使最后的支配权和使用权。我们无法知道摆在面前的粮食最终将成全我们，试炼我们还是毁灭我们，因为我们无法知道自己最后将成为上帝的仆人，还是成为撒旦的奴隶。

但这一切的发生或发生的可能，仅仅是从外部对人或人性构成牵引，造成影响。更多的时候，粮食是直接进入人的内部，血液或灵魂，构成某种篡改，就像电脑里的病毒一样，以一种无法言喻的方式，成为你灵魂的宿主。粮食以其不容置疑的香甜、醇厚和爽滑可口，滋养了人类，同时也常常因为看护不善，滋生出了令人厌恶的虫子，供养了令人切齿的老鼠。

而那些与粮食具有类似性质的人类心灵，也有一些因为看护不善，自然而然地如粮食本身一样，起了虫子或住进了老鼠。

这似乎是一件很难理解、很难接受的事情。

在我们的眼里和心里，粮食总是那种光洁、神圣的样子。自从在庄稼上被剥离下来，到经过曲折复杂的程序成为我们口中的食物，我们没有一刻怀疑过它们的圣洁与纯粹。一开始，它们看起来那么光艳和洁净，不管是什么颜色，金黄、火红、翠绿或雪白，总如天生和神造一般，经过农民们反复晾晒、吹、扬、筛、簸，再经过各种机器的高速研磨，就更加没有人会怀疑它们的可靠性。但事情就是在不知不觉中发生了变化。

一袋很好的米或面，静静地放了一些时日，突然就有了虫子，一开始零零星星，偶尔可见，总还有一些治理的办法。如果在乡下，人们就会按照经验丰富的老者指点，把米面拿到阳光下晾晒。由于受不住暴晒后粮食的灼烤，那些藏在暗处的虫子便陆续爬出。本以为只是眼见的零零星星，结果却往往出乎我们的意料，情况严重时，甚至会有成片成行的虫子从米、面里爬出，直爬得人毛骨悚然。如果没有及时发现，虫子生久了，那就更加可怕，到了无法收拾的程度，整袋的米面都变成了虫子和虫子的窝。实在没办法，只能把那些恶心的虫连同米袋一起扔掉。

老鼠与粮食似乎更是形影不离的两种东西。只要粮食聚成了堆，不管堆放在房里、仓里或其他任何地方，总是难免会引来老鼠的。在两千多年以前的《诗经》里，人们就已经开始吟咏“硕鼠硕鼠，无食我黍”了，看来老鼠盯上人类的粮食应该是有一些岁月了。无怪乎人类对老鼠或“鼠辈”那样的深恶痛绝，原来这份仇怨竟然经历过如此天长日久、世世代代的沉积。

鼠类的可恶，不仅仅在于它们世代与人类争食粮食，窃取人类的劳动成果，也不仅仅在于它们那贼头贼脑、心怀鬼胎的形象，更严重的还在于它们足以成为威胁人类生命安全的巨大祸患。它们会在一些干旱的年景里，丧心病狂地把成片的秧苗咬死，用以解渴或充饥；还会在一些时候把疫病传染给人类，直接危害人类的健康和生命。

人民公社时期，我家所在的“公社”里，每个生产大队都专门成立一个捕鼠队，几个老人或妇女，拎着一堆小红旗，漫山遍野去捕鼠。且不说那些捕鼠队当年是否取得了什么令人满意的成效，但就那件事本身，起码还是让人们心里有了些许的慰藉。然而，生在人类心灵里的“虫”和“鼠”，很多时候却不容易被察觉，也没有人特别留意，更没有专门的“捕鼠队”去跟踪治理。

早年，家乡有一个叫刘武的青年。虽然家境贫寒，经常吃不饱穿不暖，但他从小就有一种友爱宽大的情怀，天生正直、仗义。如果他在哪里发现了成片的野菜或野果，一定不会自己独占，而是叫上其他伙伴儿一起去采摘，共同分享。他家的玉米饼子里经常掺着绿色的菜叶或榆树叶，却几乎每一个伙伴都吃到过，因为他从不吝啬，尽管自己有时都吃不饱，但只要从别的孩子眼中发现了饥饿的神情，他就会毫不犹豫地把自己的食物分给他们。村子里没有人不佩服刘武，都说刘武是天生将帅的坯子，生到这偏远落后的农村真是“白瞎”了。在当时人们的心里，刘武的气质应该就是现在我们所说的领袖气质。

就这样，刘武在人们的赞叹声中渐渐长大，不仅身材魁梧而且胆气非凡，连当时的大队书记都很服气，于是刘武很快就从带领社员干活儿的角色变成了大队长。再过一些年，刘武果然如人们料想的那样，顺理成章地当上了大队书记。许多年来，从来没有人怀疑过他的公平或正直。

有一年，村里发生了一起案件，跨村而过的电力线铁塔被拆，造成了好几个县停电，地区和县里的公安联合侦破那起大案。由于那时还不太讲人权，侦破组到村里就挨家挨户地搜，谁都不能例外，结果在刘武家里搜出了十六麻袋小麦。要知道，在那个年代，人们连吃到被称作粗粮的“苞米面”都是件奢侈的事情，哪里能吃得起“白面”。由于小麦低产，好时候亩产也就是三百多斤，两麻袋相当于一亩地的产量。当时，一个生产队每年只种植很少的小麦，充其量不过二三十亩，大多用于社员们年关节日改善一下生活。十六麻袋的小麦相当于一个生产队四分之一或三分之一的小麦总产。农民们不敢想象刘武家会有那么多小麦，凭他们有限的想象力，甚至都无法猜测刘武到底是用什么办法把那些小麦弄回家的。那件事之后，村里人有好长一段时间在情感上过不去，几乎人与人见了面就会谈起这件事，心里不平衡啊。

就是这个时候，我听到爷爷说，刘武这小子心里长了蛀虫!

最后，刘武的事情是怎么收场的，现在已经回想不起来了，因为它本身已经没有什么意义了。然而，爷爷的那句话却让我记忆很深。从当时爷爷的神情看，那可是一件了不得的大事。是啊，刘武的心里为什么就起了蛀虫？从什么时候开始的呢？

这是一件无法预知的事情。就像我们从来不知道哪一天粮食开始起蛀虫一样，人们永远也无法事先知道自己或别人的灵魂里什么时候会起虫子。

粮食就是这样一种亦正亦邪的事物。粮食的灿烂、美好和赏心悦目，常常激发出人们沉迷、热爱的情感，但也常常会引发人们深藏于内心的贪婪。粮食，在照耀了人类灵魂的同时，也映射出了灵魂的阴影。

其实，粮食与人类心灵之间的这种关系，说不上隐蔽和神秘，有时甚至是清晰可见的。随意从历史的长河里摘取一朵浪花，我们都能够看到粮食对于人性的反作用，从那些依稀可见的故事或情节里，折射出了人性的反光。

现在，我们就把历朝历代、国内国外的大小事件都放在一边，只说发生在1910年的一段往事。

1910年4月，距今百年前的长沙。

这一日上午，长沙南门外碧湘街乌春巷以挑卖沙水为生的贫民黄贵荪之妻，拿了丈夫卖水得来的所有制钱，赶到碧湘街戴义顺碓坊，想以80文制钱买1升米，米商以其中杂有不通行的制钱数文为由，要求其调换。黄妻回家借来通行钱后，再往戴义顺碓坊，米价却已涨至85文1升。通货膨胀让黄贵荪的妻子深感绝望。这地狱般的世道，已经不容许穷苦人活下去了。最后，她“采取了无力抵御的最后一招”，跳入老龙潭中自杀而死。放弃生命，也放弃了生命中的无奈与屈辱。其夫听闻消息，带着在老龙潭边哭泣的两个小孩儿，一同投入老龙潭中。

仅仅是1升米，仅仅是与1升米有关的5文钱，就断送了四个人的性命。到底应不应该，到底值与不值，四个人的死与人性里的黑暗有没有紧密的关联，我们并不想妄加评说。死者长已矣。说不完人生的无限凄凉，道不尽生命的卑微脆弱！几条生命有缘或无故地寂灭，对这个并不完美的世界来说，并没有什么稀奇，本来也没有更多好说的。我们只能把这些暗淡的感慨，放在我们无声而疼痛的内心，为世上所有的穷苦人和弱者保留一份同情和悲愤。

然而，这仅仅是一个大事件的序幕。所有人性里的善恶优劣都藏在事件的背后。

黄贵荪一家自杀的消息很快就在长沙城内的饥民中传播开来。当时就有人咒骂那个米商："戴义顺为富不仁，高抬米价，逼死人命。"并要求米商为四位死者备办棺材。应该说，素有"鱼米之乡"和"膏腴之壤"之称的湖南，发生大面积饥荒，米价飞涨，并非由于真的没有粮食，而是由于粮食聚集在少数人手里。据说，当时被饥民们逼问得无以对答的湖南巡抚反而这样问饥民："你们为什么没粮吃？城里有的是啊，我就总是吃得饱饱的。"他说的当然是事实，但穷人吃不上饭也是事实。那么粮食到底都去了哪里呢？原来，大批粮食当时都集中在米商、官府和有钱人的手里。这原本是供天下所有人、所有生命享用的粮食，却被少数人用来囤积居奇，趁火打劫，牟取暴利。

这场灾难或者说任何一场灾难的发生，最深刻的原因都是出于人性的贪婪、自私与残暴。在这个事件中，首要的原因是米商们的自私和贪婪。这伙人比20世纪40年代旧上海滑稽明星筱快乐大骂的囤积居奇的"米蛀虫"还令人发指。唯利是图的奸商们，总要把属于人性中的"小残破"——自私，演绎、升级成为"大残破"——残酷。面对大批没有购买力的饥民，米商们竟然一天数次提高米价，把价格推高至平常的几倍甚至几十倍，并且到了连穷人的5文钱都不肯放过的地步。另一个原因则是官府的灭绝人伦和草菅人命。口口声声称为百姓衣食父母的贪官们，在粮食歉收的荒年里，不但不去考虑如何采取积极有效的措施平抑米价，解救百姓于水深火热之中，反而勾结奸商将粮食运输到外地，从中渔利，真是贪婪到了丧心病狂的地步！一切不义都从贪婪开始。因为贪婪所以渎职，因为渎职所以官逼民反，因为民反所以才导致更高一层官府的气急败坏和血腥镇压。于是，接下来发生的事情就变得顺理成章，不可避免了。

这件事终于引发了大规模的民变。乡民们捣毁了碓坊，要求官府平粜救灾。在官府与米商同流合污共同欺压百姓的情况下，愤怒的群众一把火烧毁了巡抚衙门，砍断了作为官府象征的旗杆，将抚台赶走。

各种战争、灾荒和风潮，之所以会进入最后的血腥阶段，往往是因为有越来越多的人，心被铁甲包紧，被黑暗充满，良善消失，灵魂被邪恶的力量控制。因为时间的久远，我们无法从那些模糊的事件和细节里条分缕析地评断出反正对错。那个时候，一切都不会按照人类社会的正常规则运行，人性之光宛若黑夜里的萤火一样，已经微弱得失去了任何照耀、温暖的功能。游戏的规则、裁判、结果都掌握在撒旦手里。所以人们无法对那时的事情做出客观公允的评断，连历史也不能。因为历史本身就是用来被反复篡改、随时质疑、重新审视的。

以恶制恶的结果是扮演平民的那些人和扮演官府的那些人最后都为恶的情感和动力所支配，但平民的小恶终究斗不过官府的大恶。关于这一点，历史教材上的描述及品评与历史的真相和实际操作，总是有着非常大的出入。稍微熟悉一点人类历史的人都会发现，语言和情感的天平一般总是倾向于平民，而事实的天平却总是倾向于权势。其基本句式往往是这样的“轰轰烈烈的××起义，最后遭到了血腥的镇压”。在诸多类似历史事件发生的当时，平民的恶往往都要被过度渲染和过度惩治，而统治者的恶和残忍却经常要披着一层正义的外衣，被理解、允许和支持。所以，湖南长沙抢米风潮的结果，自然也就在意料之中。新巡抚一到任，即刻下令，缉拿“暴乱”的领头者，许多人被杀了头，头被挂在柱子上，以警告后来的“造反者”。

然而，不管是怎样的结论和结果，最终都逃不过人性的拷问。粮食，正是一种可信的人性试剂。因为粮食对任何人都不是可有可无的，所以它总是很紧密、很敏感地直接关联着人的生存或生命。因此，对待和使用粮食的态度，在很多时候就是对待生命的态度。

饥饿的蚂蚱

我们对蚂蚱最初的记忆是美好的。

在很多人的童年里，蚂蚱都是一个重要角色，它们鲜艳的色彩和温顺的样子以及在草丛间跳来蹦去的生动、活泼，让我们相信，这些小小的生灵是我们童年里最有趣味的伙伴。每一个在乡下长大的孩子，几乎都玩过抓蚂蚱的游戏，并且在游戏中得到过无限的乐趣。

记忆中，这些小精灵和我们的童年一样美好，也和我们的童年一样令人依恋和神往。如果不是亲眼所见，不是有那么多确凿可查的证据，几乎没有人愿意，没有人能够，把那些小小的蚂蚱与蝗灾或蝗祸联系在一起。

然而，就是这样一些活泼可爱的小生灵，在生存资源短缺或饥饿的时候，也会变得十分可怕，如妖如魔，疯狂成难以扼制的灾祸。

蝗灾，是一种世界性的灾变，源远流长，绝非传说。早在两千年前，《诗经》里就有记述："去其螟螣（螣即蝗虫），及其蟊贼，无害我田稚。田祖有神，秉畀炎火。"据邓云特《中国救荒史》统计，我国秦汉时期蝗灾平均8.8年一次，两宋时期为3.5年一次，元代为1.6年一次，明、清两代均为2.8年一次，受灾范围及程度堪称世界之最。

据说，蝗灾起时，遮天蔽日的蝗群，会像乌云一样从远天汹涌而至，蝗群所过之处，像被一支魔幻的笔涂过一样，一切颜色全部被勾成土色，看过蝗群的人没有一个不为之胆战心惊，“那景象太可怕了！”早年就听爷爷不止一次地这样感叹。

蝗灾之所以可怕，其中一个原因是它们数量巨大。据资料介绍，1889年，红海上空出现了有史以来最大的蝗群，估计约有2500亿只，飞行时高密度的蝗群挡住了阳光，使大地一片昏暗。1954年肯尼亚蝗灾发生时，从空中观察到的五十个蝗群总共覆盖了约1000平方公里的区域（其中最大的一群占地200平方公里），估计共有500亿只蝗虫，重10万吨。

蝗灾可怕的另一个原因是它们的疯狂。飞蝗中最厉害的是东亚飞蝗，产自于中国、日本等东亚国家，这些蝗虫个头不大但杀伤力极强，飞行时声震数里，地动山摇，所过之处片绿皆无。在农作物和其他植物缺乏时，它们甚至可以去吃牛羊背上的毛、房屋顶上的草及沾有汗味或油味的农具木柄。《晋书·帝纪第五》有记载，晋怀帝永嘉四年（公元310年）五月，“幽、并、司、冀、秦、雍等六州大蝗，食草木，牛马毛皆尽。”最后，当实在没有东西吃时，它们便自相残杀，吃自己的同类。蝗虫的外壳极硬，即便在飞行时撞中疾驰的汽车照样安然无恙。饱食之后的蝗虫可在短短的三十分钟内将食物消化一空，而在食物缺少时又可以六天不吃不喝继续前进。

物失本性，是为妖。

《圣经·约珥书》中，对蝗虫的描绘更加令人心胆俱寒：“那日是黑暗、幽冥、密云、乌黑的日子，好像晨光铺满山岭。有一队蝗虫又大又强；从来没有这样的，以后直到万代也必没有。它们前面如火烧灭，后面如火焰烧尽；未到以前，地如伊甸园，过去以后，成了荒凉的旷野，没有一样能躲避它们的。它们的形状如马，奔跑如马兵。在山顶蹦跳的响声，如车辆的响声，又如火焰烧碎秸的响声，像强盛的军队摆阵预备打仗。它们一来，众民伤恸，脸都变色。它们如勇士奔跑，像战士爬城。各都步行，不乱队伍。彼此并不拥挤，向前各行其路，直闯兵器，不偏左右。它们蹦上城，蹿上墙，爬上房屋，进入窗户如同盗贼。它们一来，地震天动，日月昏暗，星宿无光……”

一切的“变”都从饥饿而生。是难以忍受的饥饿和难以熄灭的生命之火，让它们变得如中了魔咒一样，不但有了可怕的欲望，而且拥有了可怕的能力和能量。其实，当食物匮乏、饥饿降临时，不要说那些本来就没有多少意识的动物，就是我们这些自称为万物灵长的人类，又何尝不是一群饥饿的蚂蚱呢!

在这个世界上，任何有血气的生命，都禁不住饥饿的试探。所有能够感受饥饿并受到食物控制的动物，包括人，一旦失去食物的供给，都会表现出其“魔”性的一面。当我们认真反省人类的各种行径与活动时，便会发现，对这个世界冲击最大、破坏最严重的并不是蝗灾或其他灾害，而是受着某种魔力驱使的人群。在这里，先不说那些针对国家、政权、利益集团所进行的大规模冲突、战争、起义、暴动等，单是晚清及民国时期以来，各省各地记载的有关“吃大户”“抢米风潮”，因为无粮可食而引起的“米骚动”或“食物骚乱”现象，就足以令身在其外的人们瞠目结舌。

《革命百里洲》一书中有一段生动的记述：“1928年，春荒里弥漫着饿死者的尸臭，居然有地主把余粮卖到外地发横财。干脆反了罢。枝江地面上第一支饥民队伍出动了，先是数百人，直至几千人。以麻幌为号旗，带足了筐篓布袋收米簸箕，老弱病残前面走，妇女儿童紧搀倚，少壮人马稍后跟。在锅碗瓢勺的磕碰声里，在滚滚黄尘的裹挟之中，饥民大队呼呼啦啦一路前行，逢大村即进，见富户便停，要的是一碗糙米饭。到了主家大门口，先是一阵丁零当啷的喧嚣敲打，待东家开门相迎时，众人静下来，有齿牙伶俐的汉子高叫道：去年是戊辰，年成拐得很，穷人难活命，借粮肯不肯？念罢，老妇少儿一片哀吟——这阵势，甭说吃粮，连人都想吃，哪个财主动作敢慢一些？”

实际上，这样的行为仍是斯文的，还没有进入那种强烈的“集体无意识”状态，人们的情绪和行为还都在控制之中。这是一般的风潮初期，人群只是有了方向性，但却没有狂暴性。史料所记的其他“风潮”，也常常控制在这个状态。“饥民相率向富家有谷者坐食”，并“不取其他货物”。比如无锡饥民入户吃米，态度很客气，对地主说：“你们吃，我才吃，你们睡，我才睡，这不犯法的。”还有的饥民张贴告示曰：“凡可果腹，即可求，其他衣物，不准夹带，俾有别于土匪，庶延续乎残生。”

但当事态和集体情绪发展到一定阶段时，那种种温文尔雅的状态就不会存在了，取而代之的是个体的人性一点点暗淡，“集体无意识”引导、左右着群体的行为。于是，便有一夜间强行分粮三百多石，动刀、动枪，发动五千余人直接冲向地主田中抢收苞谷等暴力行为出现。再往下发展，便是“暴动”或“起义”了。

当时湘鄂农民中有一首《武汉吃赈去》的歌，从另一个侧面对当时的“吃大户”现象进行了反映。

农夫种地不见钱，
城里富翁吃不完，
哎呀，龙翻身，
天连水，水连天，

农户家家断炊烟，

走走走！

锄头莫离手，

哎呀，先吃大汉口，

哎呀，然后吃扬州！

这是饥饿的力量，也是群体的意志。

客观地讲，历史上农民的“吃大户”现象，是有其存在的合理性和必然性的。那些种粮食的人，应该最明白粮食从何而来。它们来自土地，来自农民手里。但由于不公平的社会游戏规则和不均衡的引力作用，造成了粮食的不合理流动与囤积。农民们更知道粮食的去向，他们在饥饿的眩晕中也不会忘记，粮食曾经流到了城里，流到了有钱人或官府的仓库。于是，他们组织起来纷纷上路，开始了对粮食的追讨。“有米不能独家占，有粮不能饿众人。”任何生命在任何时候，都拥有生存的权利。当失去食物，生命受到威胁时，他们灵魂里那些美好善良的想法也会随之消失，他们不再是“治民”和“顺民”，他们生命中的“恶”为潜伏的原始力量所支配，为另一种更大的“恶”所激发，于是便一改往日的温顺，成为一支被强大求生欲望武装起来的“军队”。

曾有科学家对蝗虫的习性以及习性的突变做过实验和研究。结果表明，蝗虫在其生活史早期是孤立的、没有翅的“若虫”，倾向于相互避开。但是，当资源变得缺乏，饥饿的阴影笼罩着它们的时候，它们便被迫开始相互影响。共同的需求使蝗虫们靠本能向一处聚集，当密度加大到一定程度，也就是达到一个临界密度，每平方米达到25～62只时，蝗虫便开始排列成行，朝同一个方向前进，甚至统一地突然改变方向。当每平方米蝗虫数量超过74只时，有序前进的蝗群停止改变方向，而是向同一方向不断前进，前进。这时蝗虫的“常性”已完全发生变异，它们不再是我们平时眼中蹦蹦跳跳、好玩、有趣的蚂蚱。然后，它们组成有秩序的本地蝗群。这种蝗群有能力统一行动，进入近邻的栖息地，并让越来越多的蝗虫加入进来，最终成为巨大的蝗群。这时，它们便可通过在群体中的相互激励，获得奇异的能力。美国科学家曾发现，一群蝗虫竟在海拔2400米的高空和一架飞机一起飞行。至于它们为何能飞得如此之高，至今仍难以做出合理解释。此外，尽管在人们心目中，小小蝗虫不可能如同强壮的候鸟一样越洋远飞，但科学家也曾测到，一群非洲蝗虫曾从非洲西海岸飞到了加勒比海，五天之内竟然飞行5600千米。

仔细对照分析蝗虫平时的习性和聚集成灾并获得巨大能量的过程，总是感觉与人类的某种行为有诸多相似之处。单独的人或个体的人，总是很平静，每一个人身上都有着文化、修养和受教育的印记，有的人表现为温文尔雅，有的人表现为彬彬有礼，有的人表现为节制谦卑……而有一些时候，当人们因为某种理由聚集成群的时候，每一个人都不再是单独时的那个人，他们的行为会一反常态，表现出令人难以理解、难以置信的状态。加入或融入群体中的人，个体生命的意识和一切行为特征几乎全部消失，个人的行为能力被群体的情绪牢牢控制，就如蝗群一样，把每一个个体吸附融化，化作一团只有单一意志的浊雾。

想一想那些进入战争的人群、那些参与社会运动的人群、那些逃亡的人群、那些因饥饿而成批迁徙的人群、那些讨荒或“吃大户”的人群……那浩浩荡荡，前赴后继，无可阻挡的情状，怎么看，都酷似于另一个“蝗群”。

残忍的“试探”

历史上并不是每遇大旱都会发生蝗灾，更不是每遇饥荒都能够“吃大户”或发生“抢米风潮”。大多数情况，那些生命的个体只是独自面对饥饿的围困，在自己生命内部展开一场更加惨烈的“战争”。

经历过“困长春”的宋玉芬老人在谈起那场中国近代史上最著名也是最沉寂的战争和饥荒，谈起人在经受饥饿考验过程中的种种感受时说，一个人长期吃不到东西，会变得很可怕，就不像人了。不但一个个饿得瘦骨嶙峋、两眼如灯、摇摇摆摆，跟个活鬼似的，连神情都变得很可怕。那时，不管听到、看到、闻到或想到任何与食物有关的信息或气息，都会产生强烈的食欲，好像看到什么都想吃到嘴里似的，一开始吃树叶、树皮，后来，连棉絮、木棒都想吃，所以到最后就有人吃人的了。

宋玉芬老人说，现在说起人吃人的事情好像很不可思议，但那时，听到人吃人已经不感觉多么奇怪了。那时的人已经没有了正常人的情感。

过多的磨难已经让人心变得麻木或生出了老茧，人性中的那点光芒已经被痛苦消磨得所剩无几。一开始见了死人还知道悲伤，知道掉眼泪，也还知道害怕，知道“头皮发麻”，到了后来，就不再害怕别人的死，不再害怕死人那种奇怪的形态，而是害怕自己突然在某一时刻也变成那样可怕的死人。再往后，见了死去的人打个“唉”声就过去了。最后，连个“唉”声都不再打，已经不把死当回事儿了。

据当时任某师一团参谋长的刘悌老人回忆，他们在二道河子执行围困任务时，就发现有个老太太，把死去老伴儿的大腿煮着吃了。最初是通讯员回来向团长吴子玉报告的，结果两个人一起去了现场进行核实。团长回来说，他们在那个老太太家的锅里看见了一条没有吃完的死人大腿……

劫后余生的宋占林老人在回忆起那段往事时也说，那时人吃人的事儿确实已不新鲜，当年他不但听说过人吃人的事情，还亲眼看到路边一个死人的两条大腿都被剔光，而那肉明显是用刀剔的，不是狗啃的，况且那时城里的狗早已经被吃绝了。

看来，当饥饿袭来时，人性是会在巨大的轰击下发生变异或损毁殆尽的。如果没有粮食或者说没有食物，人，这台失去润滑剂的机器，就会发出刺耳的狂啸或干脆停转不动，如一堆没用的废铁。在这种残忍的试探面前，很多人就那么丢掉了本性或停止了生命的旋转。没有了人性或生命，两种情形都使曾经的人不再称其为人。

如果说，“困长春”只是近代中国发生的一个偶然事件，并不足以说明脆弱的人性会在没有食物的灾荒中被轻易摧毁，那么我们可以再看一看孟昭华的《中国灾荒史记》，看看其中那些作者从史书中梳理出来的令人触目惊心的记载，就不得不承认人性中那些可怕的黑暗了。

《前汉书·食货志》：“汉兴，接秦之敝，诸侯并起，民失作业而大饥馑，凡米石五千，人相食，死者过半……”

《汉书·王莽传》：“连年久旱，亡有平岁……北边及青徐地，人相食，……饥民死者十七八。”

《晋书·愍帝》：“冬十月，京师饥甚，米斗金二两，人相食，死者太半。”

（辽）天庆八年（1118年）：“山前诸路大饥，乾、显、宜、锦、兴中等路，斗粟直数缣，民削榆皮食之，既而人相食。”（资

治通鉴续纪·宋纪五十》）

宋建炎元年（1127年）："汴京大饥，米升钱三百，一鼠值数百钱（连老鼠都差不多吃绝了）。三年，山东郡国大饥，人相食，民聚为盗，至车载尸为粮。"

德祐二年（1276年）："正月扬州饥，三月谷价腾涌，民相食。"

也许是人的因素，也许是大自然的偏爱，历史上唐、宋两个王朝所经历的灾荒相对还是少了一点。

到了元朝，这个历史上最不重视农业的朝代，由于民生脆弱，缺少储蓄，一遇饥荒必"人相食"，结果成了人不佐、天不佑的最糟糕的朝代。看看这个朝代里那些令人发指的记载吧：

（元至正）三年（1343年），卫辉、萘宁、忻州大饥，人相食。

四年（1344年），霸州大饥，人相食。东路东阿、阳谷、汶上、平阴四县皆大饥。

五年（1345年）春，东平路湏[①]城、东阿、阳谷三县及徐州大饥，人相食。

六年（1346年）五月，陕西饥。

七年（1347年），彰德、怀庆、东平、东昌、晋宁等处饥。

九年（1349年），胶州大饥，人相食。钧州、新郑、密县饥。

十四年（1354年）春，浙东台州、江东饶闽、海、福州、邵武、汀州、江西龙兴、建昌、吉安、临江广西静江等地皆大饥，人

① 原书引文写作"湏"，据中华书局《中华字海》553页改。

相食。

…………

十八年（1358年），莒州蒙阴县大饥，斗米金一斤。冬，京师大饥，人相食。彰州、山东亦如之。

十九年（1359年）正月至五月，京师大饥，银一锭得米仅八斗，死者无算。通州民刘五杀其子而食之。保定路莩死盈道，军士掠孱弱以为食（连国家机器军队都开始吃人了）。

…………

到了明朝，天灾人祸同样频数极高，旷古稀有。

据《中国灾荒史记》记载，自1368年至1644年，二百七十六年中，共发生自然灾害1011次。其中，水灾196次，旱灾174次，地震165次，雹灾112次，风灾97次，蝗灾94次，歉饥93次，疫灾64次，霜雪灾16次。另外，恒雨、恒阴、恒燠、山颓、恒寒、雷震等灾害的更是种类繁多，千奇百怪。

尽管种种灾害的最初表现形式不尽相同，但最后的落脚点都是民饥。可怜那些“民”，到最后不是受到灾害的直接杀伤，就是通过饥饿的方式慢慢死亡。

崇祯年间，更是饥荒连片。

元年（公元1628年），陕西饥，延巩民相聚为盗；二年（公元1629年）山西、陕西饥；五年（公元1632年），淮扬诸府饥，流殍载道；六年（公元1633年），山西、陕西、淮阳大饥，有夫妻雉经于树及投河者，盐城教官王明左自缢于官署。七年（公元1634年），京师饥，御史龚延献绘饥民图以进。太原大饥，人相食；九年（公元1636年），南阳大饥，有母烹其女者。江西亦饥；十年（公元1637年），浙江大饥，父子兄弟夫妻相食。十二年（1639年），两畿、山东、山西、陕西、江西饥。河南大饥，人相食，庐氏嵩伊阳三县尤甚；十三年（公元1640年），北畿、山东、河南、陕西、山西、浙江、三吴皆饥。自淮而北，至畿南，树皮食尽，发瘗（yì）胔（zì，地下腐肉）以食。

连绵不断的灾祸和灾祸中人性的明灭与起伏，明明白白地显示出了生命的脆弱和人性的不可试探。有食物时呈现出的明媚与温暖和没食物时呈现出的黑暗与阴森，也已经明白地告诉我们，人类片刻也离不开上帝怀里的解药。

然而，那忽隐忽现、忽丰忽歉的粮食，并不总是在意我们的辛劳和汗水，并不总是怜恤我们的脆弱与柔软，它并不是专为我们的快慰与饱足而存在。有时，它会按照自己的意愿或遵循冥冥中不可违抗的力量，从我们面前消失，而我们已经再也找不到可以依靠的事物来替代它。这时，它曾经的成全便成了今日的摧毁。

对于粮食，我们永远不敢说拥有决断的能力，所以，如果我们不想让灵魂落入撒旦之手，那么便别无选择，只能俯下身去，向命运之神祈祷。

第三章　凌晨3点的声音

——粮食与命运

地必为你的缘故受诅咒
你必终身劳苦
才能从地里得吃的
地必给你长出荆棘和蒺藜来
…………
你必汗流满面才得糊口
直到你归了土
因为你是从土而出的
…………

——《圣经·路加福音》

凌晨3点的时候，我被窗外的噪声吵醒。

我的房间正临着马路。那是一条车与人的河流，噪声如潮，一阵阵猛烈地撞击着排列于马路“两岸”的每一个窗口。

大概是因为我出生于一个很寂静的地方，那个偏远的小村，所以便对各种声音格外敏感。我曾经能够闭着眼睛分辨出各种鸟类或蛙类的鸣叫声，并很轻松地根据它们的鸣叫声想象出它们静止、跳跃或飞行时的样子。

这个季节的凌晨3点。在遥远的乡下，应该是曙光到来前最后的宁静，就连在夜里伸展腰身的庄稼们都止息了拔节的声音。而此时，我却被窗外那个从来也不入眠的城市吵得毫无睡意。于是我便如小时候分辨鸟叫、蛙鸣一样，鬼使神差地辨认起窗外的各种声音。

很显然，那些由远而近，又由近而远，迅速移动的声音，是小汽车的声音。它们轮胎与马路摩擦的声音以及引擎转动的声音稳定而均匀，因为它们的速度，更因为它们的身价，当然也因为它们主人的身份，决定了它们理所当然要运行在那条河流的最中间。一般地，它们并不需要用耳所能闻的声音证明自己的存在和实力，所以有时它们可以低调得近于无声，但巨大的能量却让它们来去自如。它们可以在转眼间从你眼前隐去，又转眼间骄傲地挡住你的目光，让你无法绕开，无法回避。

偏离马路中心，靠近边缘一些，是大型车和公交车的运行区域。这些车辆因为造价的低廉和功能的简单，往往会发出一些让人很不愉快的声音。一般地，那些载重车上往往装载着满满一车建筑材料或生活垃圾，而大型公交车里则装满了一个挤着一个买不起小汽车的平民。根本不用细想，我就能想象出它们在马路上行走时那种笨拙而又横冲直撞的样子，所以它们发出的声音常常是粗重而沉闷的，如喘息如低吼……

突然，耳边传来了“嗒嗒嗒”不连贯的喧哗。在各种声音中，那声音显得尤其突兀，笨拙而又有一些滑稽，仿佛天鹅群里突然奔出一只鸭子。但我知道，那是带着拖斗的三轮摩托或四轮农用车们发出的声音，它们虽然也是负荷沉重，但却体型弱小，一点儿没有“大卡”们的霸道与威风。它们走起路来，总是一蹿一蹿的。但这样一蹿一蹿地前行并不是它们的意愿，因为它们的存在本来就处于一种上气不接下气的状态，只有努力着一蹿一蹿地向前移动，来自它们生命内部的能量才能接续和维持住踉跄的前进。它们并没有多少剩余能量可供支配，它们无力更无法顾及生存姿态的优美。

在日夜不息的车流里，它们往往是灰暗和卑微的。然而，这些连尾灯都没有的家伙，却常常运来我们赖以维系生命与生活的必需品，粮食或蔬菜。它们的主人大都有一个共同的名字：农民。它们往往要比那些大型车更靠边缘，只能在凌晨5点之前行进在人行道上。原则上说，在城市里根本就没它们行走的道路，所以它们就不得不在行人稀少的时候，暂时挤用一下人行道。

在喧闹的现代化城市里，人们一般很少能够听到它们的声音，并不是因为它们有多么的稀少，恰恰相反，它们的数量相当庞大。没有谁统计过这些发声体在一个国家里的数量，因为这种数据几乎没有什么用途。但拥有这些发声体的人群规模却有案可查，只是因为他们没有足够的能力和机会传递出自己的声音，所以他们拥有的发声体的声音，对于我们这些远离泥土、远离地面，住在高处的人来说，偶尔才能够听到，只是偶尔，在这样无眠的夜晚或整个世界仍然沉睡的凌晨。

但这偶尔来临的声音，却让我再一次怀念起那广阔的原野、茂盛的农田、农田里高高的能够隐没很多事物的庄稼。在那里，来自于大地和天空的美意，阳光、雨露以及由阳光雨露所衍生出的一切可知和不可知的，看得见和看不见的恩赐，正由一只至高无上的手，向广阔的大地慷慨地布施着。那里，正是这些小动物一样的机械藏身并发挥作用的地方。同时，也是一部分特殊身份的人类及其历史和命运的收藏之地。

面对着这样的背景，我很愿意把自己的生命看作时间河流上偶尔落下的一滴水，事实上我们只是一滴水。当我从空中落下时，偶尔撞上了某一片绿色的叶子，我便意外地变成了很多滴更小的水，自由的水，沿着时间之轴四处飞溅。于是，我看到了很久以前的那些春天，也看到了很久以后的那些秋天，看到了春秋之间的那些冷暖、炎凉。

天下农民

前几年，有人发表了一篇文章说“饿死诗人”，于是很多人大惊小怪，说诗人是高端精神产品的生产者，怎么能够随随便便饿死呢？

如果告诉他们，饿死农民，他们会有什么反应呢？这岂不是更加难以理解。种粮食的人，全世界吃的饭都是从他们手里所出，无论多么缺粮，这些人也应该先吃饱肚子啊，怎么可能饿着他们？但古今中外的事实，已经不容置疑地证明了这一点，凡有荒年首先饿着或饿死的正是那些种粮食的人。

在我国漫长的农耕时代，基本上没有什么工业，粮食在社会经济中占比重很大。人们吃的是粮食，官府征的是粮食，地主收的是粮食，商人们倒卖的也是粮食，粮食是经济的轴心，所以也是各种社会力量竞相争夺的主要对象。依惯性前行的社会运行机制以及来自各个方面的强大吸附力，在每一个收获的季节都会以很快的速度把粮食从农民的手中吸走甚至吸光。双脚深陷在田里的农民，永远追不上比他们走得更快的粮食，所以，农民种了一年地，反要欠下别人粮食或债务的事情自然屡见不鲜。

饥饿，总会猝不及防地来临，紧接着便是灾荒。真正的灾荒开始之前，往往农民手里已经完全没有了粮食，或换种说法儿：当农民已经把手中的粮食消耗殆尽之后，真正的灾荒便开始了。

连绵起伏的灾荒和从来不肯停歇脚步的饥饿，世代逼迫着无路可逃的农民，并让他们在无奈中把“饥饿”与“逃避饥饿”的行为演绎成了一种特殊的“艺术”，比如“要饭”，有的地方叫“逃荒”，有的地方叫“乞食”，有的书里还叫“趋食”或“就食”，使某些听起来很刺耳的字眼变成了一种堂而皇之的文化现象。不知道这种现象算是中国农民的耻辱还是对旧中国的讽刺，但毫无疑问已经成为部分中国农民并非“优良”的传统。

说凤阳，道凤阳，
凤阳是个好地方，
自从出了个朱皇帝，

十年倒有九年荒。

大户人家卖骡马，

小户人家卖儿郎，

奴家没有儿郎卖，

身背花鼓走四方。

《花鼓谣》里边说的“身背花鼓走四方”就是去卖艺讨饭。凤阳人会打花鼓。我们在电视里看到的凤阳花鼓都是用来庆祝丰收的，但最开始却是用来卖艺讨饭的。民间的很多艺术原本都是创作主体们为了生存而创造出来的。比如我们熟悉的“快板”，前身就是“莲花落”，也是乞丐们讨饭时所创造的“艺术”。这些，都已经相因成习，并衍生出了一个艺术门类，难道还不能称其为一种特殊的文化或传统吗？

这些事情，在旧中国司空见惯，自不必多说。就是在新中国，农民们虽然并不需要把卖艺讨饭的本事当作传统加以继承，但仍然没能逃脱那“要饭”的命运。当初闹革命时，农民们得到的承诺是“打土豪，分田地”，可是革命成功以后，他们中的一些人仍然在某一些年份里吃不上、吃不饱。一直到20世纪80年代以前，中国农民始终还没有彻底摆脱讨饭的境遇。下面是著名记者傅上伦等人于1980年所做的一段社会调查记录：

吕梁地区最穷的临县，从1958年到1979年的二十二年中，每个农民平均每年从集体分得的收入，达到和超过40元的，仅有三年，其余19年都在40元以下，最低的1976年仅有21元8角，平均一天才6分钱。就算达到了40元吧，一天也不过1角1分钱。1角1分钱，在北京还买不了两个1两粮票的芝麻酱烧饼，怎能维持住一天的生计呢？于是姑娘们一批批远嫁他乡，年轻媳妇离家出走另找婆家，

> 大量人口外流乞讨谋生，也就成了在所难免的事情。临县县委书记刘乃柱过去曾告诉过我们：这个县有的年头，有统计的外流人口达一万三四千人，没有统计的，就说不清了。他们往哪里去？自然是就近奔太原这个大城市了，人多的地方好要饭嘛。久而久之，太原街头要饭人数的多寡，就像温度计那样，成了人们观察山西地区农村形势好坏的一只“表”了……
>
> 1974年夏天，我们曾经访问过延安。当时，延安街头讨饭人数之多，情景之惨，给我们留下了痛心彻骨的印象。记得那次我们在东关附近的一家食堂观察了半小时，就看到17个讨饭的。在另一家食堂门口，坐着一个瞎眼老汉，端着一只饭碗，不住有气无力地哀告，‘行行好吧，行行好吧’。①

此时，在“行行好吧”的声音呼唤下迟疑而出的那些米粒，不知是否还能够认识它们的旧主人。

但这只是饥饿，只是农民所有境遇中微不足道的一小部分。如果要细说农民们另外的生存困境或境遇，诸如贫穷、痛苦、困惑、屈辱、愤怒、麻木、脆弱，等等，我们真的不知道应该从哪里开始一一述及。总之，有土地的地方就有农民，有农民的地方就有庄稼。而农民的困难和苦楚却如与他们生生相伴的庄稼一样一茬接着一茬地生长，永远没有穷尽。如果我们有足够的勇气，把目光、情感更深地探入到农民置身的惨淡境况，那种境况下的生活，那种生活中的细节，那些细节中的情绪，恐怕最终连我们这些“局外人”都会被那些绝望的情绪裹入沮丧的漩涡。

接下来映现在我眼前的，便是一个农民的死。

---

① 傅上伦，胡国华等著《告别饥饿》，人民出版社，1999年版。

2003年9月10日，是世贸组织部长级会议在墨西哥坎昆召开的日子，却是韩国农民李耿海在世间的最后一天。现场的目击者看到他放下写有“世贸组织谋杀农民”的大牌子，愤怒地越过了世贸会场后面的围栏，高喊“世贸组织不给农民留活路”，果断地用随身携带的一把小刀刺向了自己的胸膛。过后，他的一位朋友对路透社记者说，李耿海的“牺牲行为”是为了表达他对世贸组织政策的极其厌恶和痛恨。

表面上看，这一偶然事件是李耿海代表韩国农民与世贸组织对抗的极端方式，但实际上，却预示了全世界农民最终难以逃脱的命运。当年五十六岁的李耿海生前是“韩国国家未来农民和渔民协会”主席，担任过国会议员。他从小就立志于科学兴农致富，曾历尽千辛万苦将荒地开垦为富饶的农场，以一个成功者的身份在公众面前出现。1988年，联合国曾授予他“农村领导者”称号。可是，当韩国农业市场开放，外国经过高额补贴的低价农产品蜂拥而至时，他的美梦被击碎了。而且，他的经验、学识告诉他，这个破碎是不可逆转、万劫不复的。

李耿海在自杀前向人们发放的小册子里有这样一段话：“有一次，我走进一个农民的家，他因欠下无法偿还的债务而喝了剧毒农药，自杀身亡。又一次，我倾听着一个遗孀的号啕大哭而无能为力。如果你是我，你会有什么感想？……宽阔而平坦的道路，大片的公寓楼和工厂厂房覆盖了几千年以来祖祖辈辈耕作的稻田。这些稻子是所有日常必需品的来源——食物和原料——这已经是过去的历史了。如今，稻子的生态和水文功能比以往任何时候都显得更加至关重要，然而，稻田还是被毁掉了。在这种情况下，谁会在乎我们农民的生命、我们的传统、我们的快乐和我们的环境呢？”

看来，他的自杀并不是一时冲动，之前他已经对自己以及农民现实和未来的处境有了足够深入的思索，也感到了足够深的绝望。所以在这种命运的巨大阴影之下，他最后选择了壮烈地死。他是想用一个农民的死，来揭示一个铁一样的事实，进而唤醒大家：发展中国家的农民或人民，正在被慢性屠杀，他们正在集体上演着世界性的“温水煮青蛙”。

然而，除了李耿海，除了李耿海事件的参与者、知情者、关注者之外，世界上又有多少人身在“温水”之中而不自知，或不能自拔呢?

接下来的几天，从孟加拉到智利、南非、墨西哥，上万农民为他哀悼，并组织游行，发出了他们自己的呼声。他们的口号是：“我们都是李耿海。”

也许这就是宿命，全世界农民的宿命。或许李耿海刺向自己胸膛的刀，一开始就有着十分复杂的含义，每一刀都带着对世贸组织的仇恨，每一刀都带着对自己命运以及自身无奈和无力的怨愤。抛开李耿海不说，且让我们放眼看看这个世界，哪个国家的农民没有一本相似的血泪账！哪个国家的农民在面对自己的处境时，不都是只能听之任之而无力改变！要说自杀，这早已不再是什么个别现象。据有关人士确认，全世界每年100万自杀人口中，农民身份的自杀者竟占70%以上。

在人口众多的印度，每年就有十多万农民自杀，自杀者大部分都是债台高筑或生活悲惨的农民。仅有7500万人的安得拉邦，有记录显示每年自杀的农民数量就达到数千人。

一位马哈拉施特拉邦的工程师提瓦里，目前专门从事记录农民自杀事件的工作。在他的办公室里，到处都挂满了各种图表，上面记录着2001年至2009年维达婆地区所有农民的自杀事件。从数据看，几年中，这一地区的农民自杀数几乎呈直线上升态势："2001年52起、2002年104起、2003年147起、2004年447起、2005年445起、2006年1448起、2007年1246起、2008年1267起。"最多的时候平均每天就有3位农民自杀。

对此，印度政府也进行了专门统计，结果发现最常见的自杀方式是上吊和服毒，最频繁发生自杀的地区是印度中部的棉花种植带。提瓦里认为，远在大洋彼岸美国密苏里州的全球最大种子公司孟山都是引发这些悲剧的罪魁祸首。转基因棉花种子贸易不仅改变了印度的农业生产，也给其社会带来令人始料未及的巨大变化。

在一些富有的国家，也同样存在着类似现象。在澳大利亚和英国，农业人口也都是所有行业中自杀率最高的。在美国20世纪80年代农业危机期间，中西部地区也曾出现大量的农民自杀事件。

《粮食战争》的作者拉吉·帕特尔先生曾经这样描述：

> 在大海另一边的斯里兰卡，同样的悲剧也在上演。在斯里兰卡整个国家，农药中毒死亡是斯里兰卡医院中死亡案例中的第六大死因，但是在人口多达270万的六个农业地区，农药中毒死亡是医院死亡病例的第一大死因……当然，并不是所有的农民都会因贫困而自杀。有些农民没有自杀，他们只是卖掉了自己的肾。在印度马哈拉施特拉邦的阿姆劳蒂区的一个叫辛那普的村子里，农民做得更离谱，他们建立起卖肾中心。他们说："我们……邀请了总理和总统参加我们卖肾商店的开业典礼……我们的肾是唯一还可以卖的东西……"

在中国，有关农民及农民工自杀事件，随意在网上一翻就能够看到，现在让我们随便点开一条。

2010年3月30日，中国新闻网报道：河南某县有一位叫彭公林的农民把自己吊死在该县种子管理站大院内。事情的起因是这样的，2009年4月，彭公林从该县杨店街种子经营户王某处购得“郑旱6号”稻种。秋收时，他与同村王国权承包的270多亩稻谷呈现的却是白穗和枯死，近300亩稻田大面积减产，损失惨重。彭公林遂于当年10月先后向该县农业局、信访局以及种子管理站反映情况。由于当地相关部门对彭公林反映的案件久拖不决，致使彭在长达半年时间内，没有得到一分钱的赔偿。后来这个走投无路的农民挺不下去了，便选择了死。彭公林死前留下遗书，详细叙述了他购买假种子后所出现的问题以及在该县种子站的遭遇，并透露，因索赔心切，曾多次请某些办案人员洗脚、按摩，等等。他在遗书中极其失望地写道：“不请客就不给办，花几千元请了客还不给办，只有一死了却。”

前几年，如果遇到这样的新闻，网上、人群里还能有几天波动，还会有人在私下里对死者表示一下同情或惋惜。但现在，人们对这类事情似乎已经不以为然了，新闻下边，连跟帖都很少见。一个个鲜活的生命，一个个在土地上躬身俯首的生命，就这样像玻璃器皿一样，在离我们很远或很近的地方，哑剧一样地破碎了，连个声音都传递不出。一切都在漫不经心之间，一切都在无可奈何之间。这些被命运惩罚的人，到底做错了什么呢？无非因为他们种了粮食。

几千年来，中国农民这个社会群体，就是这样，像一头被过度役使的牛一样，不仅在鞭子和吆喝声中，而且在如影随形的各种困苦、绝望中，踉跄前行。这个人类中最大的群体，原本就是一个动用世界上所有搅拌机械都搅不动的泥潭，是谁都无法解开的一道“咒语”，是一眼看不到边缘的黑暗。

农民们的不幸境况，曾一度让我想起了很久以前墨西哥总统菲里奥·迪亚斯的哀叹：可怜的墨西哥呀，你离上帝如此之远，而离美国又如此之近！

在此，我想把菲里奥·迪亚斯总统的话借用一下：可怜的粮食生产者啊，你们离天堂如此之远，而离土地却如此之近！

病态的审美

现在让我们重新回到现实，回到我们自己的日常生活，回到自己物质的和精神的真实需求，回到自己的情感和愿望。

许多年以来，我一直没有忘记过自己的出身，没有忘记自己是农民的儿子。我不以为耻，因为那里曾经有过我至爱的亲人，有养育我的土地和人生最珍贵的童年、少年时光，并且至今我仍然深深地爱着、依恋着；当然，我也不以为荣，因为一段贫穷、屈辱、困惑、挣扎的历史从来都不是一种可供炫耀的资本。

但是，渐渐地，一切都已经十分遥远。最初的村庄，村庄里共同生活着的亲人，还有往事、细节、情绪、情感，一一在时光之水中变得轮廓模糊。记忆里的珍藏，像一颗在河流里冲刷了千年万年的石头，最初那些清晰的纹路、色彩以及让人感觉到粗糙和疼痛的尖锐棱角都已经消失。一颗光滑的卵石仍然停留在岁月的河道之中，晶莹剔透，如梦如幻，美丽的花纹有如丝丝流动的云霞或物化了的情感。

所以我总会在闲暇之时，饱食之后，怀念并向往起遥远的故乡和田园。

总是那不着一砖一瓦的土平房，总是那被雨水冲刷得露出泥土波纹的院落，总是柴门，总是起起伏伏的板障，总是牵牛花和豆角秧，总是一碗小米干饭和大葱、大酱……凭空地，空气里就会飘动着一种令人心动的味道，宁静、灵动并有断续的香甜，近似于花香，又近似于新翻起泥土的芬芳。好像都不是，是雨过天晴之后，青草、树叶以及雨滴、露水共同发出来的甘醇……

大约，这就是我的精神故园或田园梦幻。

然而，当我揣着这些梦想，不断地回乡，却一次比一次失落、失望。故乡再也不是想象中的故乡，再也不是往昔的故乡。我并没有料到，故乡原来像一匹任性的老马，一直跟在我的身后，我往前走它也往前走，我在某处停下，它也停下，始终与我保持着那个距离。但从内心深处，我是多么希望它就站在原地为我守候着那份遥远的梦想啊！

当我满怀惆怅的时候，仍在故乡村庄里生活的亲戚们却满脸自豪地对我说，如今咱们也能盖得起瓦房了，院子的地面是水泥的，围墙用砖砌完后再也没有倒过；家家看上了电视，虽然图像不好老是沙沙地响，但总还有个影儿；咱们吃饭也不用自己做了，吃馆子很方便，做出的菜和城里的一个味儿；肥猪喂上了饲料，爱长，嗖嗖地；东屯都吃上了汉堡包……细细打量现在的村庄时，心里已经不再把它认作自己的故乡，因为它已经不再是我记忆中的模样，从里到外都发生了变化，它既不是现在，又不是过去，而是处于我与故乡之间某一个陌生的时空间隔。

这样想的时候，我的内心就生出了毫无道理的怪怨。这是一种在现代人中普遍流行的病症。后来我经过认真反思，为它起了一个名字：审美扭曲症。这是现代人心里很难祛除的一种很矫情、很自私的顽症。那么依恋古朴的田园，为什么不让自己沉到那个贫穷落后的环境里，亲自守候呢？也许一个人只有沉到泥浆里或再一次沉到泥浆里时，才能够清晰地体会到身在泥浆中的痛苦与绝望。

当我在吉林省榆树市一个朝鲜族乡采访时，看到两座在“新农村建设”中没有来得及拆除的泥草房，还一本正经地和那个陪同的领导说，这是农业时代留下的珍贵标本，应该想办法让它留存下来，可千万别拆掉啊！看看，这些想法多么根深蒂固。过后，自己想起来都觉得有一点儿汗颜。不拆掉，难道让原来的房主继续那么破破烂烂地“秀”着古朴？如果换上自己，会是什么感想和愿望？

也许，那苦命的农村和农民，许多年来一直被这种发自人们内心却并不自觉的“愿望”暗示着。在情感上，我们实实在在地盼望着农民的日子过得好一些，但当农民的日子一旦过得好一些的时候，我们内心便隐隐地生出些缺憾，因为他们已经好得偏离了我们对农民的最初感觉。我们每一个人都希望农民手头多一点儿钱，但农民种的粮食每涨一分钱我们都会满心的不高兴，甚至大声反对，因为那要掏我们自己的腰包。我们的表里不一，情感和愿望的背离，正是维持社会不公的一种潜隐着的力量，虽然这可怕的力量并不在某个社会运行环节里直接显露出来，但是它却无时无刻不在看不见的暗处或深处发挥着作用。

事实上，与我们这些身在其外的人截然相反，每一个身在农村的人都在想方设法使身边的一切发生变化。他们每天都梦想过上城里人的生活，梦想着自己家的篱笆墙变成砖墙，梦想自己家的泥草房变成高楼大厦，梦想自己家的牛车变成日行千里的小汽车。而更大一部分人，却因为没有勇气面对那个惯性巨大很难脱离旧有运行轨道的巨轮，早早地走上了逃避之路。从我记事开始，这种关于逃离土地的策反，就不绝于耳。父辈们一直在向我们灌输，一个农村人唯一的出路，就是逃离土地，逃离农村。

曾经有一个时期，中国人的身份主要按粮食的分配方式大致划分成三类：一类是吃“红本儿”的，就是指城镇人口，每月去国营粮店里按标准领取供应粮，去时手里拿着一个红色封面的供应证，常被人们简称为“红本儿”，大有清朝把当官的简称为“红顶子”的意思；另一类是吃“绿本儿”的，是城郊的菜农，根据国家要求，他们把自己的土地全部用于种植蔬菜，需要吃粮食时，也是按标准到国营粮店里领取，但手里面的供应证封面却是绿色的，远远看去就像一片失水的蔬菜叶子，所以这一部分人统称或被简称为“绿本儿”；第三类就是那些亲手种粮食的农民，手头的那个本儿，是白皮的，只是一个户口，而没有领粮的功能。自己生产的粮食要先按国家的指标上缴国库，剩余部分按人口分到各户，用作口粮，如果没有剩余，或剩余不足，则要通过一些复杂的手续到国营粮库里回领毛粮，术语叫吃“返销粮”。这部分人被简称为“白本儿”。

那时，很多农村人把人生的最高理想确定为“吃红本儿”，只要能够吃上“红本儿”，付出多大代价也在所不惜。回想起来，当时农民心中的那种急切与坚定，似乎并不亚于逃离火坑或地狱时的心境。于是，八仙过海，各显神通，拉关系走后门儿到城镇工厂弄个“农转非”的有之；想方设法争取保送上大学的有之（直到1977年，中国才恢复高考制度，凭文化知识考取大学，此前，基本上只凭劳动表现或指标分配）；与男知青结婚，婚后随夫去城里的有之。但去城里“吃红本儿”的路很窄很窄，实在走不通时，男的去城里粮库做临时工，扛麻袋，女的嫁到城郊菜社也比当一个纯粹的农民多一些骄傲的资本。

记得当时邻家有一个叫二娇的女孩儿，天生丽质，俊眉俊眼，只要没有哭泣，看起来就一直在笑，什么时候看都是一副美滋滋的样子。村子里的女孩儿没谁敢在她面前谈论长相儿，人人都说那女孩儿长得“喜庆”，将来一定能落个好结果。二娇长到十七岁时已经风情万种。那日，城里来了工作组，其中有一个男青年小赵，眉目间飘动着机灵，派饭派到二娇家，就感叹这样的女孩儿怎么能在这地方待着。二娇也灵通，就笑眯眯地问小赵：“你能把我带到城里啊？”小赵当场没说什么，但眼睛里有内容，夜里就和二娇谈成了事儿。后来小赵经常来村里，二娇脸上就添了些美气和娇气，村里人都以为二娇进城肯定是“板上钉钉儿了”。谁知道后来，小赵却不见了踪影，二娇这面则慢慢地“显了怀”，藏不住秘密了，再后来二娇就觉得没脸见人，去村后树林子里上了吊。二娇死后，村里人谁也没说什么，都知道这祸事因何而来，很多人眼睛红红地躲进了自己家。

改革开放之后，那些不同颜色的本本不再起作用，但农民去城市的愿望却依然有增无减。很快，新一轮进城潮，风云再起，这一次进行得更加彻底。凡是年轻一点儿的，不分男女，纷纷涌向城市，只把一些老弱病残的，也就是更弱的弱者留在了农村。很多地方连年近六十岁的老汉都在外面打工。“青壮劳力外出挣钱，老弱妇幼在家种田”便是现在大部分农村的现状。

当然，这时进城的路子已经比从前开阔很多，可以求学，可以经商，可以打工，可以当老板，也可以买一套房子住下来什么也不干。什么家政、IT、餐馆、力工、泥瓦工、修路工、洗头房、修脚工，五花八门，很多的领域都可以站脚。但从农村进城人口的现状看，大部分人仍然匍匐于社会底层，就如那些农用三轮车一样，“功能”和“排气量”在那里，怎么说也难以一下子蹿到马路中间去。

我认识的一位级别不低的官员说，中国人都不愿意做农民，至少在可以预见的两三代内是没有人愿意种田的。他说的是实情，但没有说为什么。那么到底为什么呢？要想把这个问题回答得圆满和无懈可击，恐怕就要动用政治、经济、历史、文化等许多方面的理论，但如果要回答得直接有力或更贴近事情的本质，似乎也很简单，就是因为生产粮食的人始终也无法摆脱贫穷、劳苦、落后和不受尊重的处境。他们所做事情的重要性与所受到的重视以及所得到的报偿不对等。而食用粮食的人们，明明知道粮食是生命之本，没有粮食就无法生存，但却缺乏对粮食和粮食生产者的尊重、认可、感恩。试想一下，或换位思考一下，一个农民世代从事着事关生命的大事，却要世代做出牺牲，世代受苦，受累，受歧视，他们凭什么要誓死坚守呢！

在中国，聪明的老祖宗早就在提醒人们：“劳心者治人，劳力者治于人。”所以，从很远的古代开始就不再有人愿意当“劳力者”而受制于人了。相对的，则人人都有一个“治人”的梦想。治人好，只动脑子，不费力，出出主意，支支嘴儿，就吃香的喝辣的。这世界每天都有太多的人想吃闲饭，结果是吃闲饭的人越来越多，供人吃闲饭的人越来越少。待到更有能力供人吃饭的人也想着法子去吃闲饭时，就只有留下最弱、最没能力的人在土地上劳作，供人吃饭了。

樊迟请学稼，孔子说：“吾不如老农”；请学为圃，孔子说：“吾不如老圃”，这也是孔子的自知之明，但从他的心里而论却绝不是谦虚，而是不屑：切，问我这个，我是干什么的？君子不与稻粱谋！于是，在受过几千年儒家文化熏陶的中国，农民中没有几个人心甘情愿侍弄土地，做那既卑微又辛苦的差事，谁能够离土地远一分就会感觉轻松一分、自由一分、幸福一分。

最后整个社会格局是这样的：圣人凭道，驱使帝王；帝王凭无人能比的种命，驱使大臣；大臣凭位，驱使百官；百官凭权，驱使百姓；百姓中的强者凭钱、凭势，驱使弱者；稍弱，可以驱使牛马或驴；再弱便无凭可依，只能驱使自己，凭力侍弄土地。而“驱使”这个词，是实施者多么向往，承受者多么惧怕的一个词啊！所以，再也找不到下一级承受者的人们，就只有一个梦想、一种愿望，那就是逃避驱使。

中国农民所受的世世代代的伤害，已深入骨髓，深入灵魂，痛彻肺腑，太深了。世上有谁天生喜欢“治于人”的？就算再笨的人，想了两千年，一个问题也应该想清楚了。所以农民们不再谈对土地的感情，他们要逃离那捆绑了他们几千年的土地，而逃离土地正是逃离驱使的最关键环节。

粮食大省

在诸多行业和职业中，粮食生产者的处境及命运是最独特的。同样，在各级行政管理区划中，以粮食生产为主的地方，也就是那些被称之为“粮食大省”或“粮食大县”的地方，处境和状态也是最独特的，它们的命运如出一辙。

素有“黑土地之乡”之称的吉林省，多年来一直是我国的重要商品粮基地。现有耕地面积553.78万公顷，占全省土地面积的28.98%；人均耕地面积0.21公顷，是全国平均数的2.18倍；土地肥沃、土壤表层有机质含量为3%~6%，高者达15%以上。2009年，该省粮食总产量为285亿公斤。其粮食人均产量、提供商品粮总量、出口粮食总量三项指标多年来一直稳居全国之首。回过头来，我们再看看吉林省的其他数据，也是以2009年的数字为例，在GDP排行榜上，全国34个省级行政单位中吉林省排名第二十二；而财政总收入为844亿元，居第二十四位。全国百强县排名，吉林省就进了一个延吉市，还是排名第九十八，因为延吉市是少数民族朝鲜族自治州的首府，多年来一直把侧重点放在发展外向型经济上，所以它的GDP才比省内那些以农业和粮食生产为主的县市稍强。由此可以看出，吉林省各县市的情况普遍与该省的总体情况相似。

这一切归根结底，还是因为粮食。似乎是一个怪圈儿，凡事只要与粮食搭上了边儿，好像也就和贫困、落后搭上了边儿。

本来，中国的粮食主产区并不在北方。由于南方雨水丰沛、气候温热，适合庄稼生长，一般的地方都种植两季庄稼，有的地方还可种植三季，且以高产的水稻为主。而北方，受自然条件限制，庄稼一般都是一年一熟或两年三熟。很多地方还是靠天吃饭，播了种之后就等着老天下雨，有雨就丰收，没雨就没粮。这些地方大多选择种一些耐旱但却低产的粮食作物，如玉米、谷子、高粱、杂豆等，只有条件好的地方才可以种植一些小麦和为数极少的水稻，所以人民公社时期，全国的粮食一直是“南粮北调”格局，北方一向以重工业为主。那时，虽然南北方的农民一样贫穷，一样免不了时不时的饥饿，但由于南方农民要四季劳作，北方农民多一个冬季农闲，所以比较而言，南方农民就显得更加艰苦和令人同情。

改革开放以后，南方，特别是东南沿海省份，首先抓起了经济建设，把注意力从粮食生产转向了商业领域，很快就走上了致富之路，大片的土地变成了工厂厂房和开发区，钱也如水一样汪洋起来。而这时的北方，开始聚精会神地抓粮食生产，初尝联产承包甜头的北方人，干部和农民一起，开始满怀深情地热爱和赞美土地。加大投入，精细管理，改良土壤，培育良种，足施化肥，一下子把粮食产量搞了上来。还是以吉林省为例，从1979年开始，就在榆树、农安、德惠、九台、扶余、怀德、伊通、梨树八个县进行商品粮基地试点，到1984年国家确定的第一批五十个商品粮基地试点县时，吉林省已有榆树、怀德、梨树、农安、德惠、九台六个县成为全国试点县，并于当年就获得了大丰收，吉林省粮食总产量也突破了100亿斤，充分展示了该省的粮食生产实力。大约也就是从那个时期开始，北方各省实际上就把全国粮食生产担子比较重的那头儿扛在了肩上。

接下来的20世纪80年代中期，全国粮食产量出现了北方超过南方的现象。此后，南方的人均粮食占有量一路下滑。从古至今一直流传的“两广熟，天下足”被事实颠覆了。实际上南方省份是主动进行调整，实施了经济战略的转移。过去，北方人吃的大米多从南方输入，而现在，居然要从遥远的东北向最南端的广东抢运大米，以往“南粮北运”的粮食生产格局已经为“北粮南运”所取代。风向变了，民间的以及省区间的财富流动方向也变了。随之而来的是国家的重视程度以及实际的政治、经济地位都悄然发生着改变。目前，国家衡量各省区行政业绩的标准，主要就是一个GDP，没有对粮食产量或综合效益的专项考核标准。但对这一现状谁能够公开提出质疑呢？现在是商品经济时代，并不是粮食时代，总不能只以粮食产量或人均粮食产量作为政绩衡量标准吧？更何况粮食本是一种贱物，越多越不值钱，不丰收时盼丰收，一旦丰收它就会贱得卖不出，没人要。

只有到了灾年和荒年它才会变得金贵，但那时的粮食已经少之又少，根本无粮可卖，况且我们总不能因为想发财、想提高点经济或政治地位而盼着灾荒吧。

加入WTO之后，中国粮食的尴尬处境更为明显，由此而决定的粮食生产者的尴尬处境也更为明显。中国人始终相信外国人口口声声叫喊的公平交易、公平竞争，现在看未免太天真。有的外国人在一些企业及国家行为中，会表现得如猎狗一样狡猾、凶残。这一点与中国人正好相反。他们对中国的粮食市场早就虎视眈眈了，终于等到了WTO这个时间的缺口，等到了进攻时刻，马上挥拳上阵，左一个直摆，右一个勾拳，不到两个回合就把中国粮食打得狼狈不堪。当我们拼命抓质量时，老外说了："你们粮食的成本太高。"吉林省的玉米不是每斤0.32～0.36元吗？人家美国玉米每斤才0.18元，你看市场要谁的。其实他们那是暗暗补贴之后的价格，他们在拿一个超级大国暗算我们小农经济。当我们致力于降低成本时，他们虚晃一枪，又说中国粮食的品质不行，颜色、水分、淀粉含量都有问题，因为粮食已经到了"细分时代"，中国的粮食品质太参差不齐。不就是"混种混收""混收混储""混储混销"不太好看吗？细分，我们也可以搞。但当中国人刚转过脑筋，也搞细分时，老外拿着一个什么仪器一照，说你们这粮食不符合绿色环保规范。再往下发展，有一天他们就会说你使用的种子侵犯了他们的生命基因专利，你卖粮食得给他们钱。总之，就是允许他们自己卖，不允许中国卖，就算中国卖了粮食，他们也要从中获取利益。这比八国联军时的洋鬼子狠多了，但现在有的外国公司不要你的命，要你的血，你怒他不怒，因为他有控制的力量，他们会一边摇动科学和自由市场的大旗，一边向你不怀好意地微笑。

相比之下，中国对各产粮区的保护就很有限了。本来资金有限，WTO允许的政策有限，又全国范围内遍撒“芝麻盐”，几个重要的粮食产区自然无法显著提高国际竞争力。另外，为了平抑物价，一直压低粮食价格，到目前，怕已没有足够的能力和机会合理上调粮食价格了。只上面这两条原因，就足以使产粮大省们的日子越来越难过，越来越没有机会翻身。

有着全国第一产粮大县之称的吉林省榆树市，拥有稀缺的黑土资源。这里是世界仅存的三块黑土地之中的一块，据说，当年日本人初到东北筹备南满铁路时，竟被这块沃土震惊得说不出话来。这样的土地除了种庄稼还应该用来干什么呢？所以这个市的市委书记李国强十分感慨：“那是不可再生资源，几十亿年才能形成啊！全世界就三块黑土，乌克兰一块，美国一块，咱们一块。占去一分，粮食就危机一分啊！”

当然，这块土地上的人们没有辜负这片肥沃的土地，到2010年，这个市粮食产量已经连续六年居全国各市县之首，总量占全国粮食产量的1/180。形象一点儿说，全国每一麻袋粮食里就有榆树市的一斤在里边。如果这样的县，全国有一百八十个，那么我们的粮食安全就有了基本保障。按理说，凭着这样的资源、这样的产量，理应过上富裕的日子。但实际情况却让人深感无奈。目前，全国的人均财政支出总量为7.2万亿元，平均到13亿人头上，人均近6000元，经济发达一些的省份还要远远高出这个数字，而榆树市的人均财政支出才2000元。其“受穷”的主要原因还是粮食，就是因为这个市长期以来一直坚持以农业为主线，不愿意轻易放弃黑土这种珍贵资源，严格控制招商引资数量，所以工业规模难以突破，而农业的收入因为取消农业税而分文不进。

面对这样一种状况，我们不知到底应该说什么好，也许，只能在内心里深深地表示遗憾。后来，该市李国强书记透露了他的一个“美好的愿望”，但不知道这愿望将来能否实现。他说，希望有一天，国家能够调整政策，实行主体工农区划分和生产力空间合理布局，各省、各市各有分工，适合种粮的种粮，适合搞经济的去搞经济。如果那样，他们心甘情愿被列入限制发展区，他就可以放下包袱领着百万人民一心一意种粮食。李书记说：“我们就有一个要求，财政支出能达到全国平均水平，过上中等生活就行。”

在我们这样一个高度重视农业和粮食生产的国家里，一个产粮“状元”发出的声音，不能不引起我们的深思。

过去有一个时期，东北一度曾被称作共和国的“长子”。之所以被称为“长子”，因为东北是全国最先解放的地区，所以最先承担起社会主义建设的诸项重担。新中国成立后的好多个第一，都诞生在东北。什么汽车制造厂、万吨水压机、大型水电厂、大型机床厂、电影制片厂，等等，差不多都能和“第一”或“首先”这两个词沾上边儿。那时国家有两大支柱，一个是重工业，一个是农业，两个基地建设都放在了东北。在那个计划经济时期，一切都是国家的，资源全国共用，资源多的地方贡献多，但并没什么特殊利益或倾斜政策，所有产品都要交国家统一调配，什么贡献没有也一样要过社会主义的幸福生活。等到后来搞市场经济，这个共和国的“长子”也到了年老力衰的老化周期，到处是国有企业，到处是老旧过时的设备，到处是破得不能再用的机制和观念，到处是甩不掉的包袱。市场经济讲的是抢抓机遇、占领先机，但让一个步入中老年期的长者和一个二十出头的小伙子去抢，怎么个抢法？他沉重的步履、比步履更加沉重的思维惯性以及多年形成的自以为荣的尊严，都会让他伸不出这个手。当他终于转过弯儿想明白的时候，一切都来不及了。

提起东北或者所谓的粮食大省，我就情不自禁地想起那些典型的中国式家庭。

常常，父母的年龄比新中国的年龄更老一些，在家里颐养天年。孩子里有的赶上好时候升了学、当了官或在城里谋到了好工作；小一点儿的虽然没考上大学，但胆子大，会经商，当了什么总经理或董事长；更小一点儿的，则在“留洋”或“啃老”。只有那个老大，仍然在家里种庄稼。大哥淳厚、朴实、可靠，所以父母哪里也不去，就和大哥住在一起。大哥也无怨言，他有那个政治觉悟和中华民族的传统美德。老大的富裕程度肯定不行，但却无法改变，父母也不企盼他改变。在外面的不管当多大的官，挣多大的钱，总也不如老大的粮食可靠，最低不能让父母饿着。但向村里人炫耀时，都是拿外面的那几个说事儿，大“吹”而特“吹”。老大心里不平衡但也得服气，更何况每年或每月，外面的那几个都能拿回几个钱来孝敬父母，偶尔也给老大一些接济或以其他名义让老大挣一点儿。但老大只会种地，至于其他的，说实在话，确实没那么在行。实践已经证明了的，老大一说话，外面那几个就在心里暗笑他太陈腐，但嘴上不说。意识和观念上的事情很难改变，每一个人只能对自己负责。老大每有企图想做点儿什么事情，外面的那几个又暗笑他太笨拙，人家已经做过了多少年的事情他还当新鲜事儿做，被人家堵死的路，他却当作新发现。总之，老大不试图改变自己的状态还好，一尝试就露出了他的拙劣和滑稽。从此，大家只是毕恭毕敬地把大哥挂在嘴上，但什么事情都不与他商量，用流行的话说，大家不在一个对话层次上。其实，心里并不是不想把他放在重要位置，而是没有办法把他放在重要位置。遇到有什么活动的时候，外面几个小的都要借机表达一下，毕竟大哥不容易，给大哥唱首歌：《北国之春》……家兄酷似老父亲，一对沉默寡言人……大哥暗恨，不沉默又能怎么样，人在这样的处境能说什么呢？

可怜的“马夫”

平心而论，把粮食交给农民，相当于把天上的龙马交给地上的马夫。他们可以喂养和伺候，但却不能驾驭和管理，他们不具备那样的能力，也担负不起那样的使命。所以，把粮食交到农民手里，并把处置权也交到他们手里，实际上，并不是信任而是坑害了他们。

粮食和阳光、空气、水一样，是天赐之物。它们本来无价，多的时候，可以一文不值，但如果它们变得稀缺，却可以和“命”一样昂贵。实质上，这是一些最难以把握的事物，它们一会儿可以上天，一会儿可以入地，没有谁能够对它们翻云覆雨，掌控自如。所以它们运行的道是大道。把这样的东西放在市场里买来卖去，相当于倒卖自己的神。很多的时候，是得是失，后果如何，只凭天意。

世世代代的农民，实际上，经营的只是庄稼，而不是粮食。那些植物的籽粒，在没有离开庄稼之前，一直不能称作粮食。农民吃自己种出来的粮食是天经地义，其他地上的生命吃地里出产的粮食也是天经地义。所以粮食没有在市场上流动，没有成为商品之前，对谁都是一种恩赐，谁吃了它就得到了上天或大地的祝福。

农民的烦恼、痛苦和失败都是从粮食在市场上流动或在人们手里流动开始的。在这里我们不讨论那些天灾，因为每一次天灾都不仅是对农民的惩罚，而且是对地上所有人类的惩罚。

尽管每一粒粮食都饱含着农民的汗水——那液化的劳动与艰辛，但在粮食的整个生产过程中，农民的内心却一直都被某种隐约的企盼与喜悦鼓动着，想不到忧虑也不感觉痛苦。一个农民对待庄稼的情感和态度，形象一点儿地描述，就如一个母亲对待自己腹中的婴儿。辛苦和抱怨也许都是存在的，也是真实的，但那份快慰和企盼也是不容置疑的。庄稼在季节里不断地生长，农民们的快乐也不断地开花、拔节，直到秋天来临，庄稼变成粮食。农民们一年的愿望和心思都在那些籽粒里边凝结。喜从中来，是因为一年的汗水终于结出了果实，对自己、对土地终于有了一个圆满的交代。

当这个过程结束之后，粮食已经诞生并实实在在地收在仓中。农民们的忧虑却偏偏在这个应该欢庆的时候油然而生，因为他们不知道这些粮食去掉自己吃的能不能卖个好价钱，能不能真正给他们带来所企盼的利益。

对于一个只会种地的农民来说，只适合把心操到这里。再往后，他们所要面对的，都是他们所不熟悉的领域：把握不了的规律和难以控制的形势，或者简单地说，就是他们永远也不可能搞明白的市场。

一个农民，一个整天在土地里从事劳动的简单劳动者，别说是所有的忧虑都徒劳无益，就算他的忧虑侥幸中偶有效果，真的让粮食卖个好价钱，恐怕他应该得到的快乐仍然无法得到，反而给后来留下了祸患。

这话怎么讲能讲得通呢？我们不妨按照农民们一贯的遭遇推演一下，一切就不言自明了。

假设某一个农民的幻想成真了，今年的粮食真的丰收而且卖了好价钱。那么，他准会在第二年双倍地投入，仍然种同一种作物，结果第二年不但让他把今年得到的这一点儿利益全部冲销，而且还要赔上半年的好心情。因为秋天再来的时候，大家一致看好的那种粮食，一定会因为本年种植的数量太大或因为人为控制的市场因素而大幅降价。

这样，在这漫长的冬天里，他心里会充满痛恨，然而却找不到一个确切的痛恨目标。痛恨谁呢？市场？市场上的人来了又走了，没留下一个具体的人。痛恨那些粮贩子？那些人事先就已经和你讲好，就这个价格卖不卖全凭自愿，没有人强迫。痛恨自己？吃了这么大亏的人，反而遭恨？恨来恨去的，也找不到方向，结果就只能自己无可奈何地沮丧着或暗暗地下定决心：明年，说什么也不种今年这种该死的粮食。但让人想不到的是，大家不种的时候，这种粮食又在市场上热了起来，看着它一升再升的价格，农民们再一次陷入了悔恨和痛苦的煎熬之中。

如果说粮食在没进入市场之前是头百依百顺的羊，那么进入市场后它就受着市场的驱使成为一匹难以驾驭的烈马。几千年来，农民们一直以为家里养的那头“动物”只会咩咩叫，却不料它动不动就以一副坚硬的后蹄把自己的心踢得疼痛难忍。所以农民们几千年来一直受着粮食的伤害，受着市场的捉弄而不知醒悟。他们只知道自己的疼痛却不知道疼痛的来处。

农民命苦。苦就苦在必须以自身的单薄、脆弱应对市场的庞大和粮食的强悍。

谷贱伤农。这流传了千百年的老话，如不可预防的疾病不断复发。这粮食就是粘在农民手上的一团嚼过的口香糖，玩又玩不好，甩又甩不掉，想从左手摘掉，它粘到了右手上，想从右手摘掉，它又回到了左手。这庄稼如果继续种，却要因种地而受苦、受累，最后还要受穷；如果不种，对于一个没有资金也没有其他技能的农民来说，不啻自寻死路。歉收时没粮可卖，想吃个饱饭都难，更别说提高收入、发财致富了。这时，市场上一定会有一个很高的粮价，但粮价多高又和一个没粮可卖的农民有什么关系呢！丰收时，当然有粮可卖，不但有粮可卖，有时还会出现一些令人振奋的表象：粮食堆积如山。但当粮食多得到处都是时，便成了一种令人讨厌的事物，背不动，扛不动，吃不了，藏不完，卖不出。就算是有人来压价收粮，也是那些有钱的粮贩趁机压价囤积，以便粮少时卖出牟利。如果这时农民按市场价格把手里的粮食卖出，可能连收回成本都是个问题，搞不好会卖得越多赔得越多，“辛辛苦苦干一年，只赚口粮不赚钱，吃亏吃苦白挨累，不如退田守清闲。”但不管怎么赔，他们也不得不卖，因为来年或下一个耕种期的备耕急需用钱。有时，耕种上一季庄稼的贷款已经到期，债主不催利息还在催，不卖粮就得卖家了，所以赔了也得卖。用农民自己的话说，真把人愁死。粮多粮少，粮有粮无，价低价高，就这样一年年、一代代地不断重复，潮起潮落，把那些种粮食、倒卖粮食以及吃粮食的人统统放在这潮流里颠来颠去。虽然在粮食的潮涌中，谁都难免受到伤害和打击，但最先受到伤害的总是那些农民。

农民们的伤，不仅是经济上的伤——种了粮食不致富，有时反而受穷；还有力气上的伤——春种累，夏锄累，秋收累，运输累，累到最后，还有卖粮难的身累和心累；还有心上的和情感上的伤——每一年从头到尾不停地忙，为了那粮食不仅付出体力和汗水，还要付出心思和期望，指望着努力会有认可，付出会有回报，没想到到头来正是自己用了十分心思的东西坑了自己，收获的，有时竟是痛苦；还有信心上的伤——这是一个农民最后的伤。在经历了这么多的打击和挫折之后，农民们不再对土地抱有什么希望，不再对粮食有耐心和敬畏，而是在心里暗暗发誓，哪怕是有那么一丁点儿的可能，这辈子也不想再种粮食。

农民命苦。更苦在始终站立于人类的最前沿，代全人类承受着自然的惩罚。

人在地上所做的恶多了，终究要受到自然的惩罚。江河断流，山体破坏，森林锐减，草原沙化，水土流失，大气污染……自然的秩序不断地遭受破坏，说不准哪一天，就会从天上降下愤怒。但一场接一场的自然灾害，第一承受者仍然是那些离土地最近的人，许多人惹祸，只把其中的一人拎出来痛打。老天并不看每一个人的长相，反正你们都是一伙儿的，就找你们这伙人算账，不管是谁，就近就方便。谁知道受罚的人，原本就是这伙人中的受害者，这回却要再一次受害。

一场接一场的天灾，总是最先让农民尝到苦头。2010年初，云贵高原的持续干旱，接下来一省接一省的暴雨及洪水、泥石流，首先家破人亡的大多还是那些农民。一条顺畅的河流，突然就在上游修上了水库，但现在修水库大多数并不是为了治理洪水泛滥，而是为了利用河流中的水利资源，养鱼、发电，于是下游的水流就很小很瘦；再往下走，有人看到有利可图又修了一个水库，小一点儿的；依此类推，到了更下游的时候，河道里连一滴水也没有了。农民想用水库里的水浇灌庄稼，上游说都是个人承包的，爱找谁找谁我不能给你放这水，放水就是放钱、放血。农民们就去上访，访来访去，也没有解决什么实质问题。到最后，农民们折腾不起了，疲惫了，认输了，便仍然回到土地上种自己的庄稼。农民文化水平不高，脾气倔，用有些人的话说就是愚昧、无知，一气之下把河流走的路也占上种庄稼，没水的损失用没水的方法补。结果某一年上游的水发怒了：搞几堵破水泥坝就把“我”的后路给断绝了，无法无天！再不教训一下你们，你们不仅仅是忘记，或许有一天就要在地图上把河流的户口注销了。于是，洪水汹涌，把沿河道修建的一串水库一一踢开，并同时吞没下游的庄稼、人口、民房……这是灾难。于是，第一把惩罚的刑杖仍旧落在了本就脆弱的农民身上，他们被过重地伤害着，而在这样的时候，真正惹下祸端的人却身处惩罚之外，反以一个怜悯者的姿态面对着农民。

最近，又在网上看到一条消息，巴西的一场龙卷风，卷着火在大地上奔跑，跑到哪里，哪里一片火海，世界上有哪一个纵火犯会这样疯狂，这样威力无边、所向披靡！除非万能之手否则谁能够做到？但火焰龙卷风点燃的首先是森林和庄稼。站在人类的外围挡灾的仍然是农民。

为什么又是农民？这百思不得其解的问题，令人无限困惑。也许，天空中那只万能之手，就是要通过自然而惩罚农民，通过农民而惩罚人类。也许第一排倒下后，就是第二排、第三排，到了农民无力种粮，土地断绝出产之时，覆盖整个人类的大规模灾难便真正开始爆发了。

第四章　知雄守雌的“粒食”

——粮食与文化

牵上马，备上鞍
儿啊儿啊你向南
蹚过河，翻过山
儿啊儿啊你向南
米面吃不尽，美酒喝不完
儿啊儿啊你向南
南边就是米粮川
…………

——北方民谣

因为时空的悠远与辽阔，这民谣在传递到我们耳畔时，其声音已经变得十分模糊与微弱，我们无法辨别它最初的音质是清脆还是苍老。当我们循着这隐约的声音到达它确切的出发地点时，它实际上已经沉寂了许多个世纪，有如在亿万光年之外逝去的恒星，光虽然行在路上，实体却早已经消失。

曾经有那么多个世代，这声音就回荡在长白山以西、大兴安岭以南的广大地域。那时，这个地域差不多没有什么很正式的命名，在民间口口相传的历史上，它就是“胡地”，就是“关外”，或笼统地称之为“北大荒”，连目前广为人知的长白山，都被称作“大荒山”。

那时，这片广袤的土地上并不出产粮食，而是出产没有驯化的野草，如野草一样一个劲儿疯长、繁衍的牲畜——牛、羊、烈马，以及与烈马一样浑身能量无处释放身手矫健的汉子。尽管这里一直有着“风吹草低见牛羊”的另一种繁荣，但却从来没有放弃过对素有“米粮川”之称的中原或“南边”的向往和进犯。

秦汉以降，历代中原政权针对胡、夷犯扰的大规模边境战争便不断发生。一次次的交锋和浸淫，不仅仅是皇权、国土的争夺，更是肉食者与粒食者在力量上的较量与文化上的对峙。在漫长的推拉与攻守中，带着巨大痛感的文化交汇与融合历历可数。鲜卑人统治的北魏、契丹人统治的大辽、女真人统治的金朝、蒙古族人统治的元朝以及满族人统治的清朝，都曾短暂地证明过肉食者的强大。但到最后，他们却无一不在粒食文化里沉隐与消解。他们像连绵起伏的潮水一样，一波波地向南奔涌，然后又一波波悄无声息地跌倒并消失在粒食文化的广阔沙滩之上。

然而，一切并没有因为时代的终结，社会形态的变化以及故人、往事的消失而结束。透过浩渺的历史，拂去现实生活中的一切浮光掠影，在物流、信息流、资金流、劳务流等一切社会要素及资源流动的背后，我们最终看到了承载一切的粮食的流动。透过粮食的流动，我们又发现了粮食与文化之间那道看不见的连线，发现了它们之间那如影随形的紧密关系。

从粮食开始

如果说到马，一个想象力丰富的人，就会有一声响亮的嘶鸣在耳边腾起，紧接着，便会有一道白色或黑色的影子从眼前疾驰而过，翻滚的烟尘，则如平地上升起的云团烘托着它英俊的身姿。而当文化和文明这样的词语在眼前出现的时候，不论我们怎样开动脑筋，也无法在头脑中把它们整合成一个可感、可触、鲜活灵动的有机体。几乎从小学开始，我们的老师就反复强调，这样的词在词性上归属抽象名词，根本没有什么具象可言。

然而，这么多年我却一直难改一种不可理喻的执着，每每提及它们，都忍不住要尝试为它们寻找一个真实的形象或状态，尽管很多年的努力并无所获。

粮道

提起那些词时，我头脑里首先出现的，总是周口店文化、河姆渡文化、龙山文化、红山文化等等与文化一样抽象无趣的名词，而后便是那些阴郁的博物馆以及博物馆里零星陈列的陶器、玉器、铁器、石器以及不够完整的牙齿和头盖骨……

这些，通常就是我得以进入往昔岁月和远古往事的入口了。于是，我只能毫无选择地就此对朦胧的文明或文化展开不可能完整的想象和推测——

在漫长的远古时代，我们的祖先手拿棍棒、石块儿，与大小野兽们展开一场接一场的战斗，终日在饥与饱、生与死的边缘上徘徊。当他们饥饿时，他们就结伙到森林或草地上寻找野兽；当野兽们饥饿时，野兽们便从草地和森林里出来，寻找他们。他们不得不聚而成群，形成力量和利益的共同体，不得不加强相互间的沟通与交流，也不得不在生存逼迫中苦苦寻找着杀死其他动物的智慧和策略。当他们感到寒冷时，他们共同依偎在避风的山洞；当他们衣不遮体时，他们用树叶和兽皮为自己缝制衣服……就这样，他们把全部的时间和毕生的精力都用于获取基本温饱的拼搏中。几万年、几十万年，他们用动物的尸体喂饱自己，同时也用自己的身躯喂饱那些饥饿的动物，以自己的身体和生命与那些动物之间保持着某种相对的平衡。他们几乎没有剩余的力量和时间来发展自己的种群，扩展自己的文明。

直到粮食的出现。当先人不经意间把一粒种子丢向土地，几个月或更短的时间之后，竟然变成了几十粒甚至几百粒。如此大的回报令他们感到惊奇，同时也兴奋不已。这如魔如幻的事物，寄托着上天的恩赐。想象一下，那么多毫无用处、走也走不到头的土地，那么多随处可见、采也采不尽的种子，一旦结合到一处，若干时日之后，将出现多么令人振奋的情景！

最初的农业，就这样出现了。那些掌握了农业技术的群落，首先因为食物的充足、稳定而发展壮大起来。原来投入100%的人力还难以解决的温饱和繁殖问题，现在只用50%或60%的力量就可以解决。因为粮食具有可储存性，所以它可以让人们的生活节奏慢下来。人们没有必要再像野兽一样奔跑或比野兽跑得更快，也没有必要急着在短时间内把一只死去的野兽连肉带血一起吞掉。生活，因此而变得更加从容和优雅。

有了剩余的精力和时间，人们可以把食物调理得更加精致、味道更好一些；可以把手中的器物做得更结实、更好看一些；也可以将传宗接代的工作做得更从容、更浪漫一些。如果心性灵巧、优美的话，还可以让生活增加一点儿艺术成分或情趣……

当一个人的劳动可以满足多人的食物供给需求时，部落里有一些人，比如病、伤、老、弱以及其他有特殊情况或具有特殊身份的人就可以不再劳动。这时，群落里便出现了分配和劳动上的不平衡。在确定谁去从事供给食物的劳动、谁去从事其他生活必需品的生产、谁去从事武器的发明与制造、谁去牵头统筹这一切事务、谁，干脆就什么也不用干只管享受时，人类的文明之树开始从单一主干上分出了若干枝杈。

然后才有男耕女织，然后才有田园梦想，然后才有人与人之间的恩恩怨怨，部落之间的打打杀杀以及男男女女之间的爱恨情仇，曲折幽怨……一切都从粮食开始，一切都从劳动和食物的剩余开始，人类的文明之树，从此绽放出最初的花朵。

可以想象，在每一个丰收的秋天或仓里堆满了余粮的年关、节日，先人们是多么的内心喜悦、踌躇满志。有了粮食就有了饱足，就有了力量和信心，就不用再为未来的生存担忧，同时也就有了愉悦自己的心情和工夫。凭空地，那些平淡单调的日子里就陡然地多了些男欢女爱的激情和观云赏雾的兴致。于是，部族生活也就在上天的祝福中变得意趣盎然起来。

据记载，在1973年至1978年间两次对河姆渡遗址进行的发掘中，考古学家们发掘出大量农业文明的物证。在考古现场的大多数探坑中，都有20~50厘米厚的稻谷、谷壳、稻叶、茎秆和木屑、苇编等交互混杂的堆积层，最厚处达到80厘米。稻谷出土时色泽金黄、颖脉清晰、芒刺挺直，经专家鉴定属栽培水稻的原始粳、籼混合种并以籼稻为主（占60%以上）。伴随稻谷一起出土的还有大量农具。据推测当时河姆渡原始稻作农业已进入“耜耕阶段”。当时的稻田分布在发掘区的北面和东面，面积约6公顷，最高总产量可能已经达到18.1吨。除此之外，植物残存尚有葫芦、橡子、菱角、枣子等，动物方面有野生的鹿、猴子、虎、熊等以及家养的猪、羊、狗、水牛等牲畜。那些是发生在最早七千年以前，最晚五千年以前的事情。

那样的规模、那样的存量，在当时也只能是剩余产品的一小部分，而被人们消耗、享用的产品总量不知道要比那些大多少倍。现在想起来，那时的人们能够拥有那样大的社会剩余产品量也是在情理之中的事情。因为那时的土地面积无限宽广，那时的土地肥沃程度现在无法比拟，那时的劳动力也会比现在强壮很多，所以自然会有很丰富的劳动产品与之对应。

既然粮食的出现把人们从追逐和逃避野兽的奔跑中解放出来，那么人们就一定会把剩余的精力用在其他地方，那时的人们一定还不习惯于饱食终日无所事事。于是，在农产品出产丰富的地区，出现了手工业。从大量的出土文物中可以看出，在很久以前，石匠、木匠、铁匠、窑匠、车轮匠以及纺织、编织、制革等就已经出现，甚至还出现了专门加工工艺品的玉匠及金匠。这时人们的生活品已经从生存必需品扩大到安全必需品、生产必需品和奢侈品。出土于内蒙古的五千年前的红山雌雄玉龙，出土于山东的四千年以前的大汶口彩陶器皿，出土于四川金沙的三千多年以前的太阳神鸟金饰，等等，无不证明了古代农业文明为人类文明和文化发展拓展了巨大的空间。

一般来讲，古代的人类社会对各种用品的需求顺序为：生存必需品（衣食住等）、生产必需品（工具等）、安全必需品（刀枪棍棒等）、生活便利品（马及牛车等）、奢侈品（工艺品、饰品等）。这是一种对人类普遍适用的、最基本最稳固的需求顺序。在这里，食物显然排在了最前面。层次上的最低，却是重要性上的最高。有饭吃，才有力量去打仗，才能御敌；人身安全了，衣食无忧了，才考虑如何使生活更便利、更舒服；一切物质需求都停当了，才考虑怎样提高生存质量和品质的问题。

一直到了现代社会，人们的基本需求顺序大致仍然是：农产品、现代安全必需品、现代生产工具、工业生活便利品、奢侈品。其基本形态与古代不相上下。但随着时期和地域的不同，人与人之间生存环境和生存状态的不同，这些需求的顺序也会随之发生改变。而文化，正是由于这些顺序的改变而表现出差异性。

如果一个人的基本生存条件尚没有满足，那么这个人就不得不为他的吃、穿、住劳心费神，不但断不了“与稻粱谋”，也很可能“为五斗米折腰”。吃的不愁了，还得顾身上的衣；身上的衣有了，还要为房子拼命。

一个乞丐捡到了一沓钱，他可能会马上拿去买充饥的食物，而一个衣食无忧的人，很可能去打个广告，做失物招领。

人类的基本生存条件与文化之间，就这样不弃不离地依偎着前行。

在一些有条件的地方，富人不再和食物纠缠不休，他们吃什么都行，有时甚至越简单越好，因为什么也吃不下去。每周去高尔夫球场打两次球才是他们的第一需要，失去了高品位的生活，也许对他们来说生不如死。而附近的农妇这时就是需要钱，尽管蹲在高尔夫球场门外的路边很不雅观并且经常会被人瞧不起，但她必须在那里坚守，因为家里有一个念大学的儿子在等着她卖茶蛋的钱交学费。

正常情况下，人们的几种需求按顺序向后推进，当第一需求满足时，才奔向下一个层次的需求，依此类推，如果没有什么特别情况，越是接近下一级需求的人，文化品位高一些的可能性就越大。几种需求顺序的排列组合，大致上反映出多种不同形态的消费以及文化取向。

但不管人们怎样地排列组合，怎么随性或刻意地折腾，当第一层需求被撤掉时，其他的需求都不复存在，就如一座大厦被撤去了地基，立即就会轰然倒塌。毛泽东主席曾经说过一句实事求是的话："如果没有足够的粮食和其他生活必需品，首先就不能养活工人，还谈什么发展重工业。"其实，岂止是重工业，如果没有粮食一切都将不复存在。只是因为现在我们每天都能够吃饱吃好，所以才不知不觉地忘记了粮食，好像这东西从来就没有存在过。

据科学预测，世界上目前存储的粮食总量，只够人类吃四十五天。这件事儿，一直让我感觉到来自于内心深处的隐隐不安。如果突然间，所有的粮食都停止了产出，四十五天之后我们将怎么办呢？这时，晋惠帝在遥远的晋朝一脸不屑地斜睨着我："傻瓜，没粮食吃，可以煮些肉粥吃嘛。”这聪明绝顶的回答，使我一下子想起了某些“思路开阔”、聒噪不止的经济学家。

实际上，这世界已经被粮食推到一个没有退路的境地，除了粮食已经再没有什么能把这个世界养活了。这世界再也没有不依靠粮食而不断出产的肉，再也不会重回放牧时代。

文化的界线

采访著名作家陈忠实之前，我们先去了白鹿塬。

一望无际的塬上，空阔异常，上连着云天，下接着雾气缭绕的沟壑盆地。收过一茬小麦的农田里，翠绿的玉米苗急匆匆地从麦茬旁破土，演绎着生命的接力。

云在塬上升腾，在远天勾画出风的走向。站在塬上一望，所有隐藏于生命深处的感慨，一下子就被那一派悠悠渺渺的壮阔与苍茫激发出来，仿佛自己那个渺小而单薄的身体也已经能够上承长天下接大地了。我想，那样的地缘，结出的果子一定就是陈忠实，一定就是《白鹿原》。大气如风。

突然想起民间有一种说法儿，叫作“一方水土一方人”。既然连人都与其生长的土地有着密切的关联，那么，文化自然也就能够与粮食一样从土而生了。现在，我们只是难以把握，到底从哪个角度入手才能找到这两种同源事物之间的内在联系。

对陈忠实先生的采访，无疑为我们提供了重要启示。

关于粮食，陈忠实先生说，并没有理论可讲，它本身就是道理。有馍吃或没馍吃，为馍发愁或不为馍发愁，对馍不屑一顾或视为生命，等等，这本身就是不同文化形态的体现。过去的关中没粮吃，人们就把每天能吃上一顿白馍作为人生的理想和奋斗目标，认定顿顿吃白馍就是共产主义。

显然，这与“食不厌精”或“不食周粟”等文化形态有着本质的差别。粮食，对人类来说，虽然有着某种共性的意义，比如，可以提供最基本的生命支持，可以提供某种生存愉悦；但人们却因为对粮食的态度以及感受方式、感受程度的不同，而呈现出不同的精神状态和文化面貌。

陈忠实先生已经在交谈中向我们暗示了一条文化的分界线——人们对粮食所持的态度。

在同样的一个主题下，河南省著名作家周同宾先生则给我们提供了另一个维度的参考。他在一篇回忆父亲的文章里有一段这样的描写：“他引我在地四周转一圈，特意指明界石的位置，意思当然是让儿子把新买的地记住，将来接他的班，永远耕种。他走着，不时拾起地里的礓石、碎砖、瓦片，远远地扔向地边的沟岸，不时把地里的杂草拔掉，把根上带的土甩净，放进肩上背的粪筐。”这仅仅是一个农民对土地或粮食的期望和情感吗？不，这是一个农民通过对土地和粮食的态度而映射出的文化之光。

后来，我们到了汉中。进入汉中，就已经接近素称“天府之国”的四川了。古往今来，这里一直是农业文明的典型代表，也是汉文化的重要发祥地。自公元前312年秦惠文王首置汉中郡（秦三十六郡之一），迄今已有两千三百多年的历史。想当初，刘邦也正是以此地为起点，筑坛拜将，图谋大业，明修栈道，暗度陈仓，逐鹿中原，平定三秦，统一天下，成就了汉室四百多年天下。自此，汉朝、汉人、汉族、汉语、汉文化等称谓就一脉相承至今。

八月的汉中，正是晚稻分蘖的季节，一望无际的水稻田，在黛青色山影的衬托下，显得格外的鲜艳青翠。水光从稻秧的缝隙里折射而出，随风闪动，如散落于田间的点点碎银。这古老而静谧的平原因为有了这些生机勃勃的植物而尤显年轻；这厚重而又深沉的大地因为有了这些激荡的绿色而尤显飞扬。放眼望去，纵横交错的阡陌之间，到处是一派令人追思而又令人感慨的祥和景象。

这样的季节，如果在北方，农民们早已经把田间的事情做完，躲到家中，或去了城里打工。总之，田间几乎不再有人影出现。但在汉中，这广阔的田地之间，我们依然能够看到时不时出入田间的农民。当我们遇到张军夫妇时，他们正在承包的6亩稻田里劳作。看着他们把已经整齐的田埂修整得更加整齐、结实，再一丝不苟地把稻秧里为数不多的稗草一一拔除，我不由得想起“精细”两个字。这可能就是南北方农民在气质上的差异。直观感觉上，南方的农民对待自己的土地和庄稼总是更加无微不至，小心周到。

在北方，我们同样与农民在田间相见、交谈，就感觉不到他们对庄稼的那份小心。一般地，他们按照程序下过种、施过肥、打过农药就很快把庄稼交给了不知道什么时候会下雨的天和不知道会不会发大水的地。一切听之任之，一派乐观、大乎的样子。偶尔有人拎着锄头到田间砍一砍大草，动作也会十分迅速、明快，嚓嚓嚓，“三下五除二”，便告结束。

对土地和庄稼，北方农民为何能够做到如此的放松和随意？是因为北方广阔的土地和相对较少的农业人口，给他们留了足够放松的生存空间。北方的农民，虽然一样对土地和庄稼有着难以割舍的情感和企盼，但他们总会把自己的心理底线放得更低一些。于是，在行为习惯上，也就显得更加粗放一些。他们似乎并没有必要斤斤计较，就算不精耕细作，只要天公作美，生活也是一样的温饱无忧。包括对人的态度，也是一样，总体上就是差不多就行，只要自己的生存空间不至于受到压迫和抢占，自然也想不到要去挤对别人。

俗语说，“穷山恶水出刁民”。认真分析一下，确实也在情理之中。有一些“民”之所以“刁”，并不是因为他们生出来就是恶人，而是因为他们长期经受着来自外部环境的“恶”的浸泡，饱受着贫穷的煎熬和痛苦的伤害，他们心里自然而然地装满了怨气、愤恨和苦毒。他们会认为人与人之间就是应该以那种方式彼此相待，人们面对的境遇应该是一样的，所以他们就会把自己所领受到的一切原原本本地传递或回敬给别人。北方农民之所以大多数拥有宽厚朴实以及豪爽大气的性格，也是因为在漫长的历史进程里，他们一直沿袭、领受了同样宽厚的善待，是那片肥沃的土地和充足的粮食，赋予了他们慷慨放达的总体性格。

这一切也许仅仅是地域环境以及个人性情所致的单一文化成因，并不能够为粮食与文化之间的必然联系提供充足的论据。但是，当我们跳出细节，把目光投向更加广阔的领域和更加深远的岁月，却发现了一条更加清晰宏大的文化脉络。

《礼记·王制》：“中国戎夷，五方之民，皆有其性也，不可推移。东方曰夷，被发文身，有不火食者矣。南方曰蛮，雕题交趾，有不火食者矣。西方曰戎，被发衣皮，有不粒食者矣。北方曰狄，衣羽毛穴居，有不粒食者矣。中国、夷、蛮、戎、狄，皆有安居，和味，宜服，利用，备器。五方之民，言语不通，嗜欲不同。”已经透露了一些日常生活与文化的关系。在这里，“粒食”或“火食”已经作为生产力发展水平以及文化形态的重要标志，对中国古代文化进行了粗略的划分。

最早以书面讨论的文化及文明界线，大约就是《礼记 · 王制》中所说的华夏与夷狄了；然后，便是中原与塞外；再后来，就是关内与关外。仔细推敲，这些界线的划定不仅是空间与地域的概念，同时隐含着粮食因素，几种划分的实质都有着"粒食"和"不粒食"的明显标识。

然而，由于方法和认识能力的限定，这样的划分仍然存在着一定的局限性。当科学发展至今天，各个领域里的勘测、调查、统计和计算手段都已经取得了突破性进展，很多事物都可以由原来的宏观、模糊、定性状态，进入到一种精微、清晰和定量状态。

在解释中国古代政治核心区的北方边界时，著名历史学家黄仁宇先生曾提出"1500毫米等量雨线"的理论。实际上，这也是一条中国古代汉夷文化的大致分界线，它与农业上著名的玉米种植带大致重合。这条分割线的一侧是年降雨量超过1500毫米的东南地区，大致包括浙江、江苏、福建、广东、湖南、湖北、江西及周围的四川、广西、云南、贵州部分地域，雨量充沛，植被茂密，在这个区域里，大部分的土地上种植着水稻，笼统地说，可以称作水田区或湿田区。而这条等量雨线以西、以北的广大区域则是年平均降雨量在1500毫米以下的干旱区，包括西藏、青海、宁夏、甘肃、内蒙古以及东北各省的部分区域。这些地区，一般情况下雨水稀少，气候寒冷，四季分明，土地沙化、碱化程度较高，作物生长环境恶劣，大部分土地更适于野草生长和用以放牧。在这两个区域中间，则是水旱两种作物兼而有之的中间地带，称"1500毫米等量雨线"。把这样的学术概念放在这里，似乎有一点儿专业性过强，如果用比较形象的概念来表述，就是旱作区或水旱杂作区。在这个被称作"1500毫米等量雨线"的区域里，还是以种植玉米为主的，间或有一些杂豆、杂粮、水果、蔬菜以及占比并不太大的水稻，但总是改变不了满眼玉米的直观印象。

正是这条贯通了中国几千年历史的“线”，见证了中华文明和文化的变迁。围绕着“1500毫米等量雨线”，代表农业文明的中原民族与代表游牧文明的北方民族，反复展开了无休止的冲突与交流。在漫长的对抗与渗透、竞争与合作中，以律动和碰撞的方式推动了华夏文明的演化与成熟。

宽阔的玉米带，不只是一条细细的代表着某种理念的线，它更是一条通道、一片沙滩、一段虚拟的堤岸，是南北方财富、文化、智慧、能力、风格的缓冲带。不管是来自中原的智慧与绵软，还是来自北方的粗莽与强悍；不管是来自汉文化深处的幽深与委婉，还是来自边地民族的直爽与豪放，到了这里，一下子都消失了，一切都掩藏在玉米那高大的身形之下。水在沙滩上漫过，再退回来，水中有沙，沙中有水；泼墨在宣纸之上，再也无法说得清那块重重的黑，到底应该叫墨还是应该叫宣纸。

南方的水与北方的水，最后都渗入了这个中间的缓冲带，消失，然后生成新的事物。就像玉米，成为力量和智慧的双重结晶；就像文化，可以化掉一切，也可以再造一切。

文化与驯化

如果按照进化论的逻辑推测，人类社会的发展史和文明史，就是一部活生生的驯化史或异化史。我们在自然中驯化自己，由猿而人，再驯化我们周边的一切事物，把野鸟驯化成家禽，把野兽驯化成家畜，把野草驯化成庄稼。

随着驯化程度的加深，文明程度也在逐步加深。当庄稼服服帖帖地站在田垄间心无旁骛地出产粮食；当鸡、鸭、鹅不再留恋天空，不再试图扇动翅膀逃向远方，而是专心致志地长着身上的肉或产下供人类食用的蛋；当马儿学会按照人的心意奔跑或拉车；当牛们乖乖地放下自己的犟脾气埋下头无怨无悔地耕田犁地；当人类也自觉地按着某种秩序聚集、生活、交往时，所谓的文明就产生了，而被一个时期的文明囊括其中的一切人类行为也就自然而然地打上了那个时期的文化印记。

文明是一种秩序，也是一种驯化的力量。

在人类社会的文明史或驯化史上，最早出现的完全、完美的典范就是农业文明。相比之下，牧业文明就是一种农业文明的残缺形态，是不完全、不完整的文明。牧业文明之所以残缺，主要是因为没有粮食作为基础，这是一种放在马背上的文明，它的可靠性及安全系数很低，随时都有从高处落下摔扁或摔碎的危险。有一条北方的民谚说：“家有万贯，带毛的不算。”这带毛的就是指那些不可长久储存的牲畜，一场瘟疫或任意一场天灾过后，可能一切都会化为乌有，包括那些随帐篷到处流浪的文明，也包括创造并保持了那种文明的生命。许多强悍的北方少数民族之所以在很长的历史时期里难以发展壮大，就是因为生产力水平低下，始终越不过这个生存繁衍的“坎儿”，因而难以扩大族群。曾有“女真不满万，满万不可敌”说法的女真部落，经过数百年的左冲右突，只有打过燕山之后进入粮食产区，才算真正地获得了快速壮大。

历史证明，那些纯粹的马上民族，在没有找到与农耕文明的结合点之前，也就是没有学会融入中原的农业文明，没有学会生产和食用粮食之前，无论如何也成就不了什么大事。就算是能够一时得手，掳得个三州五城，也不会长久，正应了“胡虏不过百年之运”的断语。仔细盘点，历史上能够主动接受农业文明并大幅度汉化，并使自己的执政时间得以延长的少数民族政权，总共也就那么三个：一个是北魏，一个是辽，一个是清。

公元386年，拓跋珪带领鲜卑族从大兴安岭腹地杀出，一路南进，建立北魏政权，到公元534年灭亡，历时一百四十八年。其间不仅采取了开明的土地政策，而且还采取了改汉姓、断胡语、通婚姻等诸多措施，全面融入汉族的农业文明之中，使其奴隶主、贵族逐渐汉化成为封建地主。

公元907年，辽代始祖耶律阿保机立国，国号契丹，至1125年为金所灭，历时二百一十八年。在实行了短暂的掠夺式经济模式之后，大辽国认识到了农业文明对稳固其统治的重要性，开始重视农业和粮食生产，特别在得到燕云十六州后，对中原制度进一步吸收，汉制逐渐完备，国运日盛。

1636年，满族权贵皇太极建立大一统政权——清朝，是中国历史上最后一个帝制王朝。到1911年灭亡，对中国实施统治近三百年，最后成为重视农业文明的极致典型。

尽管这三个少数民族政权的最终结局也都是在文化的融合中消失或变得背影模糊，但他们曾经的光晕，却长久地停留在后人的记忆之中。

再看看元朝，曾经不可一世的蒙古族统治者，尽管依靠强大的武力征服过小半个世界，却只能够维持他们中原统治区区九十年。再看看希望自己的政权永远如金子一样不朽不锈的大金，曾经多么骁勇善战的女真族完颜氏，尽管在古代战争史上留下了一个接一个的奇迹，却也只能在中原立足不到一百二十年。追究其原因，也许有很多很多，但最重要的一条还是他们始终不能够接受并融入汉文化之中，始终不能够放下他们的马鞭而扶起牛犁，也就是说，他们的血液和骨子里缺少的正是文化和文明的力量。

相对于北方的肉食者，中原的粒食者很像动物世界里的食草动物。虽然也不乏同类间的争斗，但轻易不主动对外族实施攻击和侵略。回顾中国的战争史，似乎汉民族从来没有过像样的对外侵略战争，但却从来没有停止过发展文明与追求富强的进程。粒食者从来不相信流血会给人带来富裕、富强和幸福、快乐，这一点与肉食者们是迥然不同的。也许肉食者们永远不能参悟，他们胯下的战马所储藏的力量，充其量只能够驰骋三千里的路程，而粮食里所储藏的力量却无穷无尽，无法估量。

如果按照驯化深度分，粮食大致存在着四种形态，与之相对应的则是自然形成的四种文化形态。

第一种形态，是没有经过驯化或驯化程度很浅的形态。虽然这部分粮食确切地说，还不能够叫作粮食，但在一些特殊时期和环境里它们就是粮食，广义上的粮食。在这里，我们称它们为没有经过驯化的粮食。其实，很多的野菜、野果、野生植物的种子，如果当初也经过人类的长期培植、驯化，或许现在也已经成为名副其实的粮食了。关于这部分“粮食”，明代的徐光启已经在《农政全书》中罗列很多，该书将“荒政”作为一目，有18卷之多。目中不仅对历代备荒的措施、政策作了综述，而且最后还附草木、野菜等可资充饥的植物414种。那些，都是没有经过驯化的“粮食”。一般情况下，那些没有经过驯化的粮食只是在那里无收无管、自由自在地存在着，并没有人去食用，它们只是和其他野草一起被人们间接食用，它们用自己的野性和强悍的生命力喂肥了牛羊，然后，再由那些牛羊的肉把一些人喂肥。这种形态的对应区域大约在“1500毫米等量雨线”以西以北。在这个生态体系里，一切都带着未被驯化或未被完全驯化的痕迹，其显著特性就是原始、直接、迅捷，具有强大的冲击力和爆发力，忠诚守一，但难以统驭和管束，有一些时候，极其富有侵略性。

第二种形态，是没有经过深度驯化的形态。这种粮食的形态，刚好在野性和深度驯化之间找到一种平衡，有着天然、本真、兼容并蓄的趋向。这种形态的粮食既不是难以消化，也不是食之无味，营养欠缺；既不坚硬也不烂软；既没有野性的难以调和，又没有过度驯化后的毫无个性。在这个生态体系里的大部分存在，都会表现出冷与热、强与弱、进与退、忠与奸、贵与贱、力与谋、浓与淡等等的对立统一，是一种融合、综合与中庸的状态。这种状态所对应的区域，大约就是我们通常所说的旱作区，沿“1500毫米等量雨线”及两侧分布，几乎与玉米带重合。

第三种形态，是深度驯化的形态。这个形态里的典型代表便是一年两季或三季的水稻。它们顺服、忍耐、绵长，基本从生命里剔除了野性。它们无冬无夏，无日无夜，老老实实地待在水里，不离开畦田半步。差不多每一棵水稻的想法都是一样，只要有水，只要有阳光，只要能够一天天、一代代长高，只要能最后有个正果，产出粮食。那些旱作区的玉米、大豆、高粱们有时还会离开地垄长到别处，表现出偶尔的散漫、随意和不确定性，但水稻们却能够以其绵长的耐心和耐力，忍受住时间的搜刮和高温的煎熬，努力在平淡中把自己的梦做得更加灿烂。在这个生态体系里的一切存在，总是会透出一些沉迷、柔软、香艳、精致、无力和顺滑的气息。

第四种形态，是超离自然的形态。最典型的代表就是那些转基因粮食，这是一种没有国界、没有故乡、没有父母、没有情感、没有框范、没有禁区、也没有定性，超越伦理和生命规则的物种。本质上，它们是一种有细胞、有生命的程序。在这样一个生态体系里的一切存在，都将成为存在之外的存在、规律之外的规律、文化之外的文化。

以上所说的四种情况是指粮食在静态时所呈现的特性及其对文化的影响，但现实的粮食往往并不是静态的，它们一直在流动，在运行。在古代的农业文明时期，或在现代自然的经济运行中，粮食运行的轨迹，其实就是文化和文明的轨迹。文化在表层流动，粮食在相对应的底层流动，而真正的动力，显然来自于底层。

当粮食一下子变得抽象，或从具象中隐匿起来时，人们便很容易忘记粮食，只记得某种亦实亦虚的文化和文明。就像我们从远处眺望水中的光芒，而不知道光芒从何而来一样。

回想起来，历史上出现的历次大规模迁徙和进犯，无一不是与粮食有着直接关系。由粮食稳产丰收而产生的富足，由富足而带来的人口繁殖，由人口大量繁殖而引发的热闹、繁荣，由热闹、繁荣而催生的一切声色、排场与奢靡……经过深度驯化而产生的农业文明是一只熟透了的苹果，时刻向四周散发出美丽的光泽和诱人的香气，这对那些长期在草原和丛林里为追逐和猎取食物而奔波不息的少数民族来说，不能不构成巨大的诱惑。而这种诱惑一旦发酵成欲望、不平或仇恨，便会成为一种威胁、冲击或破坏的力量。

糜烂的引力

"流水不腐，户枢不蠹。"（《吕氏春秋》）

流动着的水，具有先天性的自洁和防腐能力，所以总会一路闪烁生命的光泽，发出欢畅的声音。而当有一天很多的水聚集到一处，哪里也不能去时，这些水便开始一天天变得混浊，最后发绿发臭。它已经成为一潭腐败了的水，一潭死水。

和雨水一样，粮食也是在被需要时，在分散于各处或处于流动状态时，才能够保持它的鲜活和生命力。而当粮食聚集于某处并长久找不到用场时，它们也会如被囚在某处的水一样，一点点失去生命特征，发霉腐烂，充满毒素，那是粮食真正意义上的死亡。也有人将那些无处可去的粮食变成了酒或燃料，但它们也不再是粮食了，按照迷信里的轮回说，那是被逼迫到另一个世界里的粮食的魂魄，属于异类。它们已经弃绝了今世，也永远失去了来生，不提也罢。

死亡，对于任何一种生命体，都有着不可抗拒的引力。在生与死之间，只要你的生已经确立，那么死就每时每刻不停地向你招手。尽管中间会有许多的挣扎与反复，那个结局却是必然的。粮食在静止时也和其他生命体一样，会在时间和空间的暴露中一步步走向腐败和死亡。然而，粮食的腐坏或死亡却是一个缓慢的过程。这也是“粒食文化”的显著特点，即慢衰性。

粮食本是天赐之物，它们运行于道，在天地之间尽着赈济苍生、滋养生灵的本分。粮食不仅能够安慰我们的肠胃，让它们停止那种不争气的鸣叫，而且有着自己独特的意志——广布于大地，贴近那些尊重并渴望它们的生命，让耕者、饥者有其食。但人们各有自己的心思和意志，对粮食的想法儿也不尽相同：有的想通过粮食解决生命的基本需求；有的想通过粮食实现自己的梦想；有的想通过粮食积累财富；有的则想通过粮食控制他人……当人们的意志与粮食的意志相一致时，便有粮食与人类的共荣与和谐；当人们的意志与粮食的意志相背离时，粮食便对“人道”构成某种直接或间接的制约，有时，甚至会实施惩罚。

粮食的不合理沉积，最终，势必造成不可收拾的溃烂。回首历史上一个个粮食或财富洼地，如一个个王朝的终结符号在视野里横陈，用一个个不断重复的情节反复地提示我们：粮食的腐蚀性很强。而它的腐蚀方式总是由自身的败坏开始，然后再引发一系列的腐烂，当最后连文化也彻底腐烂时，这个王朝的血液和神经系统就全部糜烂了，到了它的终点。

糜烂，总是在不知不觉中发生，并在不知不觉中走向深入。因为每一个处于糜烂之中的人都首先被那些糜烂的气息醉倒，然后，糜烂便长驱直入地进入没有控制或无法控制的状态。

当粮食闪着金光从四面滚滚而来，向一处聚集时，谁都不会想起很久以后那些与“不祥”有关的事情。那时的粮食，就是可以支配一切的财富，就是一道迷人的风景，就是可以击倒一切的力量，就是梦想、欲望和野心（有时也叫作雄心）。这样美好的事物，当然并没有人不喜欢，没有人会拒绝，也没有人有能力拒绝。其实，我们那些聪明的老祖宗早已经从这表面的美好看到了隐藏其后的危险，所以把“富贵不能淫”写到了纸上。但从古至今有多少人能够真正相信并自觉做到呢？还不是任那金色的雨当头淅沥，还假装自己从来未被淋湿过！

也许一开始的时候还有一些警惕，有一些提心吊胆；可是到了后来，随着那金色的水越积越多，好像自己拥有的能量也越来越大，就可以不用再那么谨小慎微，认为一切都是天意，本当如此。其实，粮食或财富越来越多无休无止地向一处流动、聚集，往往意味着某些机制出了问题。这时，那些看上去表面仍然漂亮，仍然悦人眼目、沁人心脾、涤荡心魄的事物，内里已经发生了重大改变，渐渐成为一种致腐的介质，触到哪里，哪里就会如招了毒疮一样随之腐烂。

因为过分地堆积，粮食渐渐拥有了向低处流淌的愿望和能量，并且有一些有毒的气体正在暗处悄然生成。但这些已经不能被沉浸其中的人们察觉，因为这时他们的部分神经已经被麻醉，只有这种越来越腐败的气息才能够让他们安心和舒畅。就像喝多了酒的人，只有喝下更多的酒才能让他们感到幸福和愉快。此时，谁从他们手里夺过酒杯谁就是他们的敌人。但就算是面对敌人，他们其实也只有情绪上的变化，而没有行动上的能力了。再到后来，这种腐败的气息里竟然饱含着甜香，成为一种令受用者痴心迷恋而无法摆脱的味道。

这很自然。在实际生活中，腐食有时也是一种令人迷恋和上瘾的东西。比如臭鳜鱼、臭豆腐、酸菜、鱼露、臭菜秆子以及不是腐食胜似腐食的榴梿等，一旦被一些人爱上，就会被视为宝贝。到头来，不管那些不爱的人怎样捂住鼻子逃跑或反对，爱好的人仍然如醉如痴、沉迷其中。

由文化糜烂而造成的腐烂就是这个样子。从表面看，一切仍然完好、光鲜，有时甚至还酷似完美，但里边已经溃烂得透彻如泥，一戳就是一个黑洞。这是一种无可救药的没落。所以很多个封建王朝并不是在穷困潦倒中寿终正寝，而是在一派纸醉金迷、歌舞升平，甚至珠光宝气、丝竹管弦、荒淫无度中走向灭亡的。

当一只苹果熟得精透的时候，也就到了它开始走向糜烂的时候，就算不被那些无时无刻不在觊觎着的人摘走，自己也会在适当的时候瓜熟蒂落地摔到地上。这大概就是玄学里说的，气数或运数。

如果要在历史中找一个典型案例的话，我们不妨去看一看短命的隋朝。

隋朝自公元581年建立到公元618年灭亡，短短的三十八年里，曾经创造了中国历史上最伟大的辉煌，它的时代被全世界公认为中国最强盛的时代之一。然而，不幸的是它同时也在中国历史上创下了王朝“短跑”纪录。

《汉书·食货志》曾记录汉代文景之治时的国家库存：“京师之钱累巨万，贯朽而不可校。太仓之粟陈陈相因，充溢露积于外，至腐败不可食。”这在我们看来，已经是很了不起了，但比起隋朝，却是小巫见大巫。据考，隋朝从文帝开始就在京城内外各处广建粮仓，光含嘉仓就有259个粮窖，考古学家在其中一个粮窖里面发现的炭化谷子就达50万斤。此外还有兴洛仓、回洛仓、黎阳仓、京洛仓等大量不可考的粮窖。据推测，当时隋朝的粮仓储备能供“天下”饱食五六十年。隋朝三十八年就灭亡了，自己攒下的粮食还没来得及吃完，就作为遗产留给了后来者大唐。接下来的大唐朝，据说很多年内都一直在吃着隋朝留下的粮食。《文献通考》上有云：“古今称国计之富者莫如隋。”

这么厚实的家当，就算是放在他们刚刚灭掉的“隔江犹唱后庭花”的陈叔宝手里，大概也能对付个五十年不灭，但隋朝没有做到。他们像一伙跑“张脚”的演员一样，还没等把架势拉开，就一脚踩空，折下台去。究其原因就是因为他们的粮食太多了，并且全部集中到了京城皇帝手里，这如河如山的粮食所散发出的糜烂气息，不但让这个朝廷上下的官员都醉得云里雾里，而且上下一起耍起了酒疯，对外东征西伐，对内横征暴敛，荒淫无度，所以很快，他们就轰然倒地，很快就烂成了速朽的酒糟。说起来，无非是因为他们拥有了太大且不当的能量，才自己打垮了自己；无非是因为他们拥有了太多离道的粮食，才自己埋葬了自己。

大业十四年（公元614年）三月，宇文化及发动兵变，逼缢隋炀帝，用一条细细的绳子结果了一个王朝。这个本来在智力、体力、胆略、谋略上都堪称一流的皇帝，竟不明不白地退出了人类及历史的舞台，最后连个像样的棺材也没有用上，由萧后和宫人拆床板做了一个小棺材，悄悄地葬在江都宫的流珠堂下。

饮食男女

这世界到处是绳子。看得见与看不见的绳子：提升的绳子、牵引的绳子、羁绊的绳子、捆绑的绳子、绞杀的绳子……

孔子在《礼记》里讲“饮食男女，人之大欲存焉”。

这也是条绳子，叫线索或脉络也行。饮食、男女，也有先哲直接称之为食、色。它们本是一条绳子上的两股，是一个事物对立统一的两个方面，它们相互缠绕，交错推进，同时将人类文明一个螺旋一个螺旋地推向时间的另一端。

站在宇宙及时间的高处向下一看，地球上人类的这点儿事情，的确一目了然。就那么细细瘦瘦的一条小线儿，掐着2010年的这端或者五千年或七千年前的那端一抖搂，一切的沉沙浮土尽然落去，一个我们不得不承认的事实摆在面前：每一个人——死去的、活着的或还没来得及出世的，都是这条线上被牢牢拴住的蚂蚱。

所谓的文明和文化，实在是附着于这条绳子上的“副产品”。文明和文化原本就没有什么明确的规定性，它们只是因为人类社会和人的行为方式不同而对应以不同的形态。实际上，文明及文化就是人们对自身需要所持的态度，所坚持的原则，所采取的方法和手段，所获得的情感慰藉和心灵感受的表层映象。

最初的人类，如果按照目前所采用的科学体系推测，应该是过着茹毛饮血、刀耕火种的生活，一切行为及文明状态都处于一个很低的层面。人们被牢牢地绑缚于大地之上，无法飞翔。人们受着食欲的驱使到处去寻找食物，只要能够把动物围住杀死，只要能够想办法让粮食从土地里生出，只要能够从其他人手里抢过自己所需要的食物，他们的脸上就会露出胜利者的微笑或狂喜，他们的胃和身体就会直截了当地为他们传达出生存的愉悦和快感。更多的时候，他们无力顾及食物的味道和口感，他们的口腔和味蕾经常要被剥夺品味和享受的权利，受着胃口的奴役而不能自主。简单地咀嚼或来不及咀嚼，然后便是吞咽，迅捷的无休止的吞咽，简化和省略了很多细节和过程。设身处地地想一想，那时人们所拥有的远古文明其实很好理解：一群整天追逐着野鹿的人，或者被老虎、猎豹死死盯住的人，除了奔跑还能想什么或做什么呢？所以那时的文明状态概括起来说，就是岁月在奔跑中飞快地流逝（且跑得越快流逝得也越快），就是两块著名头盖骨之间那大段的空白，就是历史书上第一页与第二页之间想写又写不上去的另一页。

与“食”这一股相对应的另一股“色”，则在整个历史进程里一直被那股占主导地位的“食”绞动着踉跄前行。虽然在人的生命里，这两种原始动力都如魔咒般强大无比，但“色”却总是以“食”为前提，没有“食”饱，“色”便不能够只身前行，给人们带来稳定的快慰与幸福感。一样的“色”，在很多的动物那里，一年只有一次或有限的几次被提及；一样的“色”，很多动物在实施时却只花短短的几秒或几十秒钟时间。因为它们没有空闲的时间和剩余精力，因为暗藏于它们生命内部的自然法则没有向它们发出保持从容的指令，它们只能不断地飞向天空或不停地向远处迁徙，把更多的心思、时间和精力投入到寻找食物的劳碌之中。

而远古的人类，虽然与那些动物有着本质上的差别，却比现代人类有着更多感受自然、遵循自然的敏感。他们在自身生存条件没有得到满足的时候，不会随便就进入种群繁衍的程序。很难想象饥饿、疲惫或惊恐中的“色”能给人们带来多少安慰和快感；也很难预测在那样动荡和困苦的环境里，人们生下来的后代能有几成的存活率。人类的直觉与本能有时和冥冥中的天意一样，总是在某种程度上排斥着那些徒劳无益的事情。生育与死亡的高频率重复，一幕幕生命悲剧的发生，制约着古代人口的增长，也反复地刺痛着他们的良知与神经。所以，那时人们性欲层面的需求肯定会旷日持久地受着食欲方面需求的抑制。也就是说，那时的人类即使“色”也色不到哪里去，绝不会有现代人那么多的没完没了和花样翻新。在古代经常发生的野合，审慎地说，并不意味着浪漫；而是意味着粗糙、简陋与匆忙、草率，与我们所说的文明和文化的距离更远一些。

当粮食的出现让古人停下奔跑，并逐渐拥有了剩余食物时，“男女”随着“饮食”进入了另一种境界。人们有时间把带血的肉类烤熟，也有心思把谷物调理得软硬有度，形态悦人。这时的“色”已经有条件变得丰富多样，当然也有条件增加更多的温情。虽然女人们仍然会考虑饱腹的可能性以及后代的成活率，钟情于那些身体强健和群落里社会地位高的强者，但同时开始更加关注自身的感受，把选择伴侣的目光从少数人身上移开，放到更加广阔的领域。因为这时相对的弱者也基本上有能力获得生存必需的“饮食”，同时由于他们拥有的异性较少或不拥有异性而更有精力照料自己的“色”。

这是一个飞跃，也是从这个时候开始，“色”才尝试着对“食”的超越。每一个人都有了更多的选择，特别是男人，他们可以通过强壮的体魄吸引异性，可以通过强权霸占异性，可以通过温情和殷勤感动异性，也可以通过某种看似无用却好玩、好看的技艺博取异性的欢心。于是，被我们定义为爱情的那种东西出现了，随之也就有了“关关雎鸠，在河之洲”。那时的爱情生活一定自由、混乱而又公平，人们并没有太多的欲望和野心，有一些基本食物或财产可供享用，有一个或几个异性调剂着生活也就够了，所以那时连帝位都可以禅让，所以那时并没有偷窃和强占民女的记录。

后来，随着社会财富进一步增多，个别人的欲望越来越膨胀，原始的平等和平衡被打破，变成“普天之下，莫非王土”，后半句话没有明说，是话到口边留半句，如果说出来一定就是“天下女子，莫非王属”。一个人用手一指就把天下的资源都据为己有。但这些，在漫长的两千多年时间里，却一直被认为是正常的、合理的。大约这就是文化对社会形态的反作用吧。封建社会从中到西都是那个样子，虽然各国的统治者从未谋面，却像集体商量好了一样，全是一个模式。但相对而言，还是中国古代的皇帝更加厉害一些。“食”是毫无禁忌的“食”，“色”是肆无忌惮的“色”。这边是一场连着一场的宫廷大宴，食不厌精，脍不厌细，肉山酒海，珍馐美味，那边是三宫六院七十二嫔妃，后宫佳丽三千；而民间却大多数只能维持父母之命、媒妁之言的婚姻约束，男女授受不亲，男人目不斜视，女人安守闺房。当然，如果老百姓实在看不下去的话，只要愿望强烈，也可以偶尔摆脱一下家里那几十年来一天旧似一天的面孔和几十年来一天比一天乏味的饭食，去饭馆或妓院尝一尝新鲜，如果生逢盛世，还可以去秦淮河喝一喝花酒，听一听小调，但必须要舍得花大价钱又不怕背上伤风败俗的坏名声。这些，尽管看起来很没有我们主观臆想的“品位”，但却是那个时代的文明和文化。而文明、文化与历史一样，只有发生，只有无法改变的事实，没有合理不合理，没有应该不应该。

我们在上面所说的，主要是那些太平年景所呈现出的景象。如果遇有兵荒马乱，天灾人祸，人们就算真想重新回到远古时代，到森林里继续与野兽搏斗都是一种难以实现的理想。人命会贱得不敌一棵草，只要有一口饭吃，能把那贱命保存下来，叫干什么就去干什么。这时，还能妄谈那个奢侈的“色”吗？良知好一点儿的男人先把自己插草卖掉，供老婆孩子吃几顿饱饭，然后莫问下落和死活，因为这只是自己能做的最后一次努力；心硬一点儿的干脆就直接把自己的老婆和儿女卖掉，爱谁要谁要，爱怎么处置就怎么处置吧。当然，在整个人类历史上也不断地出现了一些“砍头不要紧，只要主义真”，苟富贵不能淫，遇威武不能屈，虽贫贱不能移，遭媚惑不迷乱等道德典范，但在脆弱的人性面前，有几人敢为我们这个如洪流一样泥沙俱下的种类拍胸脯打包票，又有几人能够为那些令人赞叹的典范赋予超越现实、超越生命的意义和价值？

世界历史上很多对外战争其实是野蛮民族对人类文明的最大摧残。冷兵器时代的征战过程，其行为是极其残忍的。如果说每一场战争的血腥不可避免，那么战胜者对战败者的处理方式则多少体现了一些文明和人性的深度。在一场场战争中，如果被他们攻击的城池没有抵抗就投降的话，那么进城后超过车轮高的男子一律杀死，妇女留下自己享用，儿童收为义子，长大后投入新一轮的战争。如果被攻之城拼死抵抗，破城后鸡犬不留，斩尽杀绝。然而，更加令人遗憾的是，人们所说的文明从来就没有对人类的行为起到过最后的规范作用。很多人类文明，都在人类发展进程中被一一破坏了。

二战期间的德国，在占领区大肆屠杀犹太人，不正是打着淘汰劣等人种的旗号进行的吗？那时世界上有多少声音公然地抵抗并压过了德国人的叫嚣？结果战争停止后，犹太人靠着精明的头脑掌握了世界上的大部分财富，原来的“劣等”民族摇身一变而成为世界上最“优秀”的民族。对此，又有谁提出过任何质疑？日本侵华时期，到处烧杀抢掠，除了日本人能够吃到的粮食，其余的全部实行“三光”。在其占领区东北，还推行了闻所未闻的政策，如果发现中国人吃了大米或白面，就要按经济犯严厉治罪。在这样的历史时期和历史背景下的人们，“食”无“食”格，“色”无“色”格，除了镇压和反镇压，人们几乎羞于谈及自己的“色”，如果谈就只能谈那些来自日本、韩国、朝鲜以及中国的“慰安妇”们的悲惨和不幸。一切正当的都沦为鬼魅，一切鬼魅的却成为“先进”文明和文化的范式。那时，我们所理解的文明及文明规则已经被破坏到令人发指的程度，日本人却还大言不惭地对着全世界鼓吹他们的“王道乐土”。

新中国建立的前三十年里，中国的粮食实行配给制，没有市场，没有自由贸易，人们所吃口粮全由国营粮店凭票供应。与之相适应的“男女”已经不敢确认是不是爱情，但肯定是正规的婚姻，中国式婚姻。男婚女嫁也由过去简单的男女关系和传宗接代变成了革命加伴侣加把红旗传给下一代的新式关系。一个人的长相、身材、气质等自然条件已经变得没有那么重要了，相反，人们有时还因为过分在意那些，被扣上小资产阶级意识和作风的帽子。那时，最重要的是阶级成分要对等。那时，名义上叫革命化的爱情，实际上就差组织上给统一分配配偶了。每一位党员恋爱前必须向组织打报告，婚前还得通过组织上的审核、谈话，组织上通不过就不得恋爱或结婚。

再后来，改革开放。在短短的三十多年里，中国的粮食由过去的年年欠缺变成自给有余，品种丰富，人们也从过去的半饥半饱而成为现在的挑挑拣拣。很多年以前中国人最愁的是什么时候能够吃一顿饱饭或改善一下伙食。现在，大部分人都不再忧虑那些了，而是整天犯愁，怎样才能有胃口，怎样才能让自己少长几斤肉。饮食和生活同步，变得丰富多彩，可以提供多种多样的选择，有一桌几十万元的酒席，也有一顿几元钱的快餐，每一个城市里都有难以计数的各种特色的风味餐馆。一些活得腻烦也吃得腻烦了的人，已经不再待见中国的传统饭菜，嫌土气，狂爱上外国的“垃圾食品”，仿佛人不吃“垃圾食品”早晚有一天会变成垃圾一样。而对应于这时的“色”，则如超市里的商品一样，琳琅满目：各种颜色、各种口味、各种款式、各种型号、各种产地、各种用途，应有尽有。有自由恋爱，有媒人撮合，有跨国婚姻，有丁克夫妇，有周末家庭，有形式婚姻，有隔辈恋，有网恋等形式各异的男女关系，还有洗浴中心、俱乐部和各种会馆等各种各样的娱乐场所……这是必然的，因为有什么“食”的状态，就必然对应着相应“色”的状态，否则那根绳子就会因为加进了太多非人性、非本性的因素而发生弯曲，随之而来的，那个时期的文明和文化也会跟着发生某种变形。很多事物一变形就有了张力，一有了张力就会发生反弹，而每一次反弹都会弹到相反的方向去。

第五章　别管我叫爸爸

——粮食与伦理

别管我叫爸爸
你不过是从我而出
一个真实的谎言
你或可固执地认为
我就是你的妈妈
但我的性别天生暴躁
他会让你马上闭嘴
别管我叫爸爸
你的爸爸就是我的爸爸
在你满腹狐疑
想找他问个究竟的时候
他正在去天堂的路上
一个人暗自忧愁
不知如何回答上帝的审问

——诗歌《克隆儿》

现代社会的一切，都应该从科学开始。因为科学改变了我们的生活，改变了我们的生活方式、生活状态，也改变了我们的心性。

科学，像一部伸向天空的脚手架，把我们从大地上举起，使我们离大地越来越远，而离天空越来越近。依靠科学建立起来的生活大厦，就是我们强大的物质基础，因为它越来越庞大，所以我们便拥有了越来越多的挑战天空的能力和资本。人类生活到今天，已经没有人能够不相信、不感谢和不依赖科学。科学使每一个人都获得了益处，每一个人都自觉和不自觉地欠了科学一笔债务或一份人情。面对眼前的生活，已经没有人能够张开反对或否认科学的口。与此同时，我们的时代还在不断地发出赞颂科学的信息，让我们相信，也许有一天，科学将依靠科学的力量把我们带到上帝身边，或直接代替上帝为我们制造一个人间天堂。

对于大多数人，当他们仰望科学的时候，他们并不知道科学的来处，一些零零星星的细节，终究无法让他们摸到科学的根源。所以，在这里我们有必要从头说起，说一说科学精神到底从何而来。

上帝说："只是分别善恶树上的果子，你不可吃，因为你吃的日子必定死。"

"你们不一定死。"

那时，人类耳中就传来这怀疑的声音。那是从远古世界里发出的第一缕探索与发现之光，也是第一个蕴含着科学精神的先导之声。科学始于叛逆。科学就是要破除任何形式的迷信，挑战任何形式的定式和权威，到底能不能“死”，还是要通过“吃”来验证。于是，人类便第一次开始了对上帝的试探，用自己的生命做了第一例科学试验。结果，就真的没有死。人类不但没有死，而且双眼从此明亮起来。从此，人类就误以为，自己已经冲破了上帝的“恫吓”，取得了最初的胜利。最初的不信，最初的怀疑，使人类获得了探寻的智慧和勇气。人类开始走上了一条探寻之路——不懈地探寻着生命的秘密、天国的秘密、上帝的秘密以及经由上帝之手所有造物的秘密……

其实，上帝说你们吃的日子必定死，并不是说吃了当时就得死，而是说，从“你们”吃了果子的那日起，就自行解除了与上帝所订的永生之约，从此不再有不死的权利，死是一种难逃的结局。人，从来就不知道上帝到底承诺给了我们什么，又将因为我们自己的行径而收回什么。人类像一群弱智的孩子一样，拿着父母还没有来得及因为我们的不良表现而全部没收的玩具，反以为这是因为我们表现良好而得到的奖赏。

那时人类的神情一定是猥琐又可怕，好笑又可气的。先以盗窃者的身份偷吃了智慧树上的果子；再以窥视者的身份到处打探和窥望……后来，一定是那副在伊甸园里躲躲闪闪、鬼鬼祟祟的样子惹恼了一向宽容的上帝。于是，上帝便一挥手把人类赶出伊甸园。

在以后漫长而又沉寂的日子里，人类一直回味、想念着伊甸园里那些美好的时光，一直向往着天堂，也一直想知道天堂里又发生了什么事情。于是分散于四处的人们聚到一处，取土烧砖，用石漆当灰泥，修筑了“巴别塔”，并彼此商量说：“来吧，我们要建造一座城和一座塔，塔可通天……”

这通天的塔和通天的想法，再一次让上帝不得不亲自出手，瓦解了人类的联合。上帝变乱了人的语言，让人类不知道彼此在说些什么，更不知道彼此在想些什么。也许，人与人之间真正的隔阂正是从那日而生。同时，上帝又把聚在一处的人类遣散，如同泼水，一扬手把一盆浑水洒于全地，让它们如滚滚的泪珠儿，在地上四处飘荡。但数千年的流徙，还是没有熄灭人类对天空的向往和好奇，终于有一天又如被飓风吹散的蚂蚁一样，重新调整触角，把目标指向天空。这一次，人们向天空进发的信心和规模比以往都大得多，航天卫星、载人飞船、月球登陆、太空行走……这一次连上帝都没有办法了，只能借着一个苏联宇航员的口软软地说：“孩子啊，你们不应该来这里！”

然而，科技的进步，并没有让人们听清上帝在说什么，并没有比以前更了解和看清隐藏于自然中的更多奥秘，而是沿着某一个方向走得更深、更远。

中国古代有一个很自信的车夫，赶着车一直向北方快速奔跑。当有人问他想去哪里时，他说想去南方一个大国。其间有好心人就告诉他：你走错了，你在向北走。可是，那人笑笑说，谁告诉过你向北走就走不到南方，你知道我的马有多快吗？好心人说马好也不行，你走了相反的路，会离目的地越来越远的，就算这地球果真是圆的，总有一天你能够跑到，等到了的时候你也被饿死了。那人指着自己车上的大口袋说，真是没见识啊，没有看见那大量的粮食和资金储备吗？就算你们这些保守的人死过两次，我的战略储备仍然没有消耗殆尽……

就人类目前的自信心来说，可比那古代的车夫强大多了。因为那时那个车夫还有耐性和路人解释几句，这就足见他的信心背后还稍欠了一点儿底气。而现在，人类依凭的却是强大的科技，强大的科技力量已经让人类不屑于理会任何反对或怀疑的声音。

人类社会的发展已经进入了不需要听任何“废话”的阶段。人类正尝试着做上帝曾经做过的事情。人类初始时的那颗智慧果，一直消化到现在，才释放出它有效的成分。人类的智力终于有了一个大的飞跃，尽管智力终究并不等同于智慧，人类还是因此而找到了自豪和自信的理由。科学成功地为人类插上了两片理想的翅膀，一片是发现，一片是创造。人类坚信，靠自己的眼睛能够发现世界上很多奥秘；用自己的双手能够创造世界上很多奇迹。

一开始，人类只是把精力集中在发现已知事物的结构及规律上，很好奇地用“显微”“放大”“望远”等镜片儿和仪器观察、打量着一切受造之物。那时，人们并没有想改变什么，只是出于好奇，对一切进行着乐此不疲的观察。后来，人们便不再满足于观察与发现，而是把心思用到利用和改造上，什么都想利用，什么都想改造。人类想亲自动手，修改上帝的作品。想把上帝造物时的“疏忽”、不尽如人意或平淡无奇的细节，不符合某些人类口味的理念，修改、修校过来，进而又想把一些好的、我们所需要的生物克隆下来，或换一种说法叫复制下来。

后来的基因技术以及相应的基因工程，经过基因改造的植物、动物，克隆的老鼠、羊以及动物器官等，一下子打开了人类的想象空间。这让一些人类的“精英”们意识到了一种令人心动的可能，那就是在某一些时刻，由人类自己解决地球上的造物问题。人们坚信，凭着人类的科学精神和自以为是的精细，完全可以代替上帝把创造或再造的事情办好。那么，那个一直在高处管着我们的上帝，是不是可以在科技时代发展到登峰造极的时刻考虑退出地球事务的管理，由人类自己决定，复制多少个美国总统，自行设计和制造何种生物，在同类中选举产生自己的上帝？人类已不满足于低级的篡改和模仿，人类正在追求生物或生命的独创。

这是一个变化的时代。

在这个自然、生命、社会秩序即将但还没有被完全摧毁，新的秩序和伦理还没来得及建立的时刻，我们或许还有一些时间对过去曾经发生的一切进行回顾和反思。也许，我们还有机会做一下最后阶段的价值确认或实施一些适当的悔改计划。

如果让事情首先从某一个领域开始的话，就让我们在事实的基础上简略回顾一下自然、生命、社会伦理体系，在粮食生产、消费过程中的体现、变异和所遭到的破坏吧。我们企盼着，这个世界能够依靠人类自身的醒悟而得救，并变得更加美好。

受伤的自然伦理

如果仅站在人类的立场去评判功过，那么人类在自然界已经取得了巨大的胜利和成功。其表现就是自然界里的动物越来越少，而人类却越来越多；自然界的野生植物越来越少，相对而言，专供人类食用的庄稼却越来越多。

自从有了人类社会以来，人类便一直打着文明的旗号对周边的一切实施着野蛮的伤害，积年累月地杀伤动物，砍伐森林，开发草原，拓展自身的生存空间。及至今天，人类已经有能力快速大规模地消灭地球上的一切物种。按理说，人类应该在醒悟中幡然收手，但事实上却仍然在以保护的名义，继续向自然进犯。越来越膨胀的地球人口，越来越高效的工、农业开发，已经使地球半数以上的原始森林、60%的温带混交林、30%的针叶林遭到砍伐，45%的雨林变为荒地，70%的热带森林被砍伐或焚烧。地球，因此永远失去了很多极其珍贵的动植物物种。

据生物学家和生命学家们推测，在接下来的一百年中，一半的地球生命将会面临灭顶之灾。一个被学术界认为可靠性很高的估算结果是每年会有大约2.7万个物种消失，按此推算，在一千年内，将会有2700万个物种灭绝。换句话说，在一千年内，地球上几乎所有的生命都会消失，而这“几乎所有”理所当然地应该包括人类在内，因为在所有生命中，人并不是最顽强的，有时甚至是相当脆弱的。

就算以最乐观的态度去设想，人类将会成为地球上最后灭绝的一个物种，但有一点也是确定无疑的，那就是地球上每有一个物种灭绝，人类以及地球上其他幸存的生物，也将随之往灭绝的边缘靠近一步。这是自然的法则。因为一开始，这个地球就是所有生物共同拥有的；一开始，一条相互依存、互生互灭的规律或自然伦理就在我们无知无觉的暗处运行着。

“你们看那天上的飞鸟，不耕，也不种，也不积蓄在仓中，你们的父尚且养活它们……”①为什么要养活它们？因为它们应该在地球上生存。它们的存在是人类存在的前提和结果，它们的存在是生物多样性的必然要求，是自然中不可忽视的“天伦”。

但是，我们看到的现实是什么呢？

① 《圣经 · 马太福音》。

我们看到的是不断扩大、膨胀的城市，不断扩大的各种开发区和农村居民点，不断向大山深处、远处推进的矿山开发，不断增加的大型工程建设，包括大大小小星罗棋布的水库和各种级别如丝如网的公路、铁路……从自然和生态的角度看，其结果就是植被破坏，水土流失，生态失衡，物种消失，可预料和不可预料的灾难频频发生。

我们大搞建设的初衷是让人类生存、生活得更好，结果却总是事与愿违：我们吃得越来越好，身体素质却越来越糟；我们越来越讲究卫生，却越来越容易受病菌侵袭；我们的医疗水平越来越高，却有越来越多的人因无法医治而死；我们吃的药越来越高级，却越来越不起作用；我们的娱乐设施越来越健全，却越来越难以感受到乐趣；我们拥有的财富越来越多，却越来越没有安全感和幸福感……

随着人类文明的不断进化，人与自然之间的失衡却越来越严重，人类所面临的问题却越来越多。

三千年前，人类开始发展农业，打破了人和牛之间的平衡，于是便产生了牛痘；因为自然环境的改变，人与猴子之间出现了不平衡，于是出现了一种传染性很强的登革热……有时文明程度越高，越发达，问题就会越严重。2003年6月，仅仅一个月，美国政府就公开宣布，全国上下必须集中精力应对六种来自动物的传染疾病，这六种疾病分别是犀牛病毒、非典型肺炎、来姆病、艾滋病、疯牛病以及猴痘。令人深思的是，这些“高级”的病，恰恰就首先出现在科技和医学高度发达的美国，而不是发生在那些落后国家。

几年前，一场SARS把世界闹得翻天覆地，把人类吓得魂飞魄散。结果，全世界的人经过了半年多手忙脚乱的拼搏，捐出近千具人类的尸体之后，这个神秘的怪客才如风而去。事后，有科学家解释，那是一种已经消失了几万年的病毒，不知道为什么，从哪里冒出来的。SARS莫名其妙地出现，又莫名其妙地消失，虽然在短时间内让人们感到如释重负，但同时又有一块更大更重而又无形的石头压上了人类的心头——将来有一天，像SARS这样没有来由的怪物还会不会突然出现？

最近，又有媒体报道说，世界上已经出现了超级细菌，就是那种什么药都杀不死的细菌，谁感染上谁就得经受一次严峻的生死考验。这又是一个令人绝望的信息。人类靠科技靠现代医学奋斗了这么多年，自以为可以攻克绝大部分危及人类健康和生命的疾病，可是到头来，还是“干”不过一个小小的细菌，这不能不让人想到，人类的一切努力到头来都有可能落入毫无意义的虚妄。

这时，科学家又出来解释，说那是因为人类滥用抗生素造成的。这种解释，表面上看是想说明人类并非无能，而是不小心走入了误区。实际上，无疑是公开承认了人类自身的过错，无疑承认了将那些平常事物妖魔化了的元凶，正是人类自身。是人类，有意无意地制造了世界上的一系列失衡。而失衡，不管是在局部发生或整体发生，不管在人类自身发生还是在人与自然之间发生，只要发生就会出现问题，就会造成无法想象的后果。

因为人类严重地伤害了自然伦理，所以不可避免地要担负责任，要付出代价。

在人类伤害自然伦理的过程中，表现最突出、最直接的是矿山开发、污水废气排放、现代造纸和现代农业等。在这里我们只说农业开发。

大面积的土地开发、大规模地施用农药，使现代农业的粮食生长区除了粮食以外不再有任何生命迹象，有时连杂草都已经消失。那是人类制造的另一种恐怖与荒凉。

如果真的想看一看现代农业的疯狂，我们最好是走得远一点儿，到农业现代化程度最高的美洲。具有巴西大豆之王美称的大豆农场主兼马托格罗索州州长麦基曾经站在他的大豆田里很潇洒地说，森林砍伐速度增长了40%根本不算什么，因为目前巴西所拥有的未开发土地仍然比整个欧洲还要大，所以在他任州长的第一年，马托格罗索州的森林砍伐速度加快了两倍。这仅仅是一例。现在世界上真正的大公司和农场主，没有一个会在意生态是否被破坏，他们看到的只是自己的粮食产量和利润，而真正在意生态的人，都是一些很难对生态的建设或摧毁起什么作用的人——那些徒然在大机器的轰鸣声里黯然神伤的土著人，以及像我们这样没有一寸自己的土地，没有一寸土地使用权和开发权的人。

当你久久地凝视一张巴西大豆田的图片时，一开始你会因为那种壮观的情景而感到惊奇，画片上除了清一色的大豆秧，什么都没有，十分干净和纯粹。但是我敢说，看着看着，你一定会感到惊慌和惊恐。你会情不自禁地追问，原来的那些树木、小草和野花如今都去了哪里？树木、小草和小草中的昆虫和小动物们都去了哪里？为什么再也搜寻不到它们的身影？为什么这世界只剩下了一种东西？原本，在我们的思想和意识里，在我们的生命企盼里，应该有许多东西存在着，活跃着。我们无法在情感上接受那种纯粹的单一。想一想，连上帝创造世界时都没有只造大豆或只造人，为什么现在我们眼前只剩下了一种东西，是谁制造了这样的现场？本来，只有沙漠和戈壁滩这样的事物才能够支持和容纳那种近于纯粹的单一。

一个居住在大豆产区内的土著印第安人说：“从很久很久以前，这就是我们的土地，但现在，事情结束了。所有的树木都消失了。再也没有充满蜂蜜的蜂巢了，再也没有飞鹰了。貘没有了，猴子没有了，它们要么死了，要么逃离了这里，这儿没有动物了，普雷托河完全被污染了，河里没有鱼了。农场主葬送了这一切，这片土地已经变得丑陋不堪。我们从来没想到有这么多农场主来到我们的土地上。我们不知道这世界上还有拖拉机，不知道还有链锯可以轻而易举地放倒大树。我们也不知道养牛。随着城市里的人来到我们的土地，疾病也进来了，他们污染了河水，杀死了鸟兽。”

在北美和欧洲等少数发达国家完成了第一轮森林砍伐之后，人口数量更多的发展中国家便推动了必然的第二轮森林砍伐高潮。在巴西，由于大豆种植面积的迅速扩张，亚马孙——这个被称作“地球之肺”的雨林，面积正以不容忽视的速度减少。甚至与之相邻的地区，比如塞拉多，世界最大淡水含水层之上的生态系统也随之遭受严重破坏，清一色的大豆田，正在把这里的地下水吮吸殆尽。

现代农业对生态伤害更严重的行径是大量施用高浓度的农药和化肥。特别是农药，大量高浓度农药的使用不仅仅使农田里的杂草、昆虫全部消失，而且也使相邻地区的环境、人、畜及河流遭到可怕的伤害和污染。

有一些农药的毒性非常之强，有的甚至不亚于一般意义上的毒药。美国在越战期间，为使森林里的树木落尽叶子，以使越南的军队和平民无处藏身，曾大量使用一种落叶剂——橘剂。这些农药都是由世界最著名的大公司孟山都公司、陶氏化学公司等制造的，由于他们拥有最先进的技术，所以他们的产品的成分就无人能够检测。当二十年后秘密公开，人们才知道事实真相。

据后来的消息透露，孟山都公司当时是这种橘剂的主要供应商。孟山都生产的橘剂所含二噁英要比另一家主要供应商陶氏化学公司生产的橘剂多很多倍。二噁英是人类已知的最剧毒的化学物之一。允许的含量一般是以万亿分之几计算的，理想的含量是零。孟山都生产的橘剂含有二噁英类化合物中最具毒性的一种（TCDD），与其他的二噁英相比，它更具致命性。美国国内使用的三氯苯酚的二噁英含量在5×10^{-8}左右，而运往越南的高达5×10^{-5}，比正常值高出1000倍。20世纪40年代后期，孟山都出了一次小小的事故，参与生产的三氯苯酚被二噁英污染了。很快，生产工人就开始患上皮疹等病症，上下肢、关节及身体其他部位莫名其妙地疼痛，然后全身虚弱，暴躁易怒，性欲丧失……可见，这是一种多么厉害的毒物。但这样的东西却从1962年到1970年间，在越南喷洒了7200万升，当时有超过100万越南人以及10万美国和盟军部队，暴露于这种喷洒之下。但这些供应商为了自己的利益却一直对这些农药的成分保密，以至于在喷洒区，约有5万越南儿童天生就是“令人恐怖的畸形儿”。在越战结束三十年之后，因受橘剂影响在越南感染上疾病的平民受害者和退役军人仍在向美国政府提起诉讼。

那是半个世纪以前的事情，现在已经是转基因时代了，现在所使用的农药还不知道要比那时毒多少倍，因为经过半个世纪的“锻炼”，农田里的杂草和害虫已经变异过无数次了，它们超强的抗药性，客观上也要求除草剂和杀虫药的毒性不断升级。定期大量地“投毒”，已经成为我们不得不做的必修课。据此，我们完全可以想象，我们所生活的环境里到底有多少防不胜防的毒，我们生活里的“含毒量”究竟有多么高。

还是要说孟山都公司，到2002年，它的转基因大豆就已经占据了阿根廷大豆种植面积的99%，但同时，这家实力超强、现代化手段超先进的大公司，也给阿根廷大豆种植园的传统农业区带来了严重的伤害。它所拥有的农用飞机，不停地盘旋徘徊在阿根廷的天空，不停地喷洒下各种杀虫剂、除草剂等农药，这种喷洒不仅杀死了附近农民的庄稼而且严重伤害了其他牲畜：转基因大豆田附近产下的动物出现严重的器官畸形；香蕉和甘薯也变得奇形怪状；湖里突然漂满死鱼；人们也频繁出现恶心、腹泻、呕吐和皮肤损伤等症状。

其实，农民们并不是不知道农药对人类和自然的伤害，但他们却不得不继续使用，因为如果他们不用的话，他们的庄稼将没有收成。一些大公司，在生产转基因种子时，就预设了一些让农民或农场主必须使用他们农药的“程序”。比如孟山都公司的“抗农达”转基因大豆，在生产时就进行了目标明确的基因改造，以便能够抗御该公司拥有专利的特殊除草剂草甘膦，这种除草剂也以品牌名称“农达”进行营销。它们是为“抗农达”大豆“准备”好的。这确保了签约购买孟山都公司转基因种子的农民同时也必须购买他们的除草剂。实际上，这些转基因种子就是为匹配孟山都现有的草甘膦除草剂“量身定做”出来的。在这种情况下，你如果使用了其他公司的除草剂，不但杂草不一定杀死，而且你的庄稼会首先被杀死。有的种子公司，做得更“绝”，在生产种子的时候，就预埋了计算机恶意程序一样的“病毒”，一旦种子播下，田间就会发生一种别的公司的产品无法灭除的病害，这样你只能去买他们公司灭杀病毒的药。不管这农药有多么毒，这种唯一有效的农药你都不得不用。

不管真正的原因是什么，我们看到的事实却是大量有毒的农药或物质，每年被定期大量地倾倒于大地之上。

二十年前的乡村，在作物生长的季节，当人们走在田间，会看到很多庄稼之外的野草、野花、蚂蚱、野鸡的幼雏以及其他种类的动植物，到处是一派生机勃勃的景象。每一个走在其间的人都会感受到蕴藏其间的活力。而现在，几乎所有庄稼以外活着的东西、活动的东西都不见了，只有庄稼，有病的庄稼和没病的庄稼。昆虫没有了，吃昆虫的鸟儿没有了，追逐鸟儿的鹰也没有了，就连田间的老鼠也不见了。剩下的只是那些我们无法看见的，比农药还毒的生物在土里潜伏着，说不准哪一天就一跃而起扑向自以为平安无事的人类。

这些，说起来有一点像长期受农业文明熏陶，偏执于田园诗意的小农情怀。实际上，即使一直居住在城里的人们，包括那些对生态环境实施大肆伤害的人，有时也会为一些那样的细节所感动，流连忘返，或心怀向往。其实，每一个人都来自于自然，每一个人的生命都带着自然的基因记忆，每一个人的生命及情感都与自然有着不可分割的牵连。不管从哪一个角度说，我们所留恋的事物绝非毫无意义，那是存在于自然中的“天伦”。那种生物多样性的环境给我们提供的不仅仅是物质上的保证，更重要的是一种安全感和家园感，那是一种近于恒定和永久的心灵慰藉。

当人们豪情万丈地“征服自然”和“改造自然”时，常常会把那些脆弱的“小情调”抛于脑后，昂首阔步地向前挺进。一个问题接着一个问题地解决，一个目标接着一个目标地征服。人们相信科学，相信自身的能力和智慧，相信没有人类解决不了的问题。人们将一切都视为可以利用的资源，将一切都不容商量地拿来为人类服务。

为了不让江河的水乱跑，为了让它们创造出经济效益，我们花巨资建设大型水利工程；为了让那些在深山里静静生长的森林树木变成花花绿绿的“票子”，我们把外国人找来伐树造纸；我们觉得矿山里的金子沉睡着也是白白地浪费，又把外国人找来开山淘金。因为我们自己没钱没技术，自然要找外国人来，那叫招商引资，至于谁得的利益更大就不要细问了，反正那些不说话的死物放在那里永远也变不成GDP。我们现在正处于发展阶段，不要让我们去考虑山的利益、水的利益、水里鱼虾及其他生物的利益，也不要让我们考虑下游生态体系的利益和子孙后代的利益，我们只看那些落到纸面上的数据和效益，只能考虑现有的热闹和眼前的繁荣。

由于生态系统遭到严重破坏，便很少再有风调雨顺的年景。土地上常常是旱涝无常，应该下雨时不下，不该下雨时洪涝成灾。原来依靠河流灌溉的农田得不到河水，那么人们就靠打井来灌溉农田。不过两年光景，渗水层的水又消失了，人们便废弃小井，打更深的井解决灌溉问题。当然，事情会变得越来越难，但人们轻易是不会被难倒的，别忘记，人们有强大的科学技术做后盾。然而，这样又过了一些年，深井里也不出水了，花很多的钱打很深的井却只能浇很少的地。如果这样下去，种庄稼的成本已经和采石油差不多了。直到这个时候，人们才感到绝望，才知道某一时期没来由的亢奋是没有根据和靠不住的，但为时已晚。虽然到这时人类依然会妄想有一天靠有限的科技钻入地下或移居火星，但那不切实际的幻想却让清醒之后的人们陷入更深的凄惶。

人在处理自然伦理关系时，一直在行动上把自身独立地置于整个生态体系之上，并基本上以解决单一问题为主，以考虑眼前的事情为主，以考虑自身利益为主，所以在各个领域里都不可避免地表现出顾此失彼。在这场人与上帝的对弈中，人类不断地被一些小的胜利和小的得意吸引着，一直走向错误的深处，走向不可悔改的绝境，但不到最后时刻人类是不会认输的，不到最后，上帝也不会收起他高深莫测的微笑。

一切真相都在等待着结局的出现。

植物中的“骡子”

我生活在乡下的时候，熟知一种非驴非马的动物，学名称骡子，这是动物间偶尔乱交的产物。北魏末期贾思勰在《齐民要术》里就有“以马覆驴，所生骡者，形容壮大，弥复胜马”的记述。看来这件事情应该发生在比汉代还早的很早以前。通常，驴父马母所生之物称马骡，样子看起来更像马；而马父驴母所生之物称驴骡，看起来则更像驴。不管是什么样的骡，都有一个共同的名字叫“杂种”。

杂种，就是杂交品种的简称吧。现在我们听起来已经是一个中性偏褒的词语了，因为这世界上已经到处是“杂种”，而且“杂种”经常会表现出其自身的优势。比如骡，就普遍有体力强、耐力久、生病少、吃得少等优点。

关于骡或一般意义上的杂种，《圣经》里说：“牲畜，各从其类；地上一切昆虫，各从其类，神看是好的。”换言之，没有各从其类的杂种就不是“好的”。所以，上帝暗暗地下了诅咒，让没有各从其类的它们不拥有传续种命的能力，不会生育。用人类的话说，就是绝后，断子绝孙。

绝后，对于一个现代人来说，并不是一个多大的问题，有的夫妇有生育能力都不想要孩子，但对于过去的人们来说，这可是一个天大的事情。绝后，常常是一个人的耻辱，一个家族的悲哀，它可以使一些人的生命和生活失去光彩和意义。对于动物来说，可能就更加关系重大了。我们看《动物世界》时，经常看到自然界里的那些动物，飞禽或走兽，为了争夺交配权，两个雄性大打出手，不遗余力，头破血流，甚至你死我活。为了什么呢？仅仅是那几秒钟或几分钟的快感吗？肯定不是。因为动物交配时的快感太有限了，很多动物的交配时间就那么短短的几秒钟，有的交配时间较长，多数也不过那么一两分钟，太不值得一提了，并且交配结束转过头就去吃草、觅食，根本就没有把性或爱这件事放在心上。那么，它们到底为什么呢？为了“传宗接代”，为了让自己的生命基因无限多、无限长地延续下去。

这就有一点让人不好理解。因为人类已经不在乎“传宗接代”的问题了，自己这一辈子能够很好地活到头儿就可以了，想那么远有什么用呢？至于性爱，不过是此生此世的一件消费品，或多或少或有或无，又有多大的关系！不知道人类迥异于动物的这种生命意识是一种进步、进化还是变异。

不但动物，植物也是一样。一生的生长、开花、结果，就是为了让自己的“种”广播于地，让自己的“命”以另外一种形式向时间的深处无限延伸。科学术语称之为“本能”，实际上是上帝放在所有生命里的一道必须完成的“程序”，是生命最隐秘、最深远的渴望。

然而，人类的知识和理性，决定了人类的行为不能够听任自然的安排。相反，人类是一定要安排自然的。人类不会放下自身的利益，无条件地尊重其他物种或自然的诉求。于是，人类在动物的“违条”中看到了自己的益处，看到了骡对人类的适用性。虽然它们不及马那么高大、强壮，但它们却比马吃得少，有耐力；虽然它们比驴更能吃一些，但它们比驴更强壮、更有力，能够更好地为人类服务。于是，人类一边用鄙夷的口吻叫着它们“杂种”，一边有意识地促成马与驴的乱交，产出更多的杂种，为自己所用。

人类的尊严和智慧，决定了人类不能让自己感到难堪。人类从心里不愿意承认，更不愿意说出人类是地球上的罪魁祸首的真相。人类只能说，也只想说，人类不管人类之外的罪。想当初，在伊甸园里，蛇对人类说："你们不一定死。"而现在人类却对身边所有的动植物们说："你们一定不死，我会让你们活下去。"人类在说这话的时候，有一点儿像蛇，也有一点儿像上帝。

于是，在人的安排与促使下，世界出现了新一轮的乱交高潮，驴与马的杂交，狮与虎的杂交，苹果与梨的杂交，黄瓜与西葫芦的杂交，草本与木本植物的杂交，及至基因工程，又有了动物与植物的杂交。

各种自然杂交的动、植物，驴、玉米、大豆、水稻、苹果梨等，虽然也有生命与生命之间的伦理"暴力"，但其暴力的程度并不大，所以下一代物种的改变是柔和的、渐变的和可控的。在这里可以大豆的杂交为例。

因为大豆是自花授粉作物，雌雄一体，父本花药与母本柱头长在一朵花里，刚要开花时，花药的花粉就撒在了柱头上，完成了授粉过程，这一物种最原始的设计就是这样的，它有保持这种原始设计方案和生存方式的本能。如果我们想让大豆杂交，那就得摧毁它自交的本能，破坏它交配的自我保护机制，使大豆植株上长出来的花，雄性不育。打个比方说，如果一朵大豆花本身就是一个"家"，那么首先要解决的问题，是把它家中的那个"男人"废掉，让它残疾，不会性交或没有性能力，用术语说，就是造成父本生育能力的丧失或培养雄性不育系。只让那个家庭里留下一个健康的女人，为下一步的组合提供一个很好的母本。接下来，便是让另一个"家庭"提供一个优秀的父本，使一个家庭里那个最强壮的"男人"与另一个家庭里那个最优秀的"女人"进行交配。不知道植物有没有情感，这样生出来的“孩子”有没有情感上的冷酷或性情上的反叛，反正这样杂交出来的后代，在体格上是强壮的，其强壮的程度超过它父母任何一方。

杂交作物的优势和成果，是有目共睹的。具有“杂交水稻之父”之称的袁隆平已经家喻户晓，他研制的第二代超级杂交水稻，试验田产量可达到每亩1236公斤，而大面积耕种的推广产量也可以达到每亩800公斤以上。在此基础上，他还有第三代和第四代的研究和设想。到第四代杂交稻诞生，大面积耕种的预期产量能够达到每亩1000公斤以上。袁隆平是著名的农业科学家，自不必细说，就连我身边的农业科学家这些年也凭着杂交技术都搞出了令人瞩目的成就。以吉林省农科院孙寰研制的吉林杂交豆1号为例，其声名也已经远播世界，其亩产量也比普通大豆的亩产量高出近30%。这是我们愿意看到的结果。而另一种我们不愿意看到的结果是，这种高产的庄稼不能作为下一年的种子。这些杂交种子的一个突出特点是繁育能力差，或几乎没有繁育能力，它们是植物中的“骡子”。它们的高产只是一年的事情，如果农民们还是像以往一样把每年的收成保存一部分，作为下一年耕种的种子，把这些他们认为优秀的品种播到地里，那么他们得到的结果将是颗粒无收。

在物种延续的规则里，从本质上并不支持这种改变自然程序的事情。农民们如果想在下一年里继续获得好的收成，就得再想办法搞到这些专门生产“漂亮的杂种”的粮种。农民们每年必须依靠种子公司提供的种子才能种地，否则的话，土地将无粮可产。

如果把杂交作物定义为植物伦理中的怪胎，那么转基因种子的诞生则升级为“妖精”。

我们可以想象一下，某一天，一个美丽的女人突然生下一个长着狮头狮尾的男孩儿，一出生就张开嘴大吼一声，然后站起来就开始用锐利的目光向四周环视……我们会有什么反应？相信很多人都会异口同声地大喊“妖怪”。如果放在古代，发生了这样的事情，人们在惊恐之余肯定会在小“妖怪”还没长成“气候”的时候，抓紧把它灭掉。但是在现代，这样的事情却都在意料之中，一切都在计划之列。可能在这新生命还没出生的时候，就有很多记者排着队等在接产室外面，准备对这一震惊世界的科学壮举进行大肆宣传和报道。如果说，在这个事件中有什么意外的话，就是虽然知道这个小生命会有狮子的某些特征，比如一开始设计的时候，就是让他具有狮子一样的力气和锐利的目光，却没想到他竟然长出了狮子的头和尾。但这点小小的遗憾并不算什么，因为我们要的就是人要有狮子的某些特点，这就是科学的胜利和成功，它的出现将给我们的生活和人类的生存状态带来“革命性”的变化。

这就是未来的基因革命。

在转基因工程中，人完全取代了女娲，甚至比女娲做得还精致。女娲造人还要用很多的物质支持，抓一把泥土又吹一口气息。而现在的人类，完全不需要那么干，那些基因大师们仅仅靠一个经过激素或抗生素处理的被迫进行变态发展的单细胞，就可以再生出完整的植物或动物。更为玄奥的是，基因工程完全绕过了有性繁殖，也不受物种壁垒的限制，自然的物种壁垒可以被轻松地“一跃而过”。

对植物或者有机体进行基因改造，就是把外来的基因植入像棉花、玉米或者大豆这样的植物中，从而改变基因的一些先天特征，而这些通过自然的繁殖方式是无法做到的。通常，外来基因的植入是通过基因“加农炮”实现的，即通过外来细菌或DNA片断来轰击植物，使其基因特征发生改变。实质上，新的生命基因是由两个完全不同的物种再加上一种被称为“根癌土壤杆菌”组合而成的。但在新的基因组合快速形成和衍生过程中，有很多的因素和结果都是不可控的。虽然美国政府及其大力推举的公司如孟山都公司等，口口声声说转基因生物和正常的生物在“实质上相同”，但现实的事例却证明，二者具有本质上的不同。就连孟山都公司自己不是也在一边辩解说“本质上相同”，一边在以“与传统物种有着本质不同”为理由申请专利保护，说他们自己创造了新的植物品种吗？

由此可以看出，一些国家和公司说转基因生物与正常生命体的“本质上相同”，其真实用意无非就是要掩盖某种事实真相，就是要极力否认转基因生物特性的不稳定以及伤害人类和生命伦理的可能性。但不管怎么说，铁一样的事实终究是不能被几句意义含糊的托词遮掩。曾经有人引证德国黑森州北部农民戈特弗雷德·克劳纳的事例，用以说明转基因作物的不可靠。在这里我们不妨转述如下：

为了喂养他的牛，他从1997年开始种植先正达公司Bt转基因玉米，而这正是他的牛纷纷死亡、牛奶生产遭到破坏、农田被毒化的原因。先正达的Bt-176玉米经过了基因改造，目的是使其在生长的过程中产生一种苏芸金芽孢杆菌的毒素。他们声称，这种毒素能杀死一种破坏性很大的害虫——欧洲玉米螟。

特弗雷德·克劳纳是德国第一个获准使用先正达Bt-176转基因玉米的农民，他对自己的经历做了详细记录。

第一年，即1997年，克劳纳十分谨慎。他只种了一小块先正达Bt-176玉米，效果非常好，整整齐齐、绿油油的玉米苗“像士兵那样威风凛凛”，他回忆道：“作为一个地地道道的农民，看到长势喜人、毫无虫害的作物，丰收在望，我简直着了迷。”

第二年，即1998年，他将先正达Bt玉米的种植面积扩大到5公顷，并与该公司在德国的代表汉斯西奥·雅克曼密切合作。

到了2000年，克劳纳将转基因试验种植面积扩展到大约10公顷的全部田地。每一季收获之后，他都逐步增加用于喂牛的玉米饲料量，并细心地记下牛奶产量和可产生的副作用。头三年，没有任何增加转基因作物饲料量而引起的副作用。

当他在饲料中进一步增加产自他田里的先正达转基因玉米的剂量，以为肯定能提高产奶量时，一场噩梦袭来。

上过大学的农民克劳纳对一位奥地利记者说，当他看到他的牛剧烈腹泻，排出胶状白色粪便时，他惊呆了。从它们身上挤出的牛奶中含有血丝，这种情况从未发生过。一些母牛突然停止产奶。接着，5头牛犊在2001年5月到8月间先后死去。这是极其令人震惊的事情，克劳纳最终几乎损失了全部70头牛。但先正达公司却拒绝对此承担任何责任，他们坚持认为，根据他们自己的试验，这些母牛能够分解掉玉米中的苏芸金芽孢杆菌毒素。但一个实验室反馈的结果确认了克劳纳的看法，先正达的转基因玉米就是“罪魁祸首”。这一结果显示，克劳纳年收获的玉米中，每千克的毒素含量为8.3微克。2004年6月，著名的瑞士联邦技术研究院地球植物学研究所的安格里卡·海尔比克教授发现，在克劳纳的玉米样本中，毒素“被发现以活性形式存在，极其稳定”。

关于转基因生物，自从存在以来，警告和反对的声音此起彼伏，不断有权威人士或资深科学家出来说话，但很多人迫于来自各方面的压力而采取委婉复杂的态度，因为已经发生过的事实严厉地警告过这些不同的声音：说出真相往往是危险的，甚至是相当危险的。

然而，上天赋予人类的良知，却不断地鼓励着一些人断断续续地向同类透露出实情。比如，奥克兰大学的退休高级讲师、生物学家罗伯特·曼博士的忠告，简洁明了而且切近实质，他说："活体细胞系统，即使没有病毒或外来质体的侵入，也要比核反应堆复杂得多。我们无法想象它究竟会出现什么问题，很多的基因拼接不会产生任何结果；有一些可能会得到预期的结果，但是即使是概率很小的事故也会像核能一样产生灾难。所以权衡再三，我们还是不要把这种方法应用于科学和生命为好。"

八十岁高龄的中国农业科学家袁隆平先生，在谈到转基因技术时，也持有积极谨慎的态度，他认为对"转基因"带来的问题虽然不能一概而论，但"对含有毒性基因的抗病、抗虫转基因食用生物品种，准不准许投入生产应用，要特别谨慎，要对其安全性进行严格的、科学的分析和深入研究，得出肯定结论后，才能做决定。"

人类对于生命及生物的秘密，一直以来就如一个医术并不高明却总想进手术室操刀的三流医生一样，随时保留着制造事故的热情和冲动。也许，转基因技术的滥用所导致的不可知危险早已经为越来越多的人所认识，但想让这种危险的行为停下来，却没有太大的可能。一方面，人类永不泯灭的野心和天生的不安分，会让人类难以停止对自身能力的挑战、确认和炫耀；另一方面，转基因工程背后隐藏的利益以及在某一领域里的话语霸权，诱惑着某些人一往无前地铤而走险。

目前，已经有转基因作物种植区反馈可靠信息：在转基因作物田间，出现了"超级杂草"，即无药可除的杂草。看来，尽管人类在转基因这件事情上一直表现得义无反顾和自信十足，但一些不可控制的意外终究在所难免。受到意外刺激而发生变异并迅猛繁殖、传播的超级病毒或病菌，还是随时有可能以令人难以想象的方式蹿上来，烧着人类乐此不疲的玩火之手。到那时，科幻小说《天外来菌》中所描述的那种恐怖的生物灾难可能真的就降临到人类头上。

其实，在实际的农业生产中，基因技术要解决的问题，比如作物对生长环境的适应性、抗病能力和产量等问题，在杂交技术中都已经得到了很好的解决。转基因技术目前已经超越了它自身的实践意义，它的实践边际，正在一点点偏离为人类生存而造福的这条红线。也许，它最终只能不幸地成为部分人类与上帝竞争或比赛的工具或手段。

人类的逻辑

在这个以人类话语体系为主导的世界上，并没有什么绝对的真理可言，有的只是逻辑。似乎任何事情都有存在的理由，正是因为任何事情都有不同的观察和解释角度。没有谁还认真地去探求公理，公理往往会被强势人群强行地拉向自己的一边，“话语权”，往往就是“公理”和“真理”的“新闻发言人”。

目前的人类，基本上只有两件事情要做：一是判断哪里有资源；二是资源是否可以利用。一切都是资源，一切都为了利用和垄断利用。我们已经聪明到不再直接提起钱，我们只提服务，为别人提供服务，为社会提供服务，为人类提供服务，为自然提供服务，为上帝提供服务，而所有的服务都要以钱为筹码，实质上只有钱。因为钱是前提，所以人们谁也不提，不提是因为用不着特意去提。

在这里，我们先看一看作为同类，一个人是怎么将另一个人垄断利用，一用到底，一用至死的；然后我们就会明白，我们到底在怎么对待着自己的上帝和赖以生存的自然。

这不是传说，不是编造，也不是戏剧，这是现实生活和已知细节的文学总结。

是的，现在让我们开始。

任何事物，都应该有一个起点。那么人，从哪里开始呢？当然要从吃的开始，因为离开吃的，人就无法生活，是人就要吃东西。

那么，你要是想吃什么，请到我开的超市里来。这里的食品一应俱全，从半成品到成品，贴着绿色食品标签的或没来得及贴上绿色食品标签的，你可以尽情地买，然后尽情地吃。要吃得胖胖的。是的，不胖是不可能的，因为每一种食物里边都有让人肥胖的添加剂，那是些让人迷恋的东西。胖在一些年代里是件好事，那是生活优越、富裕和幸福的象征。

不要提有害无害的问题，凡事都具有两面性，世界上哪有绝对无害的东西？每一天，人们都在受着各种各样的害，而这一点儿为了生命延续而受的害又算得了什么呢？更何况，就算我不去害，一样也会有另外的人去害，另外的人不害，人们自己也会在对新奇的追求中自投罗网。胖不是大问题，在同一个超市里，我还有一间经营药品的店中店，那里备有世界上最新流行的各种各样的减肥药品。我知道减肥药其实是不可能有什么实际效果的，但人们如果没有饱受减肥药的折磨，就永远不会放弃对减肥药的轻信和对那种传说中的减肥效果的追求。

那些吃过五花八门食物和五花八门药物的人们，不得病有人相信吗？显然不可能。比如说，吃了转基因大豆或反季节草莓，有的就会出现腹泻或其他莫名其妙的症状；吃了减肥药有的就会内分泌失调；吃了含有大量激素的鸡翅有的就得了乳腺增生……有了病就得去看病吧，超市旁边就有一家我们的医院。我们的医院专业性非常强，基本上能保证药到病除。我们拥有全城最强的医生队伍，最全的医药品种，最前卫的医疗技术和最先进的新药、特药。

打个比方，你得了腹泻，我们就可以在三个小时内让你止泻。虽然两天后你得了便秘，但我们一样有办法让你在三个小时内摆脱病痛。如果一天后你突然感到血压不好，那么你可以去我们的心脑血管医院，这里的医院都已经细分，每个医院只治一种病。血压的病可能不太好治，但并不是因为我们没有好的治疗方案，而是这个病在地球上任何一家医院都是个难题，如果你想快速见效的话，我们有一种新药可以试一下。因为以前没有经过临床试验，所以疗效、副作用都不确定，但你要相信这家拥有基因技术的国际医药制造商所造的新药，是不会让你吃了没有什么反应的。

这么好的药服用了不到一个月怎么会造成了肝部不适？肯定不是药的问题，一定是你的肝脏原来有毛病，很脆弱，一经受点考验就受不了。不过也好，再有两天你就可以在我这个医院里出院了，你肝的问题不归我们这个医院管，因为你是来治血压的，现在血压已经正常了，我们就已经圆满地实施了我们的医治方案，以后的问题由你自己另行处理。不过我可以给你一个建议，建议你立即到我们的肝脏医院去检查治疗，因为在那里治疗肝病的医疗力量是最强大的。

当然，治疗肝病说不定就会伤肾，世界上的事情就是这样，你不能什么都要，往往得到一样总是以失去另一样为代价。这是最朴素的辩证法。问题总是有办法解决的，一旦肝病治疗得差不多时，你就可以转到我们的泌尿专业医院去了，那里的条件比这里还要好一些，虽然住院费贵了一点，但物有所值。人生就是一个消费的过程，钱只有花了才体现出它的价值。这一点又让我想到了国人的习惯，特别是中老年人，有钱舍不得花，攒着，生不带来死不带去的。住了院，就得用一点儿新药好药猛药，世界最前沿的医药成果你应该超前享受，多花一点儿钱，值！

是的，我们从来就没有给你打过包票，说你的心脏不会在治疗期间出现任何问题，人的心脏本来就是很脆弱的，你平时就应该注意，好好地去爱护。当然，现在说什么都来不及了，也不起什么作用，既然已经出了问题，你可以从我们这里离开，现在你的肾如果不再增加什么额外的负担，比如不吃肉，不吃油，不吃蛋白质，不吃碳水化合物，等等，就不会再进一步恶化，我们现在可以明确地告诉你，按照目前的国际标准，你的肾就算治好了。从明天开始，你可以转到我们的心脑血管医院去治疗心脏。就是你以前去过的那家，他们会按照老顾客的优惠条件给你一定的优惠，放下包袱，安心治疗吧。

应该说，这样的一个患者最后得了尿毒症也是正常的，你的肾因为常年用药，已经不堪重负。不过还好，我们拥有世界一流的透析设备，可以优先安排你使用。费用是高了一些，但并没有患者认为的那么严重，还不至于到倾家荡产那个程度。人都这个样子了，所有的亲戚朋友都应该伸出援助之手，我们是一个团结友爱的社会，人道主义的社会，连我们院方都能够坚持治疗不放弃，难道亲友和同事们不能再帮一下吗？

其实，这个人的死，我们是没有责任的。他真正的死因并不是某一种疾病没有治好，而是因为整个身体机能紊乱了。就像我们这个多灾多难的地球，就像我们周围一天坏似一天的生态体系，你不能把原因简单地归结于某一个行业或某一家公司。人也是一样，终归一死，只是早晚的问题，不要因为死了人就想到责任，这世界谁能够真正为某件事负起责任？

最好也不要纠缠幸与不幸的问题。作为一名患者，能够在一种新的社会模式里体验一下产业化经营、链条式服务的感觉，又何尝不是一件有意义的事情呢？有什么不幸可言！一般的百姓们，从来都是这样，根本就没有自己的主见和理念，所有的理念都是别人加到他们身上的，却要硬生出一些混乱的想法。其实，他们最大的幸运就是死在我们的医院里，而最大的不幸也就是没有死在我们的医院里。人生的意义不仅仅在于自身的生存，更重要的是要为人类社会的进步做出默默无闻的贡献……

这个小小的片段，也许并不能说明什么，但它却蕴藏着我们这个时代的行为逻辑，或许，它正是一切结果的原因。

是的，我们真的无法说清我们的社会、我们的世界、我们的环境究竟为什么会变得如此糟糕，我们没有能力评判谁对谁错，孰是孰非，该与不该，因为我们已经在很多领域里失去了评判标准。那些行动着的人们总是有理的，不管是在摧毁，还是在建设；不管是在消灭，还是在创造；不管是在种植，还是在拔除。一切都在人类混乱逻辑的支持下理直气壮地进行着。

这是商业时代。这个时代的最高逻辑并不是天伦和公理，而是利益或利润。所以，所谓的伦理，那些制约和联结着事物之间本质关系的伦理，常常被有意无意地忽略或藐视。而交易或买卖，以及支持着这些交易和买卖的逻辑，却成为主宰我们这个世界的运行规则。

买卖，成为任何人都绕不过的一个主题词。政治、经济、文化、伦理，一切都从这个词开始。当我们发现自然中的一切或上帝本身都不过是人类用来卖钱的借口或资源时，我们便无法直接继续谈论自然及自然伦理，而只能先谈商业，因为这世界没有一样东西不能成为商品。不要说粮食与水，下一步，一些很有理想的国际机构正在策划将阳光与空气也纳入商业化运营轨道。

在现代商品经济词典里，没有一种物质或事物是完全有害的，因为没有一种东西是不可利用的。一种商品或物品，假如说它对人们的生命和生活有着帮助和推进作用，它当然是有用的，谁想让自己活得更好或更加滋润就得拿钱来购买。就算它对人的生命或其他生物有极大的伤害作用，比如：毒药、毒气、毒品、弹药、放射性武器、枪支、军舰、航母、转基因食物、二噁英等等，在某些时候，对某些人它们也是很有用的。因为它们可以用来毒害、杀伤另外的人或动植物，所以它们照样可以创造“效益”——让一些人主动或被动地为此付钱。枯叶病毒是有害的，但它可以杀死别人的庄稼，从某一角度说这就是有益的；炭疽菌是有害的，但它可以杀死别人的牛和马，这也是有用的。有些事情我们认识不到，是因为我们没有把思路放宽，没有从公共利益体系中解脱出来。现代商业经济，教会我们很多以往学不到的本领，它总是会提醒我们要及时抓住应该抓住的一切时机，要找到一个别人意想不到的角度去思考问题或提出有创意的计划。我们完全可以“打开”或叫作“展开”我们的思维。假如一种东西对越南不利，那么它就很有可能对美国有利；如果对农民不利，就很有可能对种子公司或化肥公司、农药公司有利；对消费者不利，就会对生产商或销售公司有利；对一个公司不利，就可能对另外一个公司有利；对大多数的人不利，就可能对少数人有利；对生态不利，则可能对某些利益集团有利。总之，这世界上并没有绝对有害的事物，也没有绝对不利的因素，就看你怎么利用。

如果论及商业典范，像孟山都这样富有影响力的世界级跨国公司，肯定要比一个小企业高明得多，虽然大家都遵循着同一个逻辑，但表现出的风度及形象却会迥然不同。孟山都，它虽然本质是个商贩但却不以商贩的身份出现，也不扮演能给人治病的医生，它扮演上帝。

曾有人归纳总结说，世界上只有三种谎言：谎言、该死的谎言和孟山都的谎言。也就是说，在谎言的分类里孟山都单独占了一个类别。这里边含有两种信息：一个是孟山都本身的重量级很大，在世界上举足轻重；二是孟山都的谎言就如它的转基因产品一样有着独特的不可仿制、不可替代的技术成分。

首先说孟山都。这是一个非常重要的跨国农业生物技术公司。其生产的旗舰产品是全球知名的草甘膦除草剂。该公司目前也是转基因种子的领先生产商，占据了多种农作物种子70%~100%的市场份额。差不多世界上每一个城市的公民每天都要和孟山都发生或多或少的关联，因为世界上每天都在销售各种各样的转基因产品——不是粮食，就是食用油，不是食用油就是那些包装得五花八门的小食品。总之，这个公司已经成功地让自己的转基因粮食以及粮食产品渗透到世界的各个角落。

再说“孟山都谎言”。其实，孟山都的谎言说到底，无非也就是商家的谎言，说商业骗局也行。孟山都就是一个转基因种子的经销商，只不过它的野心更大，能力更强，骗取利润的理由更加冠冕堂皇罢了，并没有什么稀奇。所有的商家，都在靠“孟山都谎言”推销商品，从广告到销售到服务，每一个环节都有这种不实之词。人们之所以把“孟山都谎言”单独归为一类，是因为太重视孟山都公司，太惧怕孟山都公司了。客观地说，孟山都之类的谎言，一般不称作谎言，因为所有的商人都在这样说话，如果说这叫作谎言，那他们每天就是在靠说谎过日子，这显然不容易让人接受。或许可以叫作逻辑，因为他们所说的每一句话听起来都像是真的，就算无法兑现，据他们自己解释，也一定是在其他环节上出了问题，客观上制约了他们承诺的兑现，总之他们并没有对每一句话负责的必要。

很显然，孟山都公司是知道人们需要什么和爱听什么的。

所以当孟山都的“老板”戈登·康威发出了进行第二次绿色革命的公开号召时，有那么多人深信不疑。他说：“人类需要转基因作物在未来三十年提高粮食产量……以便应对人口增长。”他预测：“到2020年，世界还会多出20亿张嘴吃饭。”而转基因作物可以解决如何在有限的土地上增加作物产量的问题以及“避免杀虫剂和过度使用化肥的问题”。

然后，就有人尝试他们的转基因种子和与之相配套的各种农药，尽管各处反馈回来的信息并不令人满意。在孟山都公司的转基因种子及配套农产品得到扩大试验的一段时间里，各种不利的试验报告不断出现：

澳大利亚“农民关注网络”有一份报告指出，从种植转基因芥花籽的情况来看，“没有证据表明转基因芥花籽作物的产量更高，但却有证据表明它们的产量更低”。

在阿根廷和巴西，一些研究已经确认出现了抗草甘膦的“超级杂草”，这些杂草不受施用正常剂量的孟山都抗农达草甘膦除草剂的影响。为了对付这种威胁到孟山都抗农达转基因大豆收成的破坏性杂草，必须补充施用其他除草剂，农药施用量不但不减少而且增加。

在一项有关Bt玉米经济性的详尽分析中，爱达荷州西北科学与环境政策研究中心的查尔斯·本布鲁克博士利用美国农业部的官方数据发现，

"从1996年到2001年，为了种植Bt玉米，美国农民因价格溢价至少多支付了6.59亿美元，而收获量只提高了2.76亿蒲式耳——从经济收益来说价值是5.6亿美元。由于种植Bt玉米，农民的赢利状况为净亏损9200万美元——约每英亩1.31美元"。

突然，俄罗斯科学界传来了另一项试验结果，埃尔玛科娃博士的研究发现，食用转基因大豆的老鼠幼崽中，有36%体重不足，而食用非转基因大豆的老鼠幼崽则只有6%体重不足。更令人震惊的是，食用转基因食物的母鼠生下的幼崽当中，竟然有55.6%在出生后三个星期内死去，而那些喂养普通大豆的母鼠幼崽死亡率仅为9%，不喂任何大豆的母鼠幼崽的死亡率为6.8%。"老鼠的形态学和生物化学结构与人很类似，所以这种结果很让人担心。"埃尔玛科娃博士说，"这些结果指出了母亲及其婴儿面临的风险。"

但戈登·康威却一直懒得回答为什么会出现这样的结果，他只是对媒体不断地重复着一套字句不变的话："转基因食物是好的、安全的，是世界上最美好的食物，你们吃吧，我们一家四口人和一条狗一直在吃着我们自己生产的转基因食物。"

是啊，"我"不管你们以及"证据"怎么说，"我"就是这样认为的，而种植和食用转基因粮食也是你们自愿的。你们说转基因食物对生命有害，那是因为那些生命本身的问题，都怪他们太脆弱，"我"自己吃为什么就没有问题呢？

你可以认为孟山都公司在搞商业欺诈，但能有那么多的人用了它的产品，甘愿受它的欺诈，就证明有很多的人认为没有受欺诈。在商业营销里，愿意受欺诈的顾客在消费者中所占的比例就是信誉度。

事实上，这样的报告越多，越证明孟山都的正确，如果这样的事例到了罄竹难书的程度，证明孟山都公司已经取得了空前的成功，因为有数不胜数的人用了或正在用着他们的商品。孟山都的目的并不是真想要他们自己说的那个结果，而是让所有人相信那个结果。或进一步说，人们相信不相信他们的产品是好的没关系，只要大家都来用他们的种子和农药，就是他们的成功。用了才是目的，而达到什么效果并不是目的，在商业上这并不叫欺骗，而是有另一个好听的名字叫营销策略。

你也可以认为孟山都公司在冒充上帝，但这个形象却并不是孟山都自己想要的。孟山都公司从来没有承认过自己要冒充或扮演上帝，是那些盲从的消费者，那些愿意听故事的人自愿把孟山都当作上帝，渴望孟山都公司能够帮助他们实现美好的梦想，是他们，在客观上把孟山都推到了上帝的位置!

想当初，在伊甸园里，如果没有人类听信蛇的诱惑，哪里会有最后人与蛇的双双获罪呢？真正犯了错误的并不只是有邪恶之嫌的孟山都公司们，更主要的恰恰是那些所谓的上当受骗者。孟山都是倡导者，他们是实施者。正是他们奋力帮助孟山都不断实施了自己的计划，是他们让孟山都这样的公司一步步接近上帝的宝座，最后实现控制人类的愿望。

如果说，人类确确实实在侵犯和伤害着自然的伦理，那么，实施、推行者比倡导者的罪还要大出几倍。比如，一个怂恿杀人的人，一定比那个亲手杀人的人所获的罪要轻。世界上的任何律条都遵循着这样的原则。因此，在古老的《圣经》里，上帝对人类的处罚比对诱惑者蛇的处罚更加严厉。

板结的心灵

当我们坐在麦当劳的餐厅里，蘸着甜中带酸的沙拉酱将食物送入口中的时候，我们与农田之间的距离已经相当遥远，遥远得如同一只南亚甲虫之于一株东北平原上的高粱。谁也想象不出那高粱上的种子在何年何月成为一只大雁的食物，何月何日那只雁又飞到了南亚，并把那些高粱以新鲜粪便的形式排出，又被那只南亚甲虫当作美食搬进洞穴。

一份所谓时尚的美食，往往会温柔地垄断我们的口味和情感。

面对一颗鱼丸，我们不知道这小小的东西从何而来，不知道它是土里长的还是树上结的，抑或是从天空中掉下来的，我们只知道它仅属于这一家小店。那就把它归功于这家厨师的手艺吧。过去读“锄禾日当午，汗滴禾下土”，老师问我们，能够吃上饭得感谢谁，那时我们毫无疑问会回答，要感谢汗珠子落地摔八瓣的农民；而就同一个问题去问现在的孩子们，他们的回答却是要感谢厨师或感谢麦当劳。

这毫不奇怪，在某种程度上说，也是必然的。一个从来没有见过自己亲生父母的儿童，谁喂他吃饭，他就想开口管谁叫爸爸，不管那人原来是他爷爷还是他的杀父仇人。

如果我们并不知道，有一只因缺钙而断了腿的鸡，有一头脑子有问题而到处乱撞的牛，有来自巴西的美国孟山都公司种植的转基因大豆，有来自加拿大的玉米和美国嘉吉公司的矿山提取物共同参与并成就了我们碗中的这颗鱼丸，那么，就算世界上的禽、畜、粮食统统消失，又与我们何干呢？它们并不是鱼丸，而我们只要鱼丸，我们所需要的鱼丸就在我们小区旁边的那个小店里，什么时候去，什么时候都可以买到。

太多的商业环节和商业目的，切断了生命之间的本质联系，冲淡了很多显而易见从古至今一直延续的自然伦理。人们不再关注每一件事物的存在是不是有必要，而是关注它的存在对自己有多少益处。

对于一个自然人来说，粮食就是用来食用，维持基本生命需要的。这很简单。在自然伦理体系里，很多事情都简单而又明了。但人类不是这么想，也不想这么做。如果不节外生枝把问题复杂化，我们的商业就不会有任何作为，那些不种粮食的人也别想通过种粮食的人得到什么好处了。如果事情变得那样简单，很多人活着就失去了意义。是的，他们的哲学就是一定要将无意义的事情做得像有意义一样，一定要将事情的真相隐藏在表象的背后。

实际上，粮食在更多环节里并不是用于食用。粮食经销商或粮贩们，首先会认为粮食是用来倒卖的，他们并不一定需要吃这些粮食；物流业会认为粮食是用来运输的；粮食加工企业则认为粮食是用来制作饼干、面包、果冻和萨其马的；有些人认为粮食是用来制作淀粉的；另一些人认为粮食是用来烧酒或制作乙醇汽油的……总之，粮食是用来制造各种商品和赚钱的。当食品最后进入人们口中，大多数已经没有人知道这些东西真正的产地，没有人知道它们从何而来，贴着法国某公司商品标签的东西，原来出产于加拿大；而贴着美国商标的东西却出产于墨西哥或巴西。虽然绝大部分食物出自土地和农民之手，但经过了很多个环节的参与、插手、加工、改造，这些粮食已经面目全非了，有些甚至变成了有毒的、很糟糕的东西。但正是这些更加糟糕的东西，赚走了我们更多的钱。因为越是看起来面目全非的东西，插手的人越多，而每一个人插手的目的都不一定是要使事情变得更加完美，他们只是要找到一个获取利益的借口，所以我们便不得不给每一个环节中每一个插手的人付钱。人们面对的将永远是第二道、第三道、第四道或更多道的产品加工商或经销商，而最初、最本质的生产者却两手空空地站在我们根本无法看到的最后排或被踩在脚下。

曾经有人对1公斤乌干达咖啡进行过市场跟踪并记下详细过程：一开始，这些咖啡由咖啡园的农民提供，这是一定的，因为没有一家大公司肯做这种事情，也没有一家大公司可以不依赖实际的物产而凭空造出商品。一般情况，农民们把咖啡以每公斤14美分左右的价格卖给本地的二道贩子，二道贩子以每公斤19美分的价格转卖给咖啡加工厂。然后，加工过的咖啡每公斤加价5美分被装进袋子，再以每公斤2美分的运费运到乌干达首都坎帕拉。这时，咖啡的价格已达到每公斤26美分，但这个环节也还没产生高额利润。汉宁顿·卡鲁汉加是乌干达大型咖啡出口商乌干达咖啡公司的一位经理，他从每吨咖啡中可以赚到10美元的利润，也就是每公斤1美分的利润，而且是优质咖啡的利润。如果咖啡的质量太次，就根本不值得长途运输。所以，他说“销毁劣质咖啡要比运输让我们蒙受的损失小得多”。但是，运输咖啡只是咖啡在进入烘烤器之前一系列复杂程序中的一个环节，还有挑选、分级、确认等环节，然后才被送进咖啡烘烤机。等到咖啡终于到达西伦敦雀巢咖啡加工设备跟前的时候，咖啡的成本已升至每公斤1.64美元了。而当咖啡在雀巢咖啡加工间里被磨碎之后，再出厂，价格便一下子升至每公斤26.40美元，这是乌干达种植园咖啡价格的200倍左右。

这是从咖啡豆到咖啡粉，形态没有发生太多变化的情况。如果一种食物或商品，我们怎么猜都猜不出是由什么做出来的，那么中间的加价可能就无法估量了。因为谁也不知道它是什么，所以它才神秘，因为它神秘，所以才可以赚到无法想象的高额利润。这样的东西，在我们生活中到处都是，可以形象地称其为“食品魔术”。说到底，我们经常能够买到的其实并不是食物，更多的则是创意、理念、营销、噱头、戏法、包装或牌子。

一开始的时候，我们每个人都不一定愿意接受这样的事实，因为我们心里还清晰地记得每一种食品最初的形态和最初的来处，我们仍然怀恋着它们最初的色泽与味道，也还隐约记得食物生产者的劳动和我们日常消费之间的血肉联系。但我们似乎并没有能力做出自己的选择，我们在选择食物方面的自由意志，早在市场到来的那天起就被绑架了。

对于我们喜欢的，我们已经无法获得。比如买苹果，在欧洲、北美以及国内的一些大超市里，顾客可以选择的品种不过五六种：红富士、布雷伯博恩、澳洲青苹果，或许还有少数几个别的品种。就是在中国的超市里，我们所见的苹果常常也不会超过4种。为什么可选的品种会这么少？因为大多数品种由于种种原因纷纷被排挤到了超市门外。而进来的少数品种，并不是按照顾客的口味，而是按照超市的“口味”选进来的。这些品种看起来都有着高度相似的共同特点：“表皮光滑，没有瑕疵，虽然味道平淡，却不会引起大多数人的讨厌，最关键的是，它们能够经得起长途运输。当这些苹果从果园被摘下装车后，它们不会因运输过程中的碰撞而受伤或破皮。通过上蜡和涂上化合物，这些苹果会保持良好的外观，摆上货架时看起来很漂亮。”我们不能完全按照个人喜好做出选择，尤其在超市里，绝非所有不同营养和口味的水果都可以找到。某一种水果能否被列入名单，完全取决于该种水果生产商的实力。[①]

对于我们不喜欢的，我们却无法拒绝。比如，我是一个北方人，从小就对家乡的大豆情有独钟，如果吃大豆的话，我就想吃北方的金大豆，而绝不想吃那些令人不安和深深忧虑的转基因大豆。但自从在上一轮粮食战争中，中国大豆全军覆没之后，我们就不得不告别本土的大豆，与美国的转基因大豆进行着无节制的“亲密接触”。虽然我们深知美国大豆与中国大豆有着本质上的区别，虽然我们讨厌赤裸裸的商业，只能接受中国大豆养育加赚钱的功能指向，而不能接受美国大豆只为赚钱的功能指向，但美国大豆并没有长着蓝眼睛和高鼻子，我们经常被那些指鹿为马的人欺骗，把美国转基因大豆当作东北大豆买回家。实际上，商品市场上确实已经很少能够见到纯正的东北大豆了，就算我们有“不食周粟”的志气或执意回避转基因大豆的侵害，但经过一系列的努力之后回头看，我们最终还是无法摆脱转基因大豆的围剿。

我们可以不碰任何一粒大豆，但我们却不能不碰转基因大豆油，因为中国大多数食用植物油都已经由外企控制。就算我们可以不碰任何一个牌子的大豆油，但我们却不能不去饭店吃饭，不能不去超市买食品。就算我们不吃表面上带油质的饭菜或食物，但我们却不能不吃巧克力和冰激凌。有科学报告告诉我们，巧克力和冰激凌里也都含有大量的大豆成分。事实上，超市货架上3/4的可食用商品以及食品快餐行业的绝大多数产品都含有大豆成分，大豆油以及从大豆中提炼出来的卵磷脂无处不在。它们往往直接参与、进入到我们的食品当中；就算是不直接参与，那些依靠大豆蛋白生长的动物也会无处不在地向我们围拢，使大豆对我们的食物实现间接参

① 此段文字参引拉吉·帕特尔《粮食战争》，东方出版社，2008 年版。

与。大豆是一些动物的主要饲料，是它们肉体蛋白质的重要来源，是多种植物油和人造黄油的主要成分，而这些油、这些肉最终都会通过各种渠道送到我们口中。一个人每天所吃的食物想不和转基因大豆发生关系几乎是不可能的。

我一直拒绝食用那些已经变了形态、根本看不出由哪些东西构成的食品。原因是我看到这些东西时心里没底，我不知道它们从何而来，又是怎么变成了现在的样子，为什么要变成这个样子的。原来好好的，蔬菜也好，粮食也好，肉类也好，为什么要搞得面目全非呢？常常，这些食物让我联想起某种食品被咀嚼或消化后的形态。这感觉很不愉快。不愉快之余，我便深深地想念起那些长在大地上生机勃勃的植物秧苗，想起那些水灵灵、新鲜、鲜艳的果实，想念起那些为了它们而耕作的农民，也想念起小时候熟悉的一阵阵稚嫩的读书声：“谁知盘中餐，粒粒皆辛苦……”

然而，当我们长期处于一种被迫状态而无法改变时，这种状态便慢慢地转化成一种习惯，成为一种生活的必然和主动选择。一个被迫吃了十年麦当劳的人，虽然一提起麦当劳就会感到恶心，但让他在众多的饭店里自由选择一家时，他仍然会选择麦当劳。这是同化的力量，是洗脑的过程。

不知不觉之间，由人类制造的自然伦理的紊乱，反过来一点点转移、蔓延至人类自身，造成人伦和人性的紊乱。我们在掘取自然利益过程中的不择手段造成了人类间进行利益争夺的不择手段，我们对自然的不义造成了人类间的不义。当每一寸土地和每一种动植物都可以被人类拿来换钱，当最后一块净土都用来开发，当最后一点资源都用来出卖，当任何妨碍人类追逐利益的事物都被无情地消灭，最后，人类自身还能够剩下多少尊严、廉耻和公义呢？

于是，我们开始一天天远离土地，一点点淡忘生命的根系与本源。我们走在追求安全、宁静、舒适、健康、快乐的路上，“鹿用它柔软的腿追求，牧人用陷阱和毒药，政治家用笔，而大多数人则用机器、选票和钱。”（阿尔多·李奥帕《沙郡年记》）到最后，我们所得到的结果却总是与我们的努力和企盼截然相反，我们因为极力追求安全，反而要面对更大的危险；我们追求舒适，反而要面对更多的劳顿；我们追求快乐，反而要面对新的烦恼和痛苦。当我们一天天远离天赐的食物以及传统的农业，一天天对土地和农民失去应有的亲近与尊重时，我们的身体开始出现肥胖、细胞变异、内分泌失调等症状，开始患上糖尿病，莫名其妙的焦虑、烦躁、冷漠等症状，并不知不觉地进入不通人情、不知感恩、麻木、糜烂、心灵板结的状态。

生态的失衡与破坏，土地的贫瘠与板结，最终如传染性疾病一样影射、蔓延至我们的心灵，使我们眼所能见的一切和我们内心生发的一切，互成镜像，形影相随，亦步亦趋。

世界上所有问题的根源最终都来自人的内心，但我们却经常去心灵外部寻找答案。我们就像一群苛刻的照片爱好者，只知道抱怨我们的形象不美或被丑化了，但我们从来不会照一照镜子审视一下自己的长相，从来就没想到要从自己的脸上找原因，而是不断地挑剔、怀疑摄影师的技术和角度。

第六章　问苍茫大地谁主沉浮

——粮食与兴衰

道之为物
惟恍惟惚
惚兮恍兮
其中有象
恍兮惚兮
其中有物

——《道德经》

粮道

最初，粮食不过是天上洒下来的雨水，滴到哪里，哪里的生命就得到了滋润，哪里就显现出生机和悦目的色泽。

小时候我曾经问母亲，我为什么不及那两个弟弟长得高。母亲说，因为生我的那年没粮吃，饿的。为什么没粮呢？天旱，不下雨，不下雨当然就没有粮食啦。那时，我还不能清晰地理出雨水与粮食的确切关系，以为粮食会由雨水直接从天上带下来。那时，我虽然还没有现在这样相对全面一点儿的知识和健全的理性，却偏偏具有极丰富的想象力。于是，脑子里就生出了一些奇怪的想法，关于粮食，关于雨水。

我觉得，那些粮食就应该自天上而来，除了那么悠远、神秘的天，有什么能够让粮食说来就来，说走就走呢？当粮食如雨水一样从高处落下来，落到了我们头上，我们就被那些金色的“雨水”浇灌，像庄稼一样长了起来。天在庄稼头上，庄稼在我们头上。而我出生那年，恰恰这种雨很少，于是我就如旱灾发生时地里的庄稼，卷曲着叶子，没精打采地站在阳光里，一天天挨过日子的煎熬，直到秋天，仍然没能让自己高昂和伟岸起来。

时光飞逝。我真的长大了，人生的阅历也随之多了起来，就不再用以前的思维方式思考问题了，才发现，粮食并不是富有诗意的东西。有时它太严肃了，严肃得关乎生死，关乎成败，严肃得让人不敢任意伸展想象的触角。但每提及粮食，记忆中那些神情各异的面孔，却立即如磁场中的铁屑一样，瞬间呈现出两种简单的状态：一种是安然，一种是凄惶。不用说，安然的那种，一定是因为有粮食装在他们的腹中或藏在他们的口袋中、家中；而凄惶的那种，却是因为他们失去了或再也找不到粮食。

后来，粮食便成了小小的溪流，在不息的流动中洒下一路明亮的光影和真实的繁荣。

“你们要把食物分给那些饥饿的人，我会叫你们从中得益处并得快乐。”这声音来自我不知道方位的高处，在很久以前的天空里回荡。儿时，我经常和伙伴们传递手中的干粮，像传递、交流我们之间的情感一样。很多人吃过我家的干粮，我也吃过很多人家的干粮。那些简单的食物总是形态各异，有的纯然金黄，有的纯净雪白，有的则有其他的颜色掺进来。其中，有粮食与野菜的组合，有野菜与糠麸的组合，也有粮食和自身糠麸的组合……当然，其口感和味道也各不相同，有的甘美醇香，有的粗糙怪诞，有的绵软，有的坚硬，有的苦涩难当，有的苦甜混杂。

然而，粮食在更大的范围里传递或流动时，通常不会赤裸地来去，而是像那些严肃的农民一样穿上体面或不够体面的衣服。所以我们一般并不能直接看到粮食，而是看到那些崭新的、破旧的，打了补丁的或没打补丁的，布质的、麻质的或塑料质地的口袋在流转。它们沉默地行走在各种各样的人、各种各样的门之间，沉默地行走在各种各样的路上，如话语稀少的农民，没有人确切地知道它们的目的和所要表达的意思。但它们终于会开口的，开口时总如石破天惊，当一尘不染的粮食从灰暗的口袋里露出时，便不再有人质疑它们，谁都知道那种特殊的语言，代表着金子般的应许与承诺。

再往前走，粮食就是大江或大河了。它们在一条不会轻易改变的道路上成就了一种秩序，也成就了一种力量。

当我站在铁路边，望着隆隆滚动的车轮发呆时，并不是想知道那些粮食都去了哪里，因为没有人能够确切回答我的问题，铁轨不能，车厢不能，开火车的司机不能，包括车站里的站长也不能。因为它们到达下一站之后，仍然会有下一站。我知道，它们早晚有一天会不在铁轨上也不在轮船上更不一定在公路上运行，它们只在时间里运行。我只是想知道，是什么力量能够让它们如此地奔跑或飞翔，让它们在世界上穿行如梭。

此时，我仿佛看到它们在暗处的涌动，如水一样的波涛滚滚，有很多冒险逆行的船只被它们掀翻，又有很多顺应着它们的舟舸被托送到千里之外，有一些披坚执甲的生物被它们在江岩上摔得粉碎，也有金色的鲤鱼被它们托举过龙门……我也仿佛看到，很多人、很多人群，甚至很多国家的命运，在它们的意志里翻卷沉浮。

再后来，粮食聚到一处，安静地停在那里，一种哪里也不需要去，但似乎哪里都有可能去的状态。这时，粮食是一种滋养或毁灭的能量。

地上的水，似乎总是要流淌、聚集到一处，人们把那些水叫湖泊或叫海洋，而聚集到一处的水，似乎又总有再一次奔流到四方的可能。此时，它们就在堤岸里静伏着，偶尔有一些波涛或浪涌，却都是起而又落，涨而又消，那是水在烦闷时的自由翻滚，没有人能够依据自己眼所能见或耳所能闻的现象判断出它们的意图和方向。

有时，它们显得安静而又恬淡，一派悠然自得的样子，和风、丽日和悠悠的白云是它们的好心情，这时平稳的水面下似乎能藏得住一切美好的梦幻和向往。有时，它们却表现出异常的烦躁，风起云涌，浊浪滔天，发出暴怒的吼叫，堤岸也在它们剧烈的摇晃下发出颤抖。这时，它们似乎再也不想老老实实地待在那里了，它们要冲垮堤岸，覆盖一切存在，并把所遇到的一切撕毁、摔碎。堤岸，既是它们的归宿，又是它们的囚室。有时，看着它们摇摇荡荡、恍恍惚惚的模样，像是说不准在哪一个时刻，便会突然从某处神秘的地裂中隐去，消失得无影无踪。

这样状态的水，其实已经不再是简单的水，它们是能量，是无善无恶、无正无邪的能量。而粮食，聚集并停留于某处的粮食，就是那亦动亦静，可“无为”亦可“无不为”的抽象的水，或湖，或海。

老子云：“天下莫柔弱于水，而攻坚强者莫之能胜，以其无以易之。”蓦然回首，多少朝代，多少往事，都如岸边野草，在如水的粮食的滋润下，枯而又荣，生而又息。而粮食，在击穿无数岁月之后，却仍然如水一样，在时光的河床里奔涌不息……

人口的消长

远古的云，飘过传说中的烈山，飘过漻水，飘向西南，如远逝的岁月永不回头，却把一个闪光的灵感遗落在华夏大地之上。

众说纷纭的神话，传颂至今，似乎已经没有人能够说得清楚神农氏是如何烧山、开荒、种植五谷的，但关于他做了什么和为什么而做，却有着这样的记载：“古之人民皆食兽禽肉，至于神农，人民众多，禽兽不足，于是神农因天之时，分地之利，制耒耜，教民劳作，神而化之，使民易之，故谓神农也。”（《白虎通义》）

“因天之时，分地之利”，另加一个神农氏，正好在很久以前的某一天凑齐了天、地、人三个至关重要的因素。于是，一个机缘或一个神示的时刻出现了，一个神所默许的神圣事物有了一个良好的开端。粮食，开始在土地上为人类生长。这是古人们走到生死存亡的十字路口时，上帝通过神农氏交到人们手中的一把打开未来的钥匙。

如果没有粮食的出现，不知道人类还要在丛林里与野兽们周旋多少岁月，也不知道人类在禽兽越来越稀少的环境里会继续存在还是很快消亡。但是很幸运，人们发现并种植了粮食，便豁然开辟了发展壮大的空间。这是一个颠扑不破的自然法则，谁拥有了足够的食物，谁就拥有了种群发展最坚实的物质基础。

现在我们不妨看一看处在食物链高端的那些猛兽猛禽，还有多少存活在世界上？它们数量稀少的原因并不是它们不够强悍、勇猛。相反，正是因为它们太强悍、太勇猛了。这世界本来是不允许强者太多的，强者太多时必定是强者的末日。如果人类只能够靠吃狮子、老虎这样的高端动物来维持生存，那么人类的数量就一定比狮子老虎还要少得多。

其实，这世界最多、最顽强的生命，并不是动物，而是植物，像“野火烧不尽，春风吹又生”这样的赞颂，只有草类才配受承担，没有哪一种动物能够承受得住野火的焚烧。只有植物，才有能力依靠它们庞大、顽强的种群支撑和养活同样巨大的食草类动物种群，维持那些食草类的羚羊、驯鹿、黄羊、兔、鼠等种群的兴旺、数量的庞大。

相对于其他动物，人类并没有走两个极端，而是做了两头兼顾的双重选择。不但仍然保持了肉食的习性，更重要的是兼食了一切可食的植物。当然，仅仅如此还是远远不够的，在人类的发展史上，无数的事实已经证明，人类并不能光靠自然生长的可食之物而存活。自从“神农尝百草别谷，烝民粒食，后世以赖之”开始，人类就只能依靠奇迹活着。粮食，则正是我们这个星球上最大的奇迹。

当人类跨过远古文明，迈入崭新的文明史之后，对粮食的依赖更是与日俱增。粮食的多寡，最终，竟成为人类自身能否兴旺的决定因素。回顾历史上有据可查的人口波动，我们发现，三次大规模的人口增长高潮，无一不是与当时的粮食充足有关。

中国第一次人口高峰发生在西汉（公元前206年～公元8年），全国人口从1000万增至5900多万。

西汉的繁荣是从文帝、景帝时期开始的。那个时期很有名，史称“文景之治”，历来被视为封建社会的“盛世”。

文帝刘恒（公元前203年～公元前157年），于高帝十一年（公元前196年）受封为代王。公元前180年吕后死，诸吕谋乱，丞相陈平、太尉周勃与朱虚侯刘章等宗室大臣共诛诸吕，迎立刘恒为帝。刘恒在位二十三年。

景帝刘启（公元前189年～公元前141年），文帝太子，公元前157年即位，在位十六年。

文景时期继续推行并发展汉高祖以来的休养生息政策，多次下诏劝农，鼓励农民发展农业生产，同时还注意减轻人民负担。文帝二年（公元前178年）和十二年（公元前166年），曾两次“除田租税之半”（《史记·孝文本纪》），即将田租率由原来的十五税一减为三十税一，并一度全部免除田租。景帝时实行三十税一，成为定制。文帝时算赋也由每人每年120钱减至40钱，徭役则由每年一次减为三年一次（一个月）。景帝二年（公元前155年）又把秦时十七岁傅籍给公家徭役的制度改为二十岁始傅。这样一来，民间的粮食多了起来，有力量扩大再生产，也有钱养孩子，扩大人类自身的生产了。于是，农民们便如得了草的羊一样，一天肥似一天，肉也多了，毛也多了，头数也多了。到汉平帝元年（公元2年），人口增加到5959万。二百二十年间增加了4700多万人，增加了近4倍。随着人口及经济基数不断增大，立足藏富于民的朝廷，自然而然也跟着富了起来。据史书记载，那时的百姓人给家足，郡国的仓廪堆满了粮食，太仓里也堆满了粮食，皇家库府里不但堆满了粮食，还堆满了钱，花也花不完。

中国第二次人口增长高潮出现在清代。

清代，这个中国历史上的最后一个封建王朝，虽然有着太多的黑暗、腐败和耻辱，却也把封建社会形态的精华部分发挥到了极致。

清统治者入主中原后，一边推行集权、高压的统治策略，一边积极调整生产关系，采取一系列开明的农业政策，推进农业及经济持续发展。康熙帝把原来明朝藩王的土地划归给当时的耕种人所有，解决了农民的土地问题，同时，从康熙五十年起，以后滋生的人丁不再加赋人头税。

雍正帝推行摊丁入亩制度，把丁税平均摊入田赋中，废除了人头税。在这样一个良好的背景下，同时又发生了一件农业史上的重大事件，那就是玉米和甘薯的大面积推广。明代引进的玉米、甘薯，经过了一段时间技术上的磨合与准备，在清代开花结果成了气候。这两种适应性强、产量高的作物一经推广，就使中国的粮食产量得到了出人意料的提升。在当时水稻平均亩产200公斤、小麦亩产150公斤的农业背景下，玉米亩产能达到300公斤～350公斤，甘薯亩产能达到1000多公斤，这不能不说是一个小小的奇迹。这样一来，老百姓不但能够吃饱，还能够腾出空隙耕种经济作物，日子过得殷实富足起来。

明清时期，一直到1840年鸦片战争，中国的国民生产总值已经可与英国比肩。1785年，中国的国民生产总值占世界的32%，那时，整个欧洲才占到22%，中国一国的国民生产总值比欧洲十一个主要国家还要高出十个百分点。全世界人口超过50万的城市，只有十个，除了日本的东京，印度的金奈，欧洲的伦敦、巴黎，其余六个全在中国，北京、南京、扬州、广州、苏州、杭州。所以中国当时的经济发展水平居于世界之首，农民富裕程度也是世界之最。粮食充足，经济富裕的结果是老百姓安居乐业，娶妻生子，枝繁叶茂，所以中国当时的人口也就跟着一节节地攀升。康熙即位的时候，全国人口约4000万，到康熙驾崩时已经过亿了。乾隆二十年（1755年）的时候，达到2亿，到乾隆驾崩时，已经3亿；到道光时达到4.1亿。当时，全世界10亿人口，中国就已经占到40%。

那时，清政府虽然也感觉到了人口的压力，但却没有什么紧迫感，因为那时仍是劳动密集型的时代，人仍然是最宝贵的社会生产力。

中国第三次人口快速增长时期是中华人民共和国成立后的三十多年，从1949年至1982年第三次全国人口普查，中国人口由5.4亿增加到10.3亿。较之前几次人口高峰，这次增加的幅度虽然并不算太高，但因为基数大，其绝对增量却大大超过历史上任何一个时期。

新中国成立之前，由于连年战乱，兵灾频仍，致使人口大量消耗。从1910年至1949年近四十年间，中国人口共增加1.4亿，总量至5.4亿，相对而言，增长速度并不是很快。新中国成立之后，中国人民心情舒畅，激情万丈，在毛泽东“人多力量大”口号的鼓舞下，进入新一轮生育高峰。虽然经1959年至1961年三年困难时期，但到1964年全国第二次人口普查时，仍然达到了近7.2亿。这只是中国人口激增序曲中的一个铺垫，虽然国家政策导向支持人口增长，但当时的物质和食物支持却还跟不上人口增长的步伐。1964年以前，全国粮食人均占有量始终低于140公斤，更多的时候是在120公斤以下徘徊。在广大农村，生了孩子养不起或养不活的现象，还屡见不鲜。而接下来的十多年中，农业生产不再搞那些虚假浮夸，基本保持稳定。从1970年开始，人均粮食占有量都在150公斤以上，而1982年的第三次全国人口普查则从显示人口已7.2亿一下子增至10.3亿，十年激增3亿。综合分析，粮食因素还是在这次人口增长中起到了推波助澜的作用。中国人真正面对现实，公开承认激增的人口已经给国家造成沉重负担，是在1978年。这一年的《宪法》把计划生育列为中国的基本国策，但中国的人口却已经像某些超级大国的经济一样，在巨大惯性的推动下，尽管增长率在逐年下降，总量却仍然在持续地突飞猛进。

在人类发展进程中，粮食不仅对人口的增长有着直接的滋生滋养作用，同时，还在人口流转运行中起到巨大的牵引作用。哪里有粮食，或哪里有粮食的潜在产出能力，哪里就会聚集更多的人口。

历史上，这种人跟着粮食走的现象一直表现为正常规律。

在那些战乱和饥荒年景里，趋食避凶，逃荒移民是理所当然的事情，不仅各地人民会自行迁移，有时官府也出面组织，促进灾民的流动。

《汉书·武帝记》："元狩四年（公元前119年）冬，有司言关东贫民徙陇西、北地、西河、上都、会稽，凡七十二万五千口。"

《宋史·孝宗本记》："乾道二年（1166年），两浙、江东大饥，淮民流徙江南数十万。"

《铭山藏记》："成化二十年（1484年）九月，山西连年灾伤，平阳一府逃移者五万七千八百余户，蒲鲜等州，临晋等县，饿殍盈途，不可计数。”

《东华续录》：“清光绪二年（1876年）十一月，江北旱灾较重，饥民四出，兼以山东、安徽灾黎纷纷渡江，前赴苏常就食者千万。”

…………

翻开史书，这样的记录随处可见。即便如此，那些闪烁其词的文字仍然无法反映出历史的全貌。

我们所熟知的“闯关东”，大概能够称得上有史以来最大的移民潮。史书记载，1938年后，国内灾祸连年，大批南方平民纷纷逃往地广人稀的东北三省。实际上，这次大规模的人口迁徙，不论从规模上和动因上，都超离了史书上的文字所记。根据民间的讲述与追忆，这场移民潮一直延续了几十年。到后来，南民北迁的动因早已经不再是最初的逃避灾荒了，大部分人是积极北上，主动拓展自己的生存空间，因为东北的黑土地确实能够很轻松地承诺给来这里的人们以粮食，以充足的食物。

1927年后的数年中，每年从山东、河北等地出关的人数都在百万以上，这每年都有的百万人，并不能简单地理解为饥饿的逃避者，更多的则应该是粮食的追逐者。

正常时，或者说社会稳定时，人们“趋利避祸”的流动并不明显，但在那些动荡的环境里，这种流动却相当剧烈、频繁。

前面提到的西汉，虽然一度把中国人口推到了一个高峰，但到了西汉末年，社会矛盾日趋尖锐，发生了王莽篡汉及对匈奴的战争，再加上连年灾荒，在短短的二三十年里，中国人口剧减一半，仅余3000万左右。北方，特别是中原地区饱受蹂躏，而南方却相对安稳，于是流民便大量南迁，中国人口出现了南增北减的变化。东汉政权建立后，经过社会调整，进入一段平缓的休养生息期，北方人口才慢慢增加或从南方流回。二百年后，人口逐渐恢复并超过7000万人。到了东汉末年，战乱又起，三国鼎立及两晋南北朝群雄割据，再一次造成人口的急剧减少。

故乡，冬天的田野上，经常会有一大群一大群的鸟儿，在天空中，在大地上，折来折去地飞，一会儿东一会儿西，一会儿起一会儿落……那时，我还小，所以并不知道它们在做什么，后来有成人告诉我们，它们是在寻找和追逐“口中的食”。鸟儿们的宿命就是这样，为了生存注定要四时不停地迁徙，奔波。

如果站在高处看人类跟在粮食后面的一次次迁徙、流动，大约与那些南来北往因食而徙的鸟、兽并无多大差异。其实，人类从来就是这样，只不过与那些鸟兽相比，人类的活动更显优雅、从容和缓慢一些，其目的性也更加隐蔽一些。因为我们无法站到人类之上的高处，无法跳出时间的流程，所以我们实际上经常看不清自己的行为。

在古代，特别是中国的古代，农业生产主要就是粮食生产，人们的消费也大多集中于粮食消费，用现代管理的概念描述，就是恩格尔系数（恩格尔系数是食品支出总额占个人消费支出总额的比重）很高，所以人们的生存状态以及生存规律与粮食的生产流通规律之间的关系十分明显清晰。人们在土地上的分布、迁徙、流动和聚集，很多都取决于粮食的生产、供给与流通。一开始，总是因为某一个地域土地肥沃，粮食生产水平相对较高，才有人口的高度密集，因为人口密集，便出现了物流、商业以及其他产业，于是也便有了经济上的繁荣。

国力的强弱

一棵庄稼在土地上生长，不但为我们提供了粮食，同时也为我们提供了某种象征。有时，它看起来很像一个国家。农业，就是这棵庄稼的根，先有了农业这个前提，而后再有其他百业。一个国家是否兴旺发达，是否国运长久，都要看农业这个根是否强健。根子好了，一切都有好的可能；如果根子受了伤，庄稼就会很弱，叶子会呈现病态，就会枯黄，主干会很细很瘦，怎么搞都不会有真正的繁茂；如果根子坏了，庄稼一定会死掉，就算是不死，也是依靠外在的技术手段维持那么几天，外援一撤它就会立即死掉，所以铲地的老农总是会叮嘱后来人，千万别伤了庄稼的根。

过去经常有人把“农业是基础”挂在嘴上，说久了就变成了套话，反而没有人因为这句毫无新意的话认真思考农业是怎么样成为基础的。

一个国家并不是高楼大厦，高楼大厦一旦盖了起来，基本上就会长久地固定在那里，如果没有基础或基础不好它一定会在建设的中途垮掉，最后不会成为大厦，一旦成为大厦，一般情况，它就会立在那里几十年或几百年不变，而国家却是每时每刻都在变化之中，它是活的，它有自己的生命周期，它有自己的兴衰起落，所以它看起来更像一棵庄稼。

在古代，在绵延了几千年的农业时代，粮食就是经济，就是国力。一个国家的综合实力和整体运势最重要、最基本的衡量指标就是农业和粮食生产。

每逢盛世，首先是农业展现出一片勃勃生机。“四海无闲田”，百姓殷实，人给家足，然后是国家的库府充实，人强马壮，满朝文武没谁再为吃饭的事情争吵发愁。每逢末世，都是兵荒马乱，库府空虚，老百姓被搜刮得连骨头都快空了，土地荒芜，政权瓦解。

这些话，如果反过来说，其因果关系也是成立的。

每有农业的兴旺发达，紧跟着就会有一个国家的兴旺发达或盛世的诞生。我们可以从前向后数一数，文景之治、光武中兴、开皇之治、贞观之治、永乐盛世、弘治中兴、康乾盛世……哪一个不是从休养生息，发展农业开始的？而每有农业的衰败一定又是一个国家衰败的开始，回首每一个盛世的衰败和每一个王朝的灭亡，又有哪一个不是从农业破坏、民不聊生开始的？盘点一下中国古代各个时期的状况，就很容易把农业兴衰和国力的强弱、王朝的存亡直接对应起来。如果把两件事物用一条数学曲线表达出来的话，它们一定是两条紧紧黏结在一起，共同波动、共同起落的孪生曲线。

就是到了近代，到了当代，到了工业、商业、金融业、IT业等等百业沸腾的现代，农业的“根”性依然没有改变。它仍然潜隐在并不显要的“暗处”或后台，发挥着决定性的作用。在农业、工业、商业到底谁重谁轻，谁能够决定一个国家的未来，到底怎么为它们排位的问题上，不但中国人争论和盘算了好多年，外国人也一直在这个问题上打着圈圈。当然，对这个问题，总会有不同的回答。而回答是否正确，最后，总要以一个国家的运势和实际强弱来向世界显现和公布出来。

提起英国，没有人不知道它曾经的辉煌，也没有人不知道它是工业革命的发祥地，但却很少有人知道这个“日不落”帝国到底为什么变得那么强大，后来其霸主地位又为什么被他国取代。

英国自从17世纪中叶在海上打败荷兰之后，便称雄海上；19世纪中叶又发明了蒸汽机，移民美国，进军印度，打败法国的拿破仑；与法国人在克里木一起打败了强悍的俄国人；在中国挑起了鸦片战争，把当时国力与他们差不多的中国踩在脚下。那时，是英国的巅峰时期，几乎横行世界无可阻挡。当然，那时英国的坚船利炮、洋枪火药为他们横行于世插上了有力的翅膀，但他们真正强大的原因并不在表面。如果是一匹瘦弱的老马，就算你给它备上再坚固的铠甲，恐怕也无法驰骋疆场。英国强大的真正原因藏于内里，在于他们雄厚的国力，原来是一部《谷物法》，给它注入了源源不断的力量。

英国的《谷物法》历史悠久，从12世纪起就已经开始实施了，之后随着时代的发展，不断调整，不断充实，而各有侧重。比如1394年《谷物法》的特点是鼓励谷物出口；1653年的《谷物法》规定英国出口的谷物必须由英船装载；1673年的《谷物法》确定了英国的出口补贴制；1791年的《谷物法》则把重点转为限制进口。

此法的核心思想就是通过千方百计保护农产品价格，使土地利益集团耕种土地的积极性不受损伤。鼓励出口，限制进口，以保证耕种者在国内的利益和免受国际市场的冲击。1670年的《谷物法》规定，当小麦每夸脱价格在53先令4便士时征税8先令，当小麦价格低于每夸脱53先令4便士时征税16先令，价格低反而征税高，就是要保护土地耕种者的利益，防止低价销售。1815年的《谷物法》规定：小麦必须涨到每夸脱80先令（殖民地的价格涨到67先令），始准进口。英国长期在农业上花的力气不仅保证了日常的粮食供给，更重要的是在生死攸关的时刻发挥了决定性的作用。在与拿破仑的战争中，由于法国对英国实行大陆封锁，英国没有进口大陆粮食的机会，同时连年的战争造成英国粮食匮乏，有限的库存消耗殆尽，农产品价格高昂。1800年粮价达到每夸脱114先令，1801年达到120先令，1812年高至155先令。但粮价上升却使英国农耕面积不断扩大，原先不适宜种植的土地也被开垦出来生产粮食，英国硬是顶着战争的硝烟保持了粮食自给。同时高价的粮食也为英国政府提供了战争需要的丰厚税源。

随后，英国内部的产业之争开始了。工业生产者坚持认为，英国昂贵的谷物，使工人货币工资被迫提高，成本增加，利润减少，削弱了工业品的竞争能力，也损害了工业集团的利益，只有废除《谷物法》，从外国进口廉价粮食，才可以进一步加强英国的工业。英国的统治者当时大概认为本国脆弱的农业没有顶着压力保护的价值，如果国际粮食价格始终那么低，就算是牺牲了农业，也可以从强势的工业中得到补偿。面对工商业者对土地经营者日益高涨的不满情绪，1838年英国反《谷物法》联盟成立。1846年6月25日，在时任首相的、保守的托利党领袖皮尔先生的提议下，英国上院最终废除了《谷物法》。

英国取消《谷物法》后，放开了进口限制，一夜之间，英国由一个粮食完全可以自给的国家，成为当时最主要的谷物进口国。

1847年，也就是废除《谷物法》之后的第二年，英国粮食大规模减产。这种减产不是来自于天灾，而是因为农民不再去种庄稼。根据1847年初的粮食价格计算，农民一年的粮食收入很可能低于地租，不种地不亏钱，种地辛苦一年可能还要因为欠债而被关进债务人监狱，因此，很多农民宁可让土地闲置也不再生产粮食。然而，出乎英国人意料的是，播种季节一过，粮食价格便开始猛涨，之前一度十分廉价的国际粮食，转眼之间不见了，甚至出很高的价格也买不到粮食。但此时，一切都来不及了，大片大片的土地就只能那么无可奈何地闲置着，产不出一粒粮食。于是，英国爆发了几百年来没有过的大饥荒。仅仅1847年冬天，就有25万人被饿死。之后英国的农业步入持续的颓势，一直在一个很低的发展水平下挣扎。国内的粮食多一点，价格马上回落；价格一回升，国内就没有粮食。国内的粮食时刻摆脱不了国外粮食的挤对，农场主们不再有种粮的意愿，一片片农田沦为荒地。据统计，英国在19世纪70年代中期至90年代中期，农业收入平均减少26%，其中东南农业区所遭受的打击最大，损失高达41%。

与此同时，英国的工业发展也并没有因为农业的没落而现出生机，反而因为生产成本不降反升和生产过剩的双重打击而萎靡不振。本来，工业能否发展受农业影响的成分很小，根本没有必要为了工商业的一点、儿小利而牺牲整个农业。我们都知道，很多工业品并不完全是必需品，并不像农业品那样被人们反复需求和消费，一旦可以进行大规模生产，很快就会达到饱和，而这种饱和马上就会带来业界的残酷价格竞争，直至这个行业奄奄一息。这是一开始就应该预料到的，但商业上的“争风”“夺利”一向十分尖锐、刻薄，不会放过一砖一瓦的，哪怕最终彼此要付出一个城池的代价。历史总是在事后教人以智慧，但等历史说话时一切都已经成为历史。

事实上，英国正是在农业走向衰弱之后，才开始步入国家整体实力及运势的衰弱。第一次世界大战之后，他们不仅在战争中充当配角，在一切事务中都失去了过去的话语权，几乎只能做欧洲大陆国际事务的旁观者，然后便是大量殖民地的丧失……

与英国正好相反的例子是美国。当英国进行工业革命的时候，美国还远远没有进入工业时代，甚至可以说，还是一个以农业为主的国家。建国之初，美国还只是由原始森林、大峡谷、种植园组成的农业处女地。根据杰弗逊的理想，美国就应该利用自己的优势，走农业立国的道路。1846年，英国废除《谷物法》，降低粮食进口关税，正好给了美国一次绝好的机会。由于英国粮食的减产，国际粮价回升，大大促使了以农为主的美国、俄国、普鲁士等国家的粮食生产，使其粮食出口激增。正是英国失误的农业政策给美国赠送了第一桶金，为其后来的全面发展提供了巨大的物质基础。

到了19世纪末，美国已经以农业为依托，基本完成了工业化进程。这是一个懂得兼顾的国家，在其发展历程中，没有一天停止过工业进步的努力，同时也没有一天放弃过对农业的重视；没有一天停止过关于民主文明的呼喊，也没有一天停止过采取野蛮手段获取自己的利益。尤其在领土扩张方面，几乎是动用了一切可动用的手段，使其国土面积在1776年后的一百年内，扩张了近十倍。打开它的地图的，标着加利福尼亚、内华达、科罗拉多、怀俄明、新墨西哥、犹他、亚利桑那、俄勒冈、蒙大拿、华盛顿、爱达荷、夏威夷、阿拉斯加等等这些地方，都是后来才归入它的版图。这横跨太平洋和大西洋两大洋的广大土地，不仅给美国提供了丰富的矿产资源，更主要的，还为他们提供了广阔的粮食产地。

在获得了土地资源优势的基础上，美国又实施了一系列推进农业发展的政策，并不断加大对农业的投入，使其农业生产能力处于世界领先地位。其各具特色的专业经济区，包括俄亥俄和密苏里河以北的小麦王国、密苏里河下游地区的棉花王国和西部草原地区的畜牧王国等，无一不具有主导世界市场的能力。目前，美国的粮食以及相关产业不仅增强了国家整体实力，更重要的是已经形成了威胁和主导世界市场的巨大能量。有专家担忧，将来美国很有可能实现以粮食为主要武器的新的霸权模式。

粮食这匹马，驾驭得了，它就可以载你上天入地，翻云覆雨；驾驭不了，它就会一个蹶子把你从脊背上掀下来，让你摔得鼻青脸肿。

如果论对农业和粮食生产的重视程度，我敢说，没有哪个国家和哪个国家的领导人能超过中国。从1949年新中国成立到现在半个多世纪，中国人没有一天敢把农业忘在脑后。其间的历任国家领导人从毛泽东开始，都对粮食问题有着深刻的理解和精辟的表述。

“深挖洞，广积粮，不称霸。”毛泽东说的；

“重视农业发展，不管天下发生什么事，只要人民吃饱肚子，一切就好办了。”邓小平说的；

“如果经济上去了，粮食减少了，这绝不是中国可以走的发展路子。”江泽民说的；

“如果吃饭没保障，一切发展都无从谈起。”胡锦涛说的；

一个拥有十几亿人口的大国，十几亿张嘴在那里等着吃饭，如果没有一个坚定、坚强的农业在后面作支撑，不要说经济和科技的发展以及工商、金融业的繁荣，就是简单地填饱肚子，也是一个不容易解决的问题。新中国成立以来，中国人抱着一个美好的愿望一路艰难地前行，虽然最终走上了一条正确的发展之路，但却经历了诸多的波折和艰险。当惊涛过后，尘埃落定之时，重新回顾我们所走过的道路，重新审视、感受国运的起伏，我们再一次发现，隐藏在一切荣辱兴衰背后的那个重要推手，正是我们所熟知的农业和粮食。

一切都应该从共产党最初的那个承诺开始。

“打土豪，分田地”，这是在中共党史和中国革命史中不可忽略的一句话。正是它的存在，奠定了中国革命最后取得成功的群众基础。它像那句“芝麻开门”的咒语一样，开启了中国广大农民自动汇入革命洪流的大门。

面对现实地说，中国社会本是从封建社会的小农经济一步跨过来的。很多个世纪以来，人们的情感和灵魂一直停留在那个以小农为主流的封建时代，也就是说，由那个时代决定的人们对土地的认识和态度是深入骨髓的。所以在革命初期，很多人参加革命的目的就是“打土豪，分田地”，或者分解开说，方式是“打土豪”，目标是“分田地”。然而，我们却不能将“分田地”简单地理解为一种功利的目标。在中国农民的心里，它不是单纯的物质，它是一种梦想，是一种物质化、具象化的精神因素。因为一个农民，只有拥有了土地，才意味着自身价值和生存意义得到了某种实实在在的确认。也只有对这种“确认”的预期，才能够让那么多从来没想告别土地的人以生命做注投入到出生入死的革命队伍之中。

革命取得胜利之后，国家严正地宣布，我们的社会已经进入到了社会主义阶段，但那些仍然迷恋着土地的人们却依旧停留在温热的封建主义和小农意识的残梦里，不愿意出来，天天幻想着自己亲自当一回“地主”。其实，几千年的文化沉积，并不是经过几次大规模的战争洗礼而后又念一念语录就能够转变的。

新中国刚成立时，人们觉得共产党的承诺兑现了，分田到户或互助组，既然明确了某一片土地已经属于某一个人或某几个人，那就是有了固定的归属，至于怎么个叫法，又有什么关系呢。所以农民们种地的积极性空前高涨，尽管当时中国的农业和国力都处于恢复期的低水平，但每一年都有明显的进步，处于快速上升态势。全国粮食产量从1949年的1131.5亿公斤，逐年攀升，到1958年达到1976.5亿公斤。这一时期，社会稳定，人民安居乐业，国家朝气蓬勃。

可能中国人太想把自己的粮食生产搞上去，太想发展，太想让自己过上好日子了，所以到了1958年就有很多人耐不住性子，以做梦的方式讲起了有关粮食的“故事”。但这个梦不仅仅是有关口腹的梦，也是有关“主义”的梦，所以它从两条线上同时向前推进。一条线是生产关系改造，农村的生产方式由原来的分田到户，演变到互助组，再演变到初级社、高级社，最后到1958年，成立了人民公社。另一条线，则是标志着生产力发展水平的粮食产量，采取了编造的手法，让粮食产量一下子从1957年的1950.5亿公斤跳跃到1958年的3750亿公斤（1958年公布的“保守”数字）。更离谱的是紧接着确定了下一年，1959年的粮食产量为5250亿公斤。结果这个数字直到2008年各种生产要素一应俱全时才达到，中间相差了半个世纪。

与此同时，全国各地都在拼命地编造各种粮食单产神话。《人民日报》特别报道河北徐水县将要发射亩产红薯120万斤，亩产小麦6万公斤，一棵白菜250公斤重的特大“卫星”。农业部发布1958年夏粮生产公报，宣布我国夏粮空前丰收，总产量达505亿公斤，比1957年增产69%，并宣布我国小麦产量居世界第二，超过美国。同时宣称“我国粮食要增产多少，是能够由我国人民按照自己的需要来决定的”“只要我们需要，要生产多少，就可生产多少粮食出来”。

不知道当时各级政府和干部编造谎言的真正用意是什么，是觉得有了人民公社就应该有这样的粮食生产能力及产量与其匹配，还是认为只有这样才能顺利地进入人民公社。

总之，在接下来的北戴河会议上，从上到下达成共识，普遍认为我国粮食产量1958年可达到3000亿～3500亿公斤，比1957年增产60%~90%，人均占有粮食能达到2500公斤左右。会议盲目乐观地认为，我国粮食生产已基本过关，而工业相对落后，因此各级领导干部应该把注意力转移到工业上来，把钢铁搞上去。于是自1958年9月开始，全国掀起了全民大炼钢铁运动，为完成1958年1070万吨钢而奋斗。后来经过核实，1958年粮食实际产量仅比1957年的实际总产量1950.5亿公斤增产2.5%。

既然农业都已经好成这个样子了，还把精力放在它身上干吗呢？当粮食吃也吃不完时，人们想到，应该寻找另一种更加坚强有力的东西来支撑刚刚诞生不久的共和国。于是，整个国家几乎放弃了农业，把精力全部集中到钢铁上——全民大炼钢铁。连一块铁矿石都没有，从来不知道钢铁从哪里来的农村生产队也扛上了炼钢指标。为了完成当年的钢铁指标，广大农民有的砸掉自己家做饭的锅，有的拆毁正在用的农具，总之，把一切和钢铁有关的东西都拿来完成任务。

这一场闹剧，毁掉的不仅仅是农业的基础，更是人们的信念。到了1959年，神话终于破灭，灾难降临，接下来的三年，上天给了中国人以严厉的惩罚。1960年、1961年两年粮食产量分别为1435亿公斤和1360亿公斤，减产幅度接近30%。全国各地发生了大面积饥荒，从上到下饿得奄奄一息，再也没有人吹牛、撒谎、在报纸上放“卫星”了。

中国人真正敢于面对现实，能够做到实事求是，应该是极“左”思潮结束之后的事情。“文革”结束后，国家的经济重心便从钢铁转移到粮食生产上来：先生活，后生产；先农业，后工业；先经济，后政治。邓小平同志大呼一声：我们不要在概念上争来争去。从此，中国人开始聚精会神抓粮食，走上了这条经济发展的必由之路。由于采取了以土地承包为主的一系列农业改革措施，中国的粮食产量从1987年以后一直稳定在4亿吨以上，并逐年增加；到了2009年，粮食产量达到5.3亿吨，差不多是新中国成立初期的五倍。近年党的三农政策一年比一年力度大，免征农业税、土地直补等政策，不仅使中国8亿农民直接受益，还在政策、方向的引导上给农村、农业和农民注入了精神力量和坚定不移的信心。于是中国农业取得了更加实质性的发展和进步，不仅原粮生产稳步攀升，其他类别的农产品也得到了极大的丰富，取得了巨大的效益。

应该说，中国的农业已经取得了举世瞩目的成就，从养不活4亿人口到养活了13亿多人口；粮食亩产从“大跃进”浮夸时渴望达到的1000多公斤到现在实实在在的1000多公斤甚至更高；粮食科技从无到有，覆盖了几乎各种粮食种类及粮食生产的各个环节。人们不但吃得饱，还能够吃得好，获得了较高生存质量和快乐指数。但粮食，此时已经躲到了我们生活的某个角落，它不再让我们时时刻刻看到它或想到它。真正的基础，永远躲在看不见的暗处，起着重要的支撑作用。现在的粮食，不在我们生活的舞台前面晃来晃去，是因为它已经拥有足够的力量支持我们腾出更多的精力、财力去做别的事情。

政治的清明与暗昧

粮食，一直是一个复杂的问题。

对个人来说，粮食不仅是食物，更是尊严和信心。一个没有粮食吃的人，面对的最大问题并不是饥饿，而是比饥饿本身更加深刻的生存考验，是随时都会出现的对未来时间的恐惧和对生存尊严的质疑。

粮食，对于社会来说，也不仅仅是经济问题，还是政治问题。当粮食充足的时候，它是经济问题，价格的高低，产量的多少，品种的差异，效益的好坏，都有权衡、比较和选择的余地。而当粮食短缺时，粮食问题就是政治问题。民以食为天，百姓要活命，而现在没有粮食，应该怎么办？这时不管你是帝王、官员还是政府，摆在第一位的大事就是把“民”的吃饭问题解决好，否则的话，出人命是小事，将来是否再有“民”可管，却是大事。“民”的“食”在短缺时会直接挑战和威胁着“王”的“国”“官”的“权”。这时，粮食会变成深不见底的水，它会拒绝一切的讨价还价，而与粮食有关的一切事物都有可能变得难以控制。水能载舟，也能覆舟，大约“水”就是在这样的时候才能表现出它的不确定性和极端的重要性。

古语云：“凡治国之道，必先富民。民富，则易治也，民贫则难治也。”（《管子·治国》）这话说的就是与粮食有关的政治。民富、粮足、钱多，老百姓安心过自己的日子，心平气顺，没必要放着好日子不过去到处寻衅闹事，所以国家的行政管理会很有效很顺利地实现；而民贫，官府不去管他们，他们还会因为过不下去想找一个地方讨个说法，去管他，他自然不会乖乖地听你的。况且上边管理下边多数是些交税、服役之类近于“讨账”的事情，那些连自己吃穿都没有着落的人，拿什么来服你的“管”？汉代贾谊在《新书·无蓄》里说得更好：“民不足而可治者，自古及今，未之尝闻。”在老百姓缺衣少食的情况下，君主能把国家治理好，这种情况，别说经历或亲眼所见，就连听，都不曾听说过。

在中国浩瀚的古籍中，这种有关老百姓衣食和国家政治以及治理之道一直占有很大的比重，说明从古至今这方面问题一直是重要的必须妥善解决的问题，高至国家、省、市层面，小至县、乡以及村屯，人们说的是一样的事，讲的也是同样的理，只不过每一种身份的人有每一种人的表述。

我在吉林省榆树市秀水乡采访时，这个乡的党委书记刘春林说，政府要履行好政府的职能，并不是要你去替农民种地，替养殖户喂牛，而是要站在政府的角度去做好指导工作，让农民走对路，走好路，挣到钱，过上好日子。这话听起来很好，但却不知道是否有什么依据，是否正确。细问，他说不光他这样做，整个榆树市乃至吉林省都是这个调子，他只负责具体落实。关于这方面的事情，不知道各级政府是否有过明确的指导意见或规定，是不是从官方口径给了这段话以肯定的依据，但有一段古文却与刘春林所说的那些话不谋而合。汉代晁错《论贵粟疏》里说："圣王在上而民不冻饥者，非能耕而食之，织而衣之也，为开其资财之道也。"用现代的话说，圣明的君王身居高位，要让你的人民不挨饿，不受冻，并不是要君主亲自去耕田种粮给他们吃，织布缝衣给他们穿，而是要为他们开辟产生资源财富之道。话是不同的说法，但却是同一个意思。一句话从遥远的汉代一直说到今天，证明它十分重要、实用，并且具有了某种真理性。

像刘春林这样的农村基层干部，往往直接代表了他的上级政府，市或省的形象，有时甚至于代表这个国家的形象。因为在他的那一方小天地里，农民们看不到别人，他们看到的只是代表着政府管理他们的这些人。这些人表现得好，农民们就说党的干部就是好，看了电视就会说："你看'国家的人'多不容易呀，总是为老百姓操心。"当这些基层干部表现很差时，农民们就说："共产党的干部怎么会这样呢？"连在电视里看到的那些正面报道他们也不信了，农民会说："看哪，这些人都是在那里作秀。"

刘春林说："我刚到这个乡时，问题一大堆，连续几天都无法正常办公，光上访的人就有五六伙儿，政府欠账问题、养老院问题、水利问题、土地承包问题，等等，很多问题等着解决。后来，我就一样样理顺，和他们一起探讨解决办法，能够解决的全部解决，不能解决的让他们认账。然后我们就按照市里的要求，认真转变职能，不再搞招商引资，不再到处抓钱，而是一心一意研究粮食生产和农民致富问题。从春天买种买肥，到落实耕种品种，再到田间管理和粮食销售全过程地跟踪指导，帮助农民学习科学种田方法，帮助农民捕捉市场信息。去年秋粮下来之后，我们就根据市场的走势及时召开全乡大会，让农民做好储粮准备，等待粮食价格的提升，结果我们乡80%的农民都建起了临时粮仓，玉米涨到9角多的时候，我们又开会让农民把玉米全部卖掉，结果比秋粮刚上市时每斤多卖了3角多，都是纯利润啊！”说到这里，他露出了些许得意。一个工作在基层的干部有很多苦楚也有很多“得意”，但能够把农民的“得意”当作自己的“得意”就基本可以判断他是一个好干部了。最后他说的话，有一点像总结：“我们现在就是抓粮食。农民指着啥？就指地里的那点粮食，增产丰收，卖上个好价，农民的日子就能过下去，就能过好，农民就心安，就稳定，就愿意继续把粮食种下去。否则的话，你就是说出个花儿来，他们也不认可你，不认可种粮食这件事儿。”

讲政治，是我们党的优良传统，而作为一个乡村干部能把粮食抓好，其实就是真正的讲政治。

事实上，我们党的政治确实是从粮食问题开始的。毛泽东在《湖南农民运动考察报告》里说，“没有农民，便没有革命”，这句话里边就有粮食政治。为什么？因为农民是一无所有的人，没有包袱，什么也不需要放下，拔起腿来就可以走人；因为农民是时刻受着饥饿威胁的人群，只要有饭吃，你让他干什么他就去干什么，别问这事儿值与不值。没饭可吃就没有命可活，你说值不值？值！因为一口饭就意味着一条命；因为农民是社会最底层、最不受人尊重、最没有话语权的人群。一群整天想摆脱奴役的人，你答应他们“打土豪，分田地”让他当“家”做“主”，他能不跟你走吗？先不用说这个愿望将来是否会真的实现，就凭这个承诺本身，就足以让世代受苦的农民，内心充满了感恩和激情。

饥饿者的力量不可估量。所以当1960年全国发生大面积饥荒时，毛主席十分焦虑，一刻不敢放松，他在转批内务部党组向党中央呈送的春荒报告上批示道："务必要采取措施，妥善安排，度过春荒，安全地接上麦收和早稻，多种瓜菜，注意有吃而又省吃，闲时少吃，忙时多吃，千万不可大意。"并亲自给省、地、县、社、队、小队六级干部写了一封特别信。信写好后，先征求刘少奇、邓小平、周恩来、陈云、林彪、朱德、谭震林、彭真的意见，又征求了在北京参加人代会的几位地方负责人柯庆施、曾希圣、周林、刘仁的意见。在信里，毛主席提出了六个问题：第一，包产问题；第二，密植问题；第三，节约粮食问题；第四，播种面积要多的问题；第五，机械化问题；第六，讲真话问题。几个问题是那样的具体和细致，都具体到了种田方法，可见当时毛主席的心之切，情之急。

紧接着，以毛主席为首的中共中央发出了《关于抗旱备荒的指示》，要求全国抓紧时机大种瓜菜，积极采集和储备代食品，以备必要时度荒之用。同时，《人民日报》相继发表社论《大量生产小球藻》《大种瓜菜》《让更多野生植物参加社会主义建设》等，对"瓜菜代"进行宣传。为了把工作做得更加深入，中共中央又发出《关于立即开展大规模采集和制造代食品运动的紧急指示》："立即动员广大群众，开展一个大规模的采集和制造代食品运动，是当前全党全民的一项重要的紧急任务。""要抓紧时机，抢时间，提速度，把那些可以制成代食品的树叶、草叶和野生植物尽可能采集起来，把那些可以制成代食品的秸秆和植物根尽可能地保存起来，不要烧掉，并且有计划有步骤地制成各种代食品。"

回首那段不堪回首的往事，总是让人有很深的感触。但毕竟以毛泽东为首的党中央在最关键时刻做出了正确的判断和选择，能够把粮食问题摆在至高无上的政治问题的位置上，并进行了妥善解决，最终保持了新中国政权稳定。如果中央当时不是以这种发动战争的方式发动全国人民抗御粮荒，可以肯定的是，三年下来，恐怕饿死的人就不只是一千多万；不敢肯定的则是，那个曾被毛泽东深深忧虑并常常挂在嘴上的“亡国亡党”的事情是否会不幸发生。

人民口中的食，有时就是最大的政治。

相对而言，中国历史上历代王朝就不一定都能够懂得这一点，如果给他们打分，当然也就不一定能够做到及格了。但历史老人一向是很公正的，及格与否，分高分低，谁又受到怎样的处罚，都会在最后的成绩单上写得一清二楚。

当年，毛泽东在他的《沁园春·雪》里曾经评价过好几个古代帝王，其中对成吉思汗的评价就是“只识弯弓射大雕”。现在看，确实是一个很精到的评价，毛泽东不愧是一位精通历史和政治的伟人。

那样一个好战的民族，那样一支凶悍的马队，连广大的欧洲都挡不住他们的脚步，按理说他们完全有能力长时间称霸世界，但为什么只在中原停留了短短的几十年？回答是不懂得中原的政治。他们误以为他们的马队快，可以日行百里，人们吃肉会比吃粮食更有力量，于是便把农业和粮食放在了一边。结果他们还是按照草原上的老传统，把征服的地方不管是城市还是良田，都变为牧场。不许汉人种地，不许种地使用铁器。没有铁器的农业便是原始社会的农业，所以他们入主中原后，中国的农业生产陷入一种十分衰败、落后的境地，致使黄河中下游广大地区人口锐减，生产衰退，经济萧条，很多农田荒芜，沦为蒙古贵族的牧区。

蒙古族人不知道这样的状态会造成什么后果，因为他们看不到农业和粮食的重要性，不知道这个国家一旦没有了粮食，就算你有多少牲畜，国力也会随之衰微。他们不相信他们的快马追不上粮食，更不相信小小的粮食能够倾覆一个泱泱大国。直至最后灰溜溜地退出，他们也没有搞明白为什么，因为成吉思汗及他的子孙没有毛泽东的智慧，看不透粮食与人民以及人民与国家的关系。

“无粮必乱”已经成为中国历史上的一条铁律。据统计，中国历史上历次大规模的“暴动”和“起义”等，其直接诱因基本都是饥荒，历史上共爆发大规模农民起义十三起，有十二起是由灾荒或民饥直接引起的，其中八起直接瓦解或摧毁了当时的封建统治。

历史上著名的陈胜、吴广起义，起于秦朝末年。由于秦以来，不仅自然灾害连年，并且广施暴政，大量农民土地被无偿剥夺并课以沉重的劳役和兵役，不但经常要“衣牛马之衣，食犬彘之食”，而且说不准哪一天因为抵触或违背了严苛的法律而掉脑袋。秦二世即位后，情况更是急转直下，饥民百万，有的地方连树皮都吃光了。于是，在怎么样都是死路一条的生存逼迫中，发生了陈胜、吴广起义。这次起义虽然并没有直接将秦王朝送上西天，却为秦的最后灭亡埋下了伏笔。

到了汉末，天下大乱仍然从粮食开始。《前汉书·王莽传》有记：“连年久旱，百姓饥穷，故为盗贼。”于是，各地被饥饿所迫的百姓纷纷举事以争，吕母、赵朋、霍鸿、王匡、王凤、樊崇、王郎、刘林、张婴、马勉、叔孙无忌、盖登、张角、张曼成、张牛角、张纯、张举、马相等等各处暴乱及起义风起云涌，从安帝到灵帝八十年间，见于记载的就有上百起。其实，并不一定要到最后把皇帝从宝座上拉下来，才算一个朝代的终结，从天下大乱开始，就已基本上宣判了这个朝代的灭亡。

接下来有代表性的是隋末瓦岗起义：“大业十年（公元614年），官吏竞务苛敛，又加饥馑，人民则始采树皮叶，或持藁为末，或煮土为食，各物皆尽，乃自相食。”（尚钺《中国历史纲要》）荥阳一带每天饿死一万多人，三大仓库：兴洛仓、回洛仓、黎阳仓却堆满粮食。一个朝廷因为搞不到粮食把百姓饿死，属于昏庸无道，属于无能腐朽，人民尚且不能答应，现在出了一个朝廷，仓库里堆放着数不尽的粮食，还让百姓饿死，这就更加可恶和可恨了，人民更加难以容忍。于是，韦城人翟让与单雄信、徐世绩、王伯当等起义于瓦岗，翟让率精兵七千人，袭击兴洛仓，占领仓城，开仓库、赈饥民，号召远近，自由取给，很快应者云集。民以食为天，连饭都不让吃的“天子”，“民”肯定是不会拥护的。

到了明朝，上演了无数次的历史悲剧继续上演。明崇祯十三年（1640年），全国大旱，《沂州府志》记：“蝗遍野盈尺，百树无叶，赤地千里，斗麦两千。民掘草根剥树皮，父子相食，骸骨纵横，婴儿捐弃满道，人多自草标求售，辗转沟壑者无算。”如此严重的灾害，加之政局腐败，大小官吏只知敛财而“坐视民饥因而不恤”，引起人民的极大不满。李自成揭竿而起，发动了大规模农民起义，一直打到北京，最终摧毁了明王朝的统治，迫使崇祯皇帝自缢而死。

最惨的是晋怀帝。本来就治国无方，软弱无能，再加上天灾，连蚂蚱都出来跟着起哄，结果他成为历史上最难堪的一位末世皇帝。公元310年，飞蝗蔽天，秦岭南北以及黄河的中、下游地带，禾稼林木都被吃得精光，那倒霉的怀帝也真是倒霉，连年的战乱与天灾，造成了可怕的饥荒，连诸侯的军队里都出现了人吃人的现象，洛阳城中的皇宫里也横七竖八地躺着饿死的人，无人掩埋。这样的朝廷还能不灭亡吗？就算不灭亡又与灭亡有什么差异呢？

“饥不得食，肤寒不得衣，虽慈母不能保其子，君安能以有其民哉！”（汉·晁错《论贵粟疏》）历史告诉我们，不管是谁，只要离弃了粮食或被粮食离弃，最后都逃不掉灭亡的结局。

运道的沉浮

我们要凭借着怎样的一双眼睛才能够看到粮食在岁月里流动时的身影？怎样才能感知它的生生灭灭和聚散奔涌？

有形的粮食，却常常让我们感知到它的无形。我们知道粮食的奔流，却听不到它们不息的喧嚣；我们知道粮食的涌动，却看不见它们的波光粼粼。我们只看到裹挟于这洪流里的一切在不停地翻滚、沉浮与起落，只看到那些大大小小的存在，国家的、群体的、个人的运道在随着粮食的运行划出一道道凌乱的弧线……

我们在秀水村见到老宫时，他早已经没有了半个世纪前的风采。人老了，连衣服带表情看起来都显得很陈旧。花白的头发下那双眼睛虽然并没有现出老年的呆滞，但却也看不到我们想象中的那种慈祥与平和，一条深蓝色的长裤和一件破旧的土黄色上衣，看上去似乎落了一层永远也掸不掉的灰尘……当年，他可是一位叱咤风云的人物。能干活，能打人，有哪个社员不听话，他都有办法把他“收拾”老实，所以他先后当过三个生产队的队长，哪里不好管就让他去哪里。一队、三队、五队，后来去了林场当场长，又去大队当治保主任专门维持秩序。

那时老宫年轻，二十多岁，刚从林区回来，有一股子天不怕地不怕的劲儿，又能够落实上级精神不走板，所以很“打腰”。“打腰”，就是现在说的很受器重、很强势的意思。上边说土地要深翻，他就领着社员把黑土地一直翻出黄土；上边说庄稼要密植，他就领着社员把玉米的株距种得如高粱一样密；上边说要修梯田，他就领着社员在平地上挖出一个大寨的样子……那时他就认准一个理儿，听上边的。到了秋天不管打不打粮，上边肯定不会责怪。那时，连地里的实际产量也不是听土地的，而是听上边的。产量由“上边”定，“上边”让报多少就报多少，上边说垧产5000公斤他就报5000公斤，说垧产15000公斤他就报15000公斤。他不管实际是怎么样的，因为上边让他当头儿，不是让他只管粮食产量的，是让他把人管住，让他们听“党”的话。那时的他，春风得意，社员说他不会种庄稼，他反击：“你们懂个屁。”那是他的时代，那时全国都是一个样，就是他这样的人“吃香”，所以他的“官运”也很好。不爱在社里干时就去了林场；不爱在林场待，又去了大队。那时不是粮食“挂帅”，是政治“挂帅”，他的运势在那个时代就独立于粮食而兴旺。

现在老宫不行了，成了村里的困难户。现有的农村一切都以粮食作为评判标准，谁顺应了粮道，社会就承认谁。这是一个和过去完全不一样的时代。过去他最不喜欢的“地主”和“富农”们，现在居然都比他过得好，这让他想起来就郁闷。过去那些人就知道围绕粮食打转转，对干部总有抵触情绪，说这个不会种地，说那个胡闹。老宫认为对干部有情绪就是对国家有情绪，就得压服，所以过去老宫就专门整治那些不知道心里到底在想什么，整天“阴阳怪气”的人。

站在老宫家里，有那么一刻，我甚至感到迷茫。如果从过去的时代背景看，老宫做的也不一定就是错的。他有他的道理，他有他存在和“得志”的合理性。如果他真是错的，为什么那么多年他能够一直错下去，并作为正确的形象得到普遍认可？因为那个时代有那个时代的特征和那个时代的要求，那个时代有它自己特有的对事物的评判标准。有时，我们无法简单地站在这个时代否认那个时代里的事情，就如那个时代不能够简单地否定我们这个时代的存在一样。

然而，像老宫这样的人，却百分之百会站在他的那个时代对我们这个时代提出质疑，只是他嘴上不说而已。后来，和我们同去的干部反问了老宫一句："你说现在好还是过去好？"老宫沉思良久，极不情愿地说："那还是现在好呗。"这直通通的逼问让现场的气氛变得尴尬起来。实际上，每一个人都会理直气壮地站在自己认为正确的立场上去说话，而这些立场，有很多时候并不一致，这就是所谓的观念。任何人都没有以自己的观念去压服别人观念的权利。如果仅凭人性中的主观倾向，那么彼此压来压去，大家肯定要吵成一团，就像前些年我们国家对有关社会性质的争论一样，大家各执一词，似乎谁都有道理，但谁也说服不了谁。其实，那些没有可靠依据的争论，到任何时候仍然还是争论。

现在，我们必须放下个人立场，到一个共同的讨论平台上来谈论事情。那就是不管我们处于哪个时代，站在什么位置，不管我们的情感倾向是什么，我们都应该尊重和顺应事物的发展规律（也就是所谓的道）。现在，我们在谈论粮食，我们应该遵循粮道。

老子论道时说："人法地，地法天，天法道，道法自然。"与道比起来，人的思想和观念、好恶、意志都处于从属地位，只有人的一切顺应了道，才是正确的，才会得到好的结果。粮食是自然的精灵，所以粮道永远高于人道，高于官道，高于世道。一个社会或一个时期，认可、支持、倡导的官道、世道与粮道相适应时，那么这个社会或时期一定是和谐、昌盛的，反之则是凶险和衰弱的。在这里，可以做一个直观、简化的表述：当那些会种粮食的农民能够富裕起来，当那些抓粮食生产的官员得到重视并能够官运亨通时，这个国家、这个时代就是兴旺发达的盛世；而当那些会种粮食的农民不富反穷或不被承认，当那些抓粮食生产的官员不但得不到重视反而还会遭遇凶险和不测时，基本上可以判定，那是一个很糟糕的时代或时期。

下面我们可以用这个公式套一套已经发生过的历史事例，验证一下粮道与人道、官道之间的某些规律。

现在提起我国第一任农村工作部部长，几乎没有人知道他是谁，甚至也没有人知道当时的农工部是干什么的。但有那么一个时期，这个人曾经是大家高度关注的对象，大家深深地记着，他的名字叫邓子恢。1953年2月，邓子恢出任我国第一任农村工作部部长。他早年留学日本，在民主革命时期曾长期领导农民运动和土地斗争，在发动农民和指导农村工作方面卓有建树，属于“农民化的知识分子”，被誉为“农民运动专家”。

在农业合作化运动中，针对一些地方合作社一哄而起，又一哄而散的现象，邓子恢主张合作化的速度应放慢一些，步子应放稳妥一些，不能操之过急。很显然，他是一个按规律办事的人，但这与毛泽东“加速合作化步伐，早日过渡到社会主义”的想法发生了矛盾。所以早在1955年，毛泽东就批评邓子恢犯了“右的错误”：“在中国农村中，新的社会主义群众运动的高潮就要到来。我们的某些同志却像一个小脚女人，东摇西摆地在那走路，老是埋怨旁人说，走快了，走快了……”

其实，那时没有人不想快步走向社会主义或共产主义，但这美好的愿望必须顺应事物发展规律才能够稳步行进在通往实现的路上，否则的话就要受到惩罚。在规律和领导之间，邓子恢选择了尊重事物发展规律。在受到毛泽东批评后，邓子恢仍然坚持高级农业合作社要有生产责任制。1956年，他在全国农村工作会议上发表讲话说：“大生产的集体经济，没有全面的计划管理，没有具体的劳动分工，没有适当的管理制度，是不可能办好的。”1957年，邓子恢在总结各地包工包产责任制的基础上，提出了包工、包产、包成本的“三包”责任制。他提出，要建立“一套适合于农业生产特点的管理制度和生产责任制”。这个责任制的核心就是“包”。他指出，“由于农业是野外作业，手工操作，周期性长，所以农业生产要‘包’，不‘包’，责任制就建立不起来”，并坚持认为“三包”制度“是适合于目前农业生产特点的生产责任制，是鼓舞社员积极劳动、改进技术、提高劳动效率的良好制度”。

邓子恢把他主张推行的制度概括成十六个字：“统一经营，分级管理，明确分工，个人负责。”

随后，有更多人认识到了粮食的生产规律不可违逆。安徽的曾希圣、河北的胡开明、浙江的李云河和河南的耿起昌、王智慧等，都开始按照邓子恢的路数抓起了农村工作和粮食生产。全国各地如河南、湖北、江苏、湖南、陕西、甘肃、山东、福建、贵州、广西等纷起而效仿，推行包干制。于是，全国农村生产工作出现了一片生机勃勃的景象。农村社员总结“包产到户”后出现了“六好”“六高”“八多”和“五少”的喜人形势。“六好”是：责任清楚好，劳动质量好，大家动脑好，干群关系好，记工方便好，增产可靠好；“六高”是：农活质量高，粮食产量高，学习技术热情高，劳模威信高，生产水平大提高等；“八多”是：增积土肥多，毛猪养得多，学技术的人多，千斤田增多，勤奋的人增多，关心生产的人增多，和睦团结多，勤走田头的多；“五少”是：偷工减料的少，懒惰的人少，装病的人少，等等。

事实证明，邓子恢正是那个时期顺应农业生产规律的典型代表，并且他的主张和做法已经通过了实践的检验，为事物发展运行的“道”所肯定。然而，当这些人兴高采烈，正准备顺应粮道扬帆远航时，意想不到的灾祸降临到他们头上。中央发出了《关于向全体农村人口进行一次大规模的社会主义教育的指示》，要求在农村中就合作社的优越性等问题举行大辩论，辩论的目的是“进一步弄清国家和农村工作中的大是大非”。于是，对“包产到户”的大规模批判开始了。中共永嘉县委迅即召开扩大会议，将包产到户定性为“路线性错误”，“是右倾机会主义错误，是资本主义思想的反映”。《人民日报》发表《揭穿包产到户真面目》《温州纠正包产到户错误做法》和《调动农民什么样的积极性》等文章，认定包产到户调动的只是少数富裕中农个体经济的积极性，是“歪风”，是“极端落后、倒退、反动的做法”。“包产到户”试验的先行者李云河多次受到批判，1958年2月，被划成“右派分子”。接着，河南耿起昌、王智慧等人也被打成反党反社会主义的“右倾机会主义分子”。在后来的“四清”运动和“文化大革命”中，对包产到户的批判进一步升级，与此相关的刘少奇、邓小平、陈云、邓子恢、田家英、胡开明、钱让能等人无一例外地遭到了猛烈的批判和残酷的迫害。刘少奇被迫害致死，田家英含冤自尽，邓子恢也难逃劫难，死于1972年。

对于一个时代和一些人，我们可以保持沉默，不做任何评价，但隐在暗处的道，却不会无动于衷，它会用事实做出评判，用事实把它的“意见”昭示于天下。其实，早在万马齐喑的当年，“道”就已经大声抗议，并执行了它的判决。

在这里先不说三年困难时期我们受到的严厉惩罚，也不说“十年浩劫”国人所罹患的灾难，只说与粮道有关的人事沉浮。

到了1980年，中国的很多事情都发生了天翻地覆的变化。

关注粮食和农业的人们，首先发现那个头上扎条白毛巾、身穿对襟布衫的农民总理陈永贵不在报纸、广播以及纪录片里出现了。随后有消息传来，中共中央和全国人大常委会分别接受了陈永贵提出的辞去其中央政治局委员和国务院副总理职务的请求。同年11月23日，中共中央转发山西省委的报告，并做了重要批语：“文化大革命以来，在山西省内推行大寨的错误以及由此造成的严重后果，山西省委已经承担了责任，就全国范围来说，主要责任在当时的党中央。”一个极“左”的时代终结了，一面给中国整个农业带来极大破坏的旗帜倒下了，一个曾经一步登天的国家领导人“尘埃落定”，再一次成为平民。

这时，国家的运势以及许多人的运势都有了转折。

其实早在1978年春天，时任安徽省委第一书记的万里就指出：“什么这个学大寨学歪了，那个学大寨学错了，大寨本身就不正。”后来他又在一篇文章中指出：“农业学大寨到底学什么，这个问题多年并没有解决。很多地方是学表面，学形式，搞极‘左’路线，造成了严重后果，甚至给农业和农村带来了破坏……”与此同时，他还支持了凤阳县小岗村以及全省其他农村相继搞起了“包产到户”，点起了土地承包的星火。后来，这个土地承包制度得到了邓小平的大力支持，很快便普及全国，极大地推动了当时农业的发展，使中国农业发展和粮食生产从此步入了良性循环。

1980年3月，万里调任国务院副总理兼国家农委主任。一个看清并顺应粮食生产规律的人得到了重用，同时又有更多像万里一样的人得到了重用和升迁……这是世道、官道与粮道契合的结果，接下来必然会有一个兴盛时期的出现。

第七章　另一场鸦片战争
——粮食与安全

呵呵
WTO 我认识
它不是美国
也不是巴西、阿根廷
更不是中国和印度
眼睛里的天堂
它只是拉斯维加斯
另一个镶着金字的
门牌

——新民谣

北方的11月已经滴水成冰。

漫山遍野的庄稼，早在一个月前，就被农民以各种方式放倒在地里，有的秸秆还横卧在地垄之上；有的已经被远处的一个电厂收走，用于燃烧发电；有的则有规则地堆放在屋子的旁边，以做一个冬天的烧柴，抵御那无边无际的寒冷。

大清早，孙财就从土炕上爬起来，虽然这个季节已经到了“猫冬”的时候，没有什么活计可供北方农民消耗过剩的体力，但世世代代日出而作，日落而息的生活习惯却让他很难在炕上老老实实地躺着。尤其是这几天，每到清晨，他都会在睡梦中骤然醒转，仿佛有一个闹钟安在他的脑袋里，准时把他唤醒。这时，夜里服侍他睡眠的那条柔软的褥子便如同生满了尖刺的“针毡”，让他片刻也无法忍受。

当孙财推开房门的时候，有一股白热的水蒸气随他一起从屋子里涌出，远远看去宛如一发炮弹出了炮膛。

孙财家屋外有两座粮仓，一座是方的，一座是圆的。今天他直奔圆仓而去，因为圆仓里储满了刚刚收获的大豆。他抓起一把大豆在手里反复地把玩着，那一颗颗饱满的籽粒让他从心里往外地喜欢，但那种得意的神情只在脸上停留片刻，便瞬间消失了。

春天播种时，他可是如播撒希望一样，把一粒粒豆种撒在了最肥沃的土地上。如今，他春天的愿望是得到了圆满实现，但这些金色的宝贝却在秋天之后，一转脸成了他的心腹之患。他百思不得其解，不知道事情为什么会最终变成这样。他不知道市场上的物价怎么会如一只狡猾的狐狸一样，专门躲着他的产量。当他不种大豆时，豆价就涨到了天上，而每当他种上大豆，豆价就会跌落到地下。对于孙财，大豆在他的手里已经不再像是一种粮食，而是一只会喘气、有表情的火球，拿在手里，手受不了，扔到地下，心受不了，反反正正，都让他备受煎熬。自从招惹上大豆，他就有了无限的烦恼。

现在，充溢在他胸膛里的情绪已经不再是郁闷和悔恨，而是绝望。他心里萌生的念头并不是不再做一个农民，而是不想再作为一个人活在这没有活路的世上。他隐隐地感觉到有一种巨大的无可抗拒的力量正把他往死路上逼。

然而，有很多事情他是永远也无法了解、永远也无法领悟的，因为他是一个农民，一个只会种地的农民，他不知道大豆背后隐藏着什么，更不知道那些大豆的命运和自己的命运最终将由谁来主宰。

当孙财手捧着自己的大豆仔细端详时，他想不到这些大豆的前世和今生，也不清楚这些看起来温润、柔顺的粮食究竟会有多少种变幻，更不知道它们在一些特殊时间里的巨大威力。他只知道它们养人济世的功能，却不知道它们另外的一些面孔，不知道它们有时是圈套，有时是绳索，有时是刀枪，有时是火药，有时是战舰，有时是大炮，有时它就是蹲在仓房里的另一个人，随时会把你的心血和汗水偷走，送给别人……他不知道它们在不同人的手里就会有不同的存在形态。

11月，正是冬天的开始。虽然节气离秋天已渐渐远了，但并不意味着春天正一步步靠近。此时，能够感觉到真正冬天来临时那种刻骨寒意的不仅仅是农民孙财，还有那些加工大豆的榨油企业以及某些政府官员。因为这股大豆寒潮由来已久，并不是从这个刚刚过去的收割季节开始的。

早在2004年，以丰益国际、嘉吉、邦吉、ADM和路易达孚为代表的跨国巨头们就盯上了中国大豆。这些跨国公司最擅长的手段就是利用资金优势，通过资本运作消灭对手，垄断市场，从而实现原料和成品价格的高度操控，牟取巨额利润。

来中国之前，他们已经用这样的办法控制了拉美等地的粮食市场。这一次，仍然是原来的套路，连一点儿细节上的变化都没有。他们一如既往，首先利用期货把大豆价格一路拉高，到了每吨4300元，诱使国内榨油企业集中采购了约300万吨的美国大豆，随后又一路把价格打压到每吨3100元，导致中国油脂企业半数破产。跨国粮商又趁中国各地方政府“引资”心情迫切之机，利用并购、参股、合资等形式，控制了近60%的国内油脂企业。随着国内企业对进口大豆依存度的逐步增加，进口大豆价格也从每吨2000多元一度猛涨到了每吨6000元的历史高位，国际粮商赚了个盆满钵满。然而，他们在中国的布局并未结束，紧接着，几大跨国粮商联手，利用丰富的国际贸易经验和资金优势，迅速完成了在中国市场的全面布局，使国内绝大部分油脂企业变成外商独资或合资控股企业，中国油脂加工总量的85%以上被外资牢牢控制。

当国内最大的油脂加工企业九三集团董事长田仁礼在电视里带着哭腔说“委屈、无奈、欲哭无泪，就是我此时的心情”时，这场历时几年的大豆之战已经基本进入尾声。到2010年，中国进口大豆总量已经达到了4400

万吨，而全国大豆产量则被压缩至1400万吨，国产大豆的压榨量为600万吨，仅占国外转基因大豆油原料的1/7，国产食用油的定价权稳稳地掌握在外国人手里。而此时，担负着市场调控职能的中储粮在食用油方面的调控能力却日显苍白。2007年，在跨国粮商的操控下，国内食用油价格猛涨，中储粮抛出20万吨食用油平抑油价，市场上却波澜不起，持续高涨的油价连停一下或缓一下的动作都没有出现，随后的调查显示，70%的食用油都进入了一家跨国粮商的仓库。

…………

我的家在东北松花江上

那里有森林煤矿

还有满山遍野的大豆高粱

…………

这首抗日救亡歌曲，曾经感动过无数中国人。因为这首歌曲，东北也在全中国树立起自己的形象。大豆高粱，曾经如火一样温暖了那些流亡者的情感，同时也成了一代人的梦想。但如今的东北，到哪里去寻找大豆和高粱呢？在一场新的战争中，那些曾经在人们精神故乡里生长的植物，已经开始了它们自身的流亡。

我们听不到枪声，因为我们没有能力听到，但我们能够看到有一种无形的血在流。一个国家的血，抽象的、人民的血。

2010年3月11日，韩国最大的报纸《中央日报》发表文章质问：“曾经那么多的中国大豆都去哪儿了？”是啊，它们都到哪里去了呢？对于栽培大豆已有五千多年历史的中国来说，如今这已经是一个令人伤感的问题。曾经是大豆净出口国的“大豆大国”，一转身就成了世界第一净进口国，大概那些身单力薄的中国大豆都被外国强壮的转基因大豆赶到天涯海角去了吧！曾有专家预言，如果不采取有效措施，十年后中国人便再也见不到中国大豆的身影，那时的大豆将变成美丽的传说，或可成为黄金一样金贵的东西。

“狼”来了

在中国改革开放之初以及加入世贸组织之初，围绕中国全面开放之后粮食是否安全的问题，曾有过很多的争论，就像我们在下水之前，激烈地争论会不会一下水就被波涛卷走一样，但争论到最后我们仍然选择了“下水”。也许这是一个经济欠发达国家图强的必由之路。

改革开放三十多年，我们天天警醒着，防备着粮食安全出现问题，在一片“狼来了”的提醒声中，差不多度过了有惊无险的三十多年。然而，随着市场经济的深入发展，改革开放的程度越来越大，我们脚下的“水”也越来越深了，粮食市场和供求关系变得越来越复杂。与此同时，随着综合国力的增强，人民生活水平的提高，我们开始沉浸于成功的喜悦之中，一点点忘记了隐藏于暗处的危险（或许也有一些人是站在高处的大智若愚者，有意忽略这一“微不足道”的细节）。偶尔想起很久以前在旧课本里见到“帝国主义亡我之心不死”的说法时，便心里暗笑，这是典型的杞人忧天嘛！人家“帝国主义”闲着没事儿要“亡我”干吗呀，真是“左”！你发展你的，我发展我的，大路朝天各走一边，本来世界上就没有什么敌人，哪来的那么多设防啊！

但是，有一天美国人真的用一种十分隐蔽的手段差不多把中国的大豆消灭了，我们这才恍然大悟，原来“帝国主义”的野心和欲望还真的不小啊。或许有一些东西本来也与“主义”无关，而只与人的欲望和实现手段有关。

这有点儿像那个古老的故事。有人说我们院子外边有狼，而我们从来没有看见过，并且也没有丢过羊，于是便深刻地鄙夷起那些无事生非嚼舌头的人。直到有一天，狼在一夜之间把我们的羊吃个精光，我们才明白，原来狼从未放弃过对羊的觊觎，它一直在那里，躲在暗处等待时机，只是我们放弃了该有的警觉，把它们忽略了，忘记了。

这回，狼真的来了。

也许大豆的惨败只是一个开端，只是一场真正战争的序幕。

我们多么希望在下一个回合的较量里，大豆的悲剧不再重现，我们也多么希望这场粮食战争是一篇先抑后扬的漂亮文章，最终会有一个我们期待的美好结局。但不论如何，我们都有必要看清并盯紧那些如猎狗一样伸着血红的舌头到处乱窜寻找“下口”机会的外资。

不要相信那些自称安全可靠和忠诚的“狗”，不要把自己的“孩子”交给它“看护”，别忘记它的前身是“狼”，它们会在一个合适的时机拿你的孩子充饥。

当我们回过头来对大豆之役进行反思时，就会发现，造成目前这样的局面虽然有外资巨大、凶悍，操作手法狡诈、隐蔽，难以抵御的客观原因，但诸多明明白白的人为失策和失误也不可否认。假如，尽管事实是不相信“假如”的：假如没有中国榨油企业一开始的逐利失误和后来的纷纷投降，“合作”、贱卖、出让股份；假如没有各地方政府争先恐后盲目狂热的招商引资，引狼入室；假如没有民企、民间和各种机构的积极“配合”，那些跨国公司也绝不会这样轻松、顺利，基本没花什么额外成本就打赢了这场大豆侵略战争。那么，当四大粮商或欧洲列强再一次联手出击的时候，我们这些精神涣散、心思游移、各行其是甚至认敌为友的“散兵游勇”们要靠什么，由谁来将其整合成一种有效的抵御力量呢？

也许这一切都在高层决策者的视野之中，也许这一切只是一场高段位博弈的一个细小环节，结局还远没有显现，我们还没有理由过早地悲观绝望，还没有理由轻言失败。但如果我们没有足够的清醒和始终如一的意志，那么曾经的“胯下之辱”就很有可能变成永远的耻辱。

谈及粮食安全，中国社会科学院农村发展研究所研究员李国祥在一次接受中央电视台采访时说：“外资一旦在中国的粮食市场当中起主导的作用，那么这时候，我们国内的粮食安全就会出现问题了。”他还说：“外资一旦控制粮食领域，必然像操纵大豆油一样操纵粮价，每一位消费者必然要为高价粮买单。”因为粮食安全问题并不是一个简单的价格问题，它本是一个生死存亡的重大问题，所以他又进一步对粮食安全做出了解释：“我们知道一个国家的粮食安全，在很大程度上就是取决于国内粮食的自给，一旦发生粮食比较紧张的情况，各个国家都会禁止粮食出口，实际上在20世纪70年代，包括苏联、日本等国家，在国际市场上都遇到过有钱买不到粮食的情况。就像拉美国家，为什么拉美都是穷人？因为他们不掌握自己的粮食。尽管国际市场上有粮食、有粮源，但是他们没有粮食吃，所以说这个粮食，不能够掉以轻心，并不是说你有钱就一定能够买到粮食。”尽管李国祥讲的这些都是最基本的常识，但在我们国家的行政以及商业体系里，却不是每一个人都能够清楚的。记住这些话，常常想一想这些话，也许会在处理对外贸易洽谈中，多几分清醒、理智。

透过尚未完全消散的第一场“粮食战役”的硝烟，我们已经能够清晰地看到，硝烟后面那些不停晃动的影子。这些，让我们很轻易地就感知到接下来的危险和危机。现在看，我们已经无暇担忧大豆这个已经陷落的“城池”了，接下来，让我们担忧的将是比大豆更加重要的其他粮食作物。种种迹象已经表明，国际粮食大鳄早已经把目光盯紧了中国的玉米、小麦、稻米、棉花等大宗农产品，新一轮的战争不是就在眼前，而是在过去的某一些时候已经在悄悄地酝酿和布局之中了。

事实上，以美国几大粮商为首的跨国公司对中国农产品的渗透和控制是一项长期、周密、全面的计划。经过过去十多年的耐心布局和等待，似乎已经度过了埋伏期，逐渐进入了大举进攻阶段。近年来，外国资本进入我国农业领域的项目和资金数量均呈高速增长态势，已进入国家重点农业龙头企业中的108家，有99家集中在粮油、林特产（含水果）、肉类（含鸡、牛、猪）、牛奶、水产、蔬菜产业，比重高达91.7%。

早在大豆陷落之前，中国的蔬菜已经稳稳地落入了他们囊中。只是由于蔬菜的运输不便，他们没有直接来中国卖菜。我们虽然并没有在菜市场中看到那些黄发碧眼的收钱者，但他们早已通过对各种蔬菜种子的控制，把这个行业间接地攥在手里。他们凭借其先进的科技、雄厚的资金、丰富的国际市场运作经验，在不到十年的时间里控制了我国高端蔬菜种子50%以上的市场份额，几乎涉及所有蔬菜作物。与大豆的处境一样，国内蔬菜种子也已经面临全线失守、全军覆没的困境。

我曾经带着粮食和蔬菜的有关问题专访过山东寿光，在那个被称作“全国最大菜篮子”的地方，我与大棚里种菜的农民详谈过寿光的蔬菜种植和他们的发展史。我曾经很天真地认为那一派繁荣景象的受益者只是那些忙碌的中国人，现在看，问题远超乎我们的想象。

据相关资料显示，寿光及周边地区蔬菜种植面积84万亩，年产蔬菜40亿公斤。它的种业经历了三个阶段：20世纪90年代以前，菜农自留种子；20世纪90年代初期，选购国内科研单位种子；20世纪90年代后期，由于国内种子企业、科研院所生产不出高档种子，菜农们只能被迫接受国外优质高价的“洋品种”。而“洋品种”依仗其在品质、产量、抗病性等方面的优势，开价之高，超乎想象。在寿光，菜农们不得不接受“一克种子一克金”的现实。比如以色列海泽拉公司推出的番茄种子“189”等，瑞克斯旺公司推出的茄子种子“布利塔”等，先正达公司推出的甜椒种子“方舟”等，每克都在100元上下，与当时金价相当，折算下来，一粒种子价值3毛多钱，而甜椒品种“蔓迪”更是开出了每克种子180元的天价。国外公司每年仅在寿光及其周边地区通过销售其高档蔬菜种子就拿走人民币6亿元。

尽管外资玉米品种所占的市场份额还比较小，但在近几年里，一些外资玉米品种在中国的推广速度却越来越快。2001年至今，仅美国的孟山都公司，就在广西推广种植了1000多万亩迪卡系列玉米，相当于玉米大省黑龙江种植面积的1/5。不仅如此，孟山都公司还争取到了农业部发放的转基因玉米永久性进口安全证书，如今正在广西免费推广其产量高、抗病效果好的“迪卡008”转基因玉米种子。

香甜的鱼饵已经抛出，相信不久的将来一定会有更多更大的鱼儿纷纷上钩。而这些大钓家从来不动声色，也不急于收线，三年五年甚至十年八年他们都能等，只等到你们的神经放松、瘫软麻醉，你才有机会听到他们开心地大笑，那时就是你能够感觉到疼痛却吐不掉钩的时刻，也就是那些把嘴唇交给别人的“鱼”们应该流泪的时刻。

在这方面，美国先锋公司堪称后起之秀。2006年，“先玉335”在我国的推广面积还只有26万亩，到2009年，却迅猛增加到1900多万亩。国人似乎一向有一个思维定式，外国的月亮一定比中国的圆。所以，国外品种在中国就有天生的优越，不需要经过实践就可以得到迅速推广。只是短短的几年时间，先锋公司便已在我国东北等玉米主产区基本完成了布局。据业内人士介绍，继“先玉335”后，先锋公司还计划推出“先玉696”“先玉508”等一系列品种，预计将占有更大的市场份额。

2002年末，美国先锋公司与我国最大玉米制种企业——山东登海种业成立了合资公司，拉开了外资并购我国民族种业的序幕。2006年，先锋公司与甘肃敦煌种业股份有限公司成立敦煌种业——先锋海外有限公司。甘肃省敦煌种业具有二十多年的种业经营历史，是我国大型种子生产企业之一，产品几乎遍及中国，与敦煌种业合作，为先锋在中国生产杂交玉米种子打开了大门。据业内人士介绍，先锋公司在辽宁铁岭成立研究中心。东北三省都有其春玉米试验基地，在山东、河北、河南等地也有其夏玉米试验基地，下一步他们将展开更具体的行动，通过与辽宁东亚种业、川农高科种业合作，消除其在东北、西南地区的竞争对手，完成在我国玉米种业科研、生产和市场营销等领域的布局。

此外，除已进入我国种业的七十多家外资企业外，孟山都、拜耳等跨国集团正加紧与国内企业商谈合作事宜。没有专家能够告诉我们，这些急切而纷乱的脚步，这些锐利而专注的眼神，到底意味着什么，这一轮轮角逐之后将发生什么。

在水稻制种方面，一些国外公司正在水稻主产区与有实力的科研单位合作，开展水稻育种研究，意图采取迂回战术，涉足我国水稻种子市场。作为我国水稻种子市场排名第一的湖南隆平高科，目前也已进入外资的并购视野。世界排名第四的法国利马格兰种子公司通过旗下VHK公司，与湖南隆平高科第一大股东长沙新大新集团合作，成立了长沙新大新威迈农业有限公司。有专家认为，利马格兰公司的真实意图就是通过新大新旗下的湖南隆平高科，涉足中国水稻种子市场。

当我们就粮食安全问题采访著名农业科学家、中国国家水稻杂交工作技术中心暨湖南杂交水稻研究中心主任袁隆平先生时，他对中国的水稻生产充满了信心，但同时也并不是毫无忧虑，他说："据农业部统计数字表明，2007年制种面积由2006年的150万亩减少到110万亩，2008年再减少到80万亩左右。这种形势影响到杂交水稻的种植面积，而杂交稻减少的话，那么国家粮食生产面积就得不到保障。因此，对这种制种量锐减的趋势，应该给予足够的重视。粮食安全中有个种子安全问题，种子安全中有个种子储备问题。国家要有20%的种子作为战备种子，以防不时之需。否则，遇到天灾或其他风险，国家的粮食安全必将受到影响。同时，我也要呼吁国家增加扶持种子产业的力度，以减少粮食安全中可能遇到的风险。"虽然，老先生的忧虑主要是针对水稻及水稻制种而发，但同时也完全可以扩展至其他粮食品种。这是一个值得各方面高度重视的建议，因为那个"不时"的状态谁也无法预测到底什么时候出现。也许，它会延宕至很久以后，也许它就在眼前。

在粮食物流环节，也同样存在着显而易见的危险。自2008年以来，根据WTO相关条款，外资进入中国粮食加工流通领域的设限消除，跨国粮商开始大举进军中国"布网收粮"。全球大宗农作物的定价者，"ABCD"四大跨国粮商（ADM、邦吉、嘉吉和路易达孚）已经在国内粮食流通领域广泛布局，除了投资农业产品外，还大规模投资控股和参股铁路物流、收储基地、船务等辅助公司，并通过并购、联合等方式，对国内农产品流通领域的企业进行整合，初步实现了对粮食流动的有效控制。

据了解，在所有的合资企业里，中资常常只是充当着外资的“马仔”和“小打儿”。

与此同时，丰益国际正准备在黄淮地区增加玉米、小麦的加工投资，来宝集团则宣布计划进军世界棉花市场，沃尔玛超市也在中国市场越来越快地扩散和裂变，高盛集团在以无孔不入的态势到处收购和建立大型养猪场；而从2005年开始，路易达孚从中国政府手中获得玉米国内贸易的许可证后，正着手将华北和东北玉米销往南方和西南地区。中国大地一片磨刀霍霍的声音。如果这些庞大的计划一一实现，共和国的“脖子”便定然被牢牢地掐在他们的手上了。

美国前国务卿基辛格有一句名言：“如果控制了石油，你就控制了所有国家；如果控制了粮食，你就控制了所有人。”这是基辛格的旧日理想，也是现在美国人孜孜以求的梦想。事实上，美国的部分“精英”不论过去、现在还是将来，都没有停止，也不会停止对这一梦想的全面践行。不知道美国人是否知道中国有“民以食为天”的说法，但他们确实在长期的实践中摸索、发现了一个从根本上控制人类的最有效武器——粮食。比起粮食来，飞机、大炮、航母、导弹所起的只是辅助作用，解决的也只是眼前的问题。最残酷的战争，必定没有硝烟。美国人就是要通过粮食这个比原子弹更有威力的武器，通过这只最有控制力的手“遮”住中国人的“天”和全人类的“天”。

WTO的本质

一个身上充满了书生气的美国人——威廉·恩道尔，在谈到转基因生物工程时警告我们，那是一场新的"鸦片战争"。

实际上，西方强国真正打开发展中国家大门的武器并不是那些可与鸦片比肩的转基因生物及其推销工程，而是WTO，一个具有强力洗脑功能的商业宗教组织。它的传说和神话曾经让很多发展中国家误以为是拯救的福音，它的种种行径却让很多发展中国家丧失了独立自主意志和商业主权。

WTO说，来吧，朋友，这世界是一个平等、自由、公平的世界。狮子、野狼、猎狗、鹿与羊都有同等的地位与权利，我们处在一个共同的生态体系里，我们将相互尊重，和平共处，互惠互利，不要害怕，要放下你们的戒备。很显然，你们食草的和我们食肉的没有较量的可能和必要，你们只有放下武器，把我们当作真正的朋友，让我们到你们中间去，让你们到我们中间来，与我们共谋发展才会实现双赢。如果不进入我们的行列，你们的名字将永远和那些远离我们的食草动物一样，是弱者，你们的国际地位就永远处于劣势。与我们往来，与我们贸易，一切都将在一个公平、公正、合理的规则下进行，你们虽然会牺牲你们的血肉，但却能够获得我们的友善和尊重。呵呵，请不要轻言瓜分，那叫作资源共享；不要轻言弱肉强食，你们将在学习中成长；请不要说商业主权的丧失，最亲密的合作伙伴不应该细分主次和你我。

自1995年WTO建立以来，以美国为主导的成员国积极在各国开展"关税和非关税壁垒削减"的谈判，并通过商业杠杆诱导各国实行"小政府”“减少政府干预”和“市场自由”“贸易自由”等，从体制上摧毁了第三世界捍卫自己权利的最后一道防线。然而，西方首先是美国的国家力量却在无限地加强。国家正在日益同资本合为一体，用中国的话说就是高度紧密的“官商一家”。紧接着他们便用资金的“加农炮”把发展中国家不成熟的市场和没有独立意志、主权意识的本土企业以及某些唯利是图的地方政府轰得七零八落，成为无序竞争，无当亲善，同类断杀或认贼为父的一盘散沙。随后便对其以化整为零，各个击破的方式进行拉拢，打击，兼并，垄断，整合，使他们成为高度受控的商业工具。最后，把GDP和贸易总额留给经济占领国或占领区，把利润拿走。据有关部门统计，1995年至2000年，世界出口年均增长率为7%，2000年表现尤为突出，世界出口增加11%，而其间世界GDP仅增长4%。因此便有理论家断言，GATT及其继承者WTO在很大程度上是推动世界贸易增长，有效促进世界经济增长的重要因素。

这是一个具有欺骗性和片面性的结论。表面上，世界性贸易的增长是经济繁荣的象征，但在这个巨大的数字下，谁能够成为真正的受益者才是问题的本质。有一点智商的人都知道，不管我们的经济活动在什么样的理论指导下进行，买卖永远不会成为最终的目标，最终的目标是利润或利益。在一轮轮世界贸易中，发展中国家和欠发达国家得到的只是一个不断增长的GDP、贸易总额、通胀、污染以及很少的一点儿血汗钱，失去的却是大量珍贵的资源、大面积的消费市场、大量经济利益和商业主权；而发达国家却用经营模式、竞争手段、知识产权、先进技术、持续的商业热情换回了贸易环节的几乎所有利益。特别是在农产品的国际贸易中，墨西哥、巴西、阿根廷、印度、伊拉克、东南亚各小国以及中国的大豆市场几乎都沦为同一种运势——交易量越大损失越惨重。

据官方人士介绍，中国在加入世贸组织之初，已经充分地考虑了农产品进口和粮食布局问题。这多少让我们忐忑不安的心有了点儿着落，同时也没有理由不为国际形势的极其复杂而担忧。将中国的农产品市场对外资开放，相当于在羊群里放进了起到激励作用的狼，从而借助外部力量实现自身的优胜劣汰，这在理论上和管理学中是有出处的。如果羊有足够大的群落，又足够强健，而狼的危害又微不足道，那么狼的引进无疑是一种“机制”，一种提高羊群素质的有效机制。然而，当狼的群落比羊的群落还要大，而不会主动撕咬的羊又得不到有效保护时，狼的引进恐怕就难以形成“机制”，而是成为一场毫无悬念的灾祸，甚至是一场灭顶之灾了。关于全面开放或保持壁垒，这件事从定性上讲，很难说出是对是错，但最终结果往往取决于“量”上的估计和“性”上的定位。也就是说，如果我们的农业还很脆弱，我们就仍然是羊，外资渗入或介入量的多少就决定了我们的生死存亡；如果我们的农业很坚强，资金很雄厚，我们的力量就可以与“狼”匹敌，可以诱敌深入，可以“借鸡生蛋”，也可以“关门打狗”。

在所有的危险里，最大的危险是错把“赌场”或“屠宰场”当作银行；错把别人制定的不平等条约当作公平的“游戏规则”。

尽管很多人认为WTO是新一轮鸦片战争的开始，但它毕竟与上一次鸦片战争有了很大的区别。这一次的战争不论从效率、成本、形式、技法、攻势上都明显地优于上一次。那时，西方短短的进化史还无法让他们想到更加高明的方法，他们只能动武，以野蛮的形式，以坚船以利炮，以人类文明所不齿的屠杀，对弱国进行直接占领和掠夺，签订不平等条约，强迫被占国开放口岸和消费市场，最后实施间接的控制和剥削。而这一次是不动一枪一炮，以文雅、文明的形式，以合作、投资和贸易的形式，直接占领市场，直接取利和对经济占领国实行随意的剥削，这一次掠夺和野蛮的实质深深地隐藏在表象背后。

只要我们看看WTO或它身前身后的那些经济组织都干了些什么，又造成了怎样的后果，就不难看清它的本来面目和真正意图。自从1980年以来，已经有多达90个国家在这些经济组织监督下实行了“结构整顿”。这种整顿主要包括：“向跨国公司开放国内市场”；“撤销有关保障生态、劳工、弱势社群等的法律，以便资本家降低成本”；“削减公共及福利开支”；“把国有企业私有化”等。而所有这些政策往往导致债务国经济更差，债务更多，贫富差距更悬殊。墨西哥在1982年接受第一个“整顿”计划时，负债820亿美元，到了1994年经济崩溃时，债务高达1400亿美元。俄罗斯接受“整顿”以后，更是惨不忍睹，国民生产总值竟然跌了一半，而这种跌幅只有在长期大战中，也就是在第一次及第二次世界大战中才出现过。

如果把复杂的问题简单化，说得感性一点儿，两次“鸦片战争”的差异就好比狩猎与钓鱼。

虽然狩猎与钓鱼都是要花很少的投入换取更大回报，虽然两者在本质上都是在为自己的利益实施猎杀，但他们确实是有着很大的区别。

猎人击杀猎物时，用的是子弹，一粒高速运行的夺命子弹，以巨大的疼痛和流血将猎物击倒，让猎物在眩晕中失去知觉并死去，过程在很短的时间内完结，痛快却显得粗暴、血腥。获利也是短暂的，已经猎获的猎物和正在猎获的猎物很快就会消失，猎人还要踏上寻找猎物和利益的征程，并且带着洗不去的恶名。

而钓鱼的人用的却是一粒小小的静止的饵，那饵，往往被钓鱼人调制得香甜可口，可口得让鱼儿忘我。在吞饵的瞬间，每一条鱼都会得意忘形得如入天堂，如果时间来得及的话，它们也许还会在心里暗暗对那位花了那么多心思为它们制饵、投饵的“上帝”来一番谢恩。但这个甜蜜期不会太长，只要时机成熟，放饵的人确认鱼已经把钩吞进嘴里，就会扬手收线。只在迅雷不及掩耳的一瞬，鱼儿的嘴已经被埋在饵里的铁钩牢牢钩住。至此，任何的挣扎和抱怨都是没有意义的，因为你已经把嘴交给了人家。

与打猎相比，钓鱼应该算是一种更高的境界。

钓鱼的高明之处不仅仅在于钓鱼过程的技术性和趣味性很强，更在于钓鱼的目的性在悠闲的表象下显得并不是那么明显，其最终目标也会更加高远。这是一个漫长而复杂的过程。钓鱼初期，刚刚投饵的时候，不管鱼儿怎么看，都看不出那团饵包藏着什么恶意，所以很少有鱼能够拒绝那甜蜜的许诺，所以很多鱼都会毫不犹豫地吞下那枚苦果。但把鱼钓到之后，钓鱼的人并不会让鱼立即送命，因为要鱼的命并不是钓鱼人的用意，钓鱼人的目的是想让鱼长期归他所有，为他服务，为他提供比鱼本身更多更大的财富，只有在必要的时候，钓鱼的人才会不得不让鱼死去，比如他们需要美食或充饥时。

当然，如果你认为前面这个比喻太拙劣，并不是WTO的实质，那不过是WTO重要成员惯常所采取的技巧与手法，那么我们把WTO比作世界级赌城拉斯维加斯，也许会更加贴切一些。

为什么进赌场的人大多数总是有去无回，赢少输多，赢小输大？为什么只有永不倒闭的赌场，却没有永不倒下的赌徒？其根本原因并不是赌徒的运气永远不好，而是赌场已经为自己设立了永远不输的程序和规则。

对WTO基本游戏规则及其各种会议稍有研究的人都会发现，虽然发达成员国每天、每时、每刻都在高唱着平等、公平，但没有一个环节能够表现出平等和公平。

首先在WTO决策体制上和立法活动中，发达成员国具有主导地位，大国操纵的现象十分严重。WTO的规则由“四国集团”（即美国、加拿大、日本和欧盟）所主导。它们举行闭门会议，为所有134个国家制定政策。在“四国集团”内部，以美国为首的农业综合巨头企业控制了重大政策的制定权。由嘉吉、ADM、杜邦、雀巢、联合利华、孟山都和其他农业综合企业起草了《WTO农业协定》，并明确地表达了自己的意图，瓦解各国法律，维持农业综合企业巨头的强大定价权，赤裸裸地坚持着保护发达成员国利益的立场，所有决策和立法要经过发达国家特别是美国同意或认可后才能得以有效实施和运转。

其次，在WTO的各轮谈判中，发达成员总是不顾发展中成员的利益，把广大发展中成员国挤到“边缘化”的地位和角落；而他们提出的很多议题，都无视发达成员和发展中成员国在各个领域中发展程度的差别，造成公平表面下真正的不公平。一旦规则致使发达成员处于不利的地位，新的莫名其妙的规则便会以建立新秩序或适应新理论体系的理由重新制定。

在这里可以举一个例子说明一下WTO的运行方式。2003年9月14日，在墨西哥坎昆举行的世贸组织第五次部长级会议上，由于美欧提出了农产品自由化等一揽子不利于发展中成员的“不公平”议题，而以欧盟、日本为首的发达国家又提出以正式启动“新加坡问题”谈判的议案，作为各方进行一揽子谈判的前提，从而遭到了以印度、巴西、中国为代表的“二十一国集团”的坚决反对，最终导致会议未达成任何实质性结果，以失败告终。但是在接下来的几年里，那些曾经遭到过广大发展中国家普遍反对的企图，都以各种形式在世界各地一一实现了。也就是说，那些会议、谈判多数都成了限制、“规范”发展中成员国的借口，根本不能对发达国家构成有效的制约。因为WTO的实质话语权掌握在发达成员手里，而他们永远要将自己的利益放在主导地位。

所谓的自由贸易和自由市场经济，从来都不会严格地屈从于供求关系，它只以供求关系为参考。由于有一些商品经常受到人为控制，所以真正的供求关系经常会被扭曲，所谓的自由市场也经常是被大资金扭曲的市场。“失效”是它的常态，并且最终必须是失效的、被垄断的。所以，我们要认识到，最初的公平无非是吸引更多人、更多国家参与进来的一些假动作，最终的市场必然要为一些发达国家和垄断资本所操纵，必然走向它弱肉强食的本质。自由贸易的实质就是，通过高额补贴的粮食，在全球或目标国内倾销，使得目标国的粮食生产基本无利可图。由此，造成市场交易条件下的大规模种植结构调整和土地兼并，进而使发展中国家的大量农民被迫或受惑离开土地，成为工业化边缘人群。这是一场以公平为招牌的骗局。这是一场毫不公平的竞争。如果是战争的话，这便是一场肆意的屠杀（其惨烈的程度并不亚于手持大刀的清兵与火枪、大炮武装起来的八国联军对阵，只是我们看不到血光）。如果我们没有足够的重视和抵御，未来则不可想象。

也许，当我们的农民被“屠杀”完毕之后，接下来就轮到了我们的市民和政府，再也没有便宜、安全的食物，再也没有自主性的选择。

联合国开发计划署人类发展报告处处长凯文·霍金斯说：“在自由市场的花言巧语和强调公平竞技场优点的背后，铁的事实是，一些世界上最穷的农民被迫进入与工业国家的财政部而不是北部农场主的竞争。”

老套的“玄机”

在近年来愈演愈烈的企业竞争和国际商战中，很多“有心”人发现外国人已经很灵活、很熟练地把中国一些古老的兵法或谋略用在了实践当中。在“遍地开花”的各种“讲堂”里，“教授”“专家”们扬扬得意地炫耀中国文化与智慧，而外国人则不动声色地偷学了中国人的智慧，四处出击，在具体的商贸活动中，让中国人连连中“招”，叫苦不迭。

大豆之战刚刚结束，就有学者在媒体上讲，美国人在中国人身上使用了《战国策》里的“服帛降鲁梁”“买鹿制楚”和“狐皮得代”的计谋。下面，我们也借助这个话题，重温一下两千多年以前中国的古老智慧。

《战国策》故事之一，服帛降鲁梁。鲁和梁的老百姓善织绨，管仲便劝齐桓公穿绨，并下令大臣们都穿绨。上行下效，齐国的老百姓一时间全都穿绨。齐国绨的价格大涨，管仲还特意对鲁、梁二国的商人说：你们给我贩来绨一千匹，我给你们三百斤金；贩来万匹，给金三千斤。吸引得鲁、梁二国的老百姓都把绨运到齐国卖高价，获取利润。鲁、梁二国财政收入大涨。这两个国家的国君就要求他们的百姓织绨。一年后，鲁、梁的老百姓几乎全部出动，忙着织绨运绨，从而放弃了农业生产。时机成熟以后，管仲又劝齐桓公改穿帛料衣服，也不让百姓再穿绨，并“闭关，毋与鲁、梁通使”，十个月后，“鲁、梁之民饿馁相及”，即使两国国君急令百姓返农，为时已晚，粮食不可能在短期内产出。于是，鲁、梁谷价腾飞，鲁、梁的百姓从齐国买粮每石要花上千钱，而齐国的粮价每石才十钱。3年后，鲁、梁的国君不得不归顺齐国了。

《战国策》故事之二，买鹿制楚。齐桓公欲伐楚，又害怕楚国强大而难以成功，便向管仲请教办法。管仲让齐桓公以高价收购楚国的活鹿，并且告诉楚国商人，贩鹿到齐国可以发大财。于是楚国的男女几乎全国总动员，全都为捕捉生鹿而奔忙，放弃了粮食生产；而齐国却早已“藏谷十之六”了。当楚国的百姓无粮可食时，管仲又关闭了边贸，终止活鹿和粮食交易。结果，楚人降齐者，十分之四。

《战国策》故事之三，狐皮得代。代国出产狐皮，管仲劝齐桓公令人到代国去高价收购，造成代人放弃农业生产，成天在山林之中捉狐狸，但狐却少得可怜，“二十四月而不得一”。结果是狐皮没有弄到，农业生产也耽误了，没有粮食吃，导致北方的离枝国乘虚侵扰。在此情况下，代国国王只好投降齐国。齐国一兵未动而征服代国。

当田垄间，大豆之战的烟尘渐渐消散之后，我们的学者们似乎真的看到并说出了真相。

在这场粮食战争中，美国人的策略是先大量买入工业品，同时廉价出口粮食，使各国包括中国在内放松局部或整体粮食安全的警惕性，提高对进口粮食的依赖性。当亚洲各国大力发展轻工业，各国政府激烈竞争使得工业品越来越便宜时，美国便开始寻求借口和渠道消化掉国内剩余粮食，减少农产品出口，在策略地“收官”。

2007年12月，美国国会通过《新能源法》，逐年增加乙醇燃料使用量，预计在2022年达到360亿加仑。目前，美国已经建成114家乙醇提炼厂，还有80家工厂正在建设中。2006年，美国投入4200万吨玉米生产乙醇，产量超过50亿加仑，比2005年增加了1/4。按照全球平均食品消费水平计算，4200万吨玉米足可以满足1.35亿人口整整一年的食品消耗。美国能源署官员称，今后相当长时间内，玉米仍将是美国乙醇生产的主要原料。美国的乙醇战略，不仅导致美国玉米价格翻倍上扬，创下了十年新高，而且将导致世界范围缺粮，随之而来的便是肉、蛋等其他副食品的价格大涨。

包括玉米在内的粮食价格的上涨势必引发食品价格的连锁反应。用于生产面包的粮食价格可能上涨30%~50%，豆类和植物油种子可能上涨60%~80%。利用粮食供需关系对别国实施控制是美国采取的比较温和的手段，但我们并不能确定在一些特殊的时候美国人不采取极端的控制手段。如果他们的计划逐步实施，那么毫无疑问，最终他们将把那些高度依赖粮食进口或出口的国家变成他们的商业殖民地。

其实，这里并没有多么高深的“玄机”，也并没有太多学者们所论述的“智慧”。美国人之所以能够轻易得手，主要是我们根本无人设防，无力设防，只要“一骑”凶猛的资金肯从大洋彼岸杀来，基本上就能够战无不胜，所向披靡。

国人一向有“人穷志短”“无商不奸”“见利忘义”“贪财不要命”等成语或俗语，我想，用这些来形容在外国大资金诱惑下的中国某些企业、个人以及个别地方政府是不为过的。

虽然国家三令五申要关注“三农”，不要伤及农业这个基础，但并不是所有的人都能够记住和重视农业这个根本。在追逐商业利益的过程中，有的地方政府和一些唯利是图的企业、个人，并没有遵守中央的指示，并没有树立和坚持大局观念，并没有首先考虑国家安全和国家利益，在“利”的面前，忘记了心中应有之“义”，很多人为了一点儿表面的小利益，不惜牺牲基本农田、农业和基本国策。为了GDP、招商指标和财政收入，有的什么都肯出卖，有的甚至不惜把国体中要害的部分，不管是种子公司、粮食加工企业、粮食储运企业，还是家畜养殖场、油脂厂……只要有人出钱全部拱手相让。

省与省之间、城市与城市之间，为了争取外资的“落地”，甚至采取恶意竞争，不顾一切地压低“门槛”。曾有三个省为了争一个120亿的投资项目，在外资轮番谈判中逐次将落户条件压低，最后争得该投资项目的省竟开出了这样的优惠条件：低价提供130平方千米土地，每亩使用价格仅3万元，因为国家政策已经不允许各省这样随意支配大面积土地，该省政府便召集各有关部门和厅局开会，由国土资源局和规划局将整个地块编排成近二十个项目，化整为零报给国家，再由税务部门制定返税政策，十年之内100%返税，并向新产品全面开放内销市场……有了这样的优惠政策，有哪个前来投资的企业能够不赚钱！但这一切都是为了什么呢？只为了把老百姓腰包里的钱让外国人白白地带走吗？回答肯定不会这样露骨和简单。其实是为了所谓的GDP，因为这样的一个项目会给这个省的工业总产值带来巨大的增长，100多个亿，一个华丽而诱人的数字，一个虚拟的名分，大约可以在有的官员的履历上增添光彩的一笔。

曾有一个省份，引入港资建设了一个装机容量很小，技术落后，按国家能源政策十年前就应该淘汰的小火电厂，记不清总投资是多少了，大约有几十个亿吧。最后达成的协议是，电厂建成后要保证港商得到每年15%的利润回报。由于政府执行了特殊电价，最后这个电厂的出厂电价达到每千瓦时六毛多，比当时正常电价高出近一倍。这样的一个项目不但没有让这个贫穷的省份得到益处，反而让本来就很不景气的经济再加重负。二十年后电厂资产无偿划归国家，但二十年后，这个电厂已经到了寿终正寝的时候，二十年间，一个小省、穷省省吃俭用地为港商做出的贡献达到了回报率300%，可歌可泣，但却不可思议。

比这更加糟糕的是改革开放以来，上来就下马，生产就赔钱的各种生产线和引资项目，已经多得数不胜数。这些统统美其名曰交学费。这个名字好，科学、合理，因为只有交学费是光出不进的，是吃多少亏都不抱怨的，是受多少辱也心甘情愿的。

面对这些不顾政策底线，欺上瞒下“不要命”的招商项目，不知道外国人是一种什么想法和态度，得意？嘲讽？蔑视？很多中国人认为这是一种出卖国家和民族利益的“汉奸”行为。令人遗憾的是，造成严重后果之后，真正的主使人却得不到有效的追究和惩处，在客观上致使这些致命的“变通”难以遏制，甚至得以风行。回首惨不忍睹的大豆之战，一些具体环节是失策或失误已经不言自明，但至今仍有一些危险的问题、现象、行为存在并继续着，那些国外的投资计划仍然在顺利地推进。

除了前面提及的几种手法，我们还能够在这场商战中找到很多与《孙子兵法》以及《三十六计》里的各种招数相对应的策略和手法，毫不夸张地说，随处可见。但我们却只见其在各个领域和各个环节中发挥着作用，却没有看到相应的系统还击对策。可能是我们还不具有看清真相的能力，或是我们的忧虑本是属于小人物没来由的恐惧与震惊，是毫无价值的杞人忧天。也可能一切都让我们说中，除了表象之外，其实再没有所谓的“真相”，看见的即是事实。如果是那样，中国人不是将来，而是现在就得做好哭的准备了。

更温柔也更深入的“刀”

当事情发展到了一定阶段，似乎便一定会进入一种难以改变的结局。

一头被一群狮子围攻的非洲大象，在电视屏幕里做着最后的挣扎。那一刻已经有七八头做着撕咬、拖拉动作的狮子集中在它身体的后半部分及背部，不知道是因为重压还是疼痛的关系，眼看着它的两条后腿在颤抖中一点点软下来，以至于它庞大的身体如半座山峰一样，在逐渐向下坍塌、陷落……它的两只一点点变得暗淡的眼睛，充满了无限的悲哀和迷茫，希望之火在一点点熄灭……只有在群狮撕咬的空隙里下意识踢动的腿，表达着它此刻的无奈与不甘……

一段时间以来，这残忍的画面总是在我眼前晃动。不知道为什么我一直在情感上倾向着那头被群狮围攻的大象，希望那头大象能够突然站起来，以它剩余的力量击杀那些凶残而执着的狮子，或冲出狮群的包围。是因为人类天生就同情弱者吗？还是每一个人都不愿意看到悲剧发生？总之，就感觉那头大象与自己在情感上有着某种同向的关联，或生命或命运上某种间接、潜在的关系。或许，那头大象以它天赐的体魄和力量，本来就是一个不败的象征，本来就是一种持续强大的隐喻。它存在的意义不该是用来制造悲剧或烘托悲剧气氛的。

尽管所有悲惨的结局都是命运的安排，但又有谁能够心甘情愿地接受呢？

是的，那头大象，突然从困厄中抬起了它的头，骤然从地上重新站立起来。那些狮子被这突然的举动惊呆了，它们不再继续对大象进行纠缠，而是悻悻然走开……

关于那头大象的逃脱，电视解说词说：“是非洲大草原上，那个夜晚里发生的奇迹之一。”但解说员以及那头逃脱了狮子包围的大象都没有告诉我们，是什么力量让它在崩溃的边缘重新站起？是冥冥中那神秘的呼唤，还是几近昏厥时那疼痛的激励？

在西方列强对别国的侵略战争史上，几乎每一次侵略采取的都是很直接的杀戮和掠夺，就是那群狮子对付大象的方式，正面的冲突，凶残毕露，与之相伴相随的是恐怖与血腥。但是进入新世纪以来，一些西方人似乎突然之间找到了新的生存方式和生存理念。他们不再把刀直接对着人，而是对着食物，盘子里的牛排或土豆。他们出门会客前，会把手臂上的毛刮净，露出干净的皮肤，吃东西的时候，刻意地把牙齿隐藏起来，看起来像是进化得更加彻底的样子。尽管他们造了航母和远程导弹，但并不轻易使用，因为他们知道，打人或把人打死并不是目的，真正的目的是征服，如果有更加省力的办法，他们也不愿意大动干戈。就像一群顽童滋事，把人打得头破血流并不是他们的目的，他们的目的只是让别人听他们的话，把口袋里的糖果和饼干拿出来供他们享用。如果不用大打出手，就能达到这个目的，让其他的孩子自觉自动地把他们想要的都奉献出来，他们当然不会大打出手，因为这样会使他们看起来像王子或贵族一样。而通过打人的方式往往并不一定能够实现真正的目的，就算实现了，也会使他们看起来像强盗一样。所以新世纪以来，外国人不再动枪动炮，而是动用新的武器。

二战结束之后，美国立即找到了充当世界领导和准上帝的方式，对欧洲实施粮食援助计划——鼓励把食物转让给饥饿的人们和有可能牢骚满腹的欧洲。表面上看，这行为是无私、善良和伟大的，但实际上却在这光明的背后隐藏着黑暗的动机——培养受援国的粮食依赖性。一旦机会合适，他们就会将援助变成勒索。20世纪50年代初期，援助的负面作用开始显现，于是，欧洲农民开始要求美国停止对欧洲的食物援助。

然而，美国并不甘心，继续以一个处于青春期的少女迫切找到一个人奉献春心的姿态，寻找着剩余粮食的出口。就这样，从1954年7月开始，美国的食物援助项目找到了新的目标，即南半球国家，在这些国家，农民们无法像欧洲农民那样向美国提出同样的政治要求。按理说，这些南方发展中国家的政治观念同美国有很大的差异，是惯常意义上的对立面。美国人为什么突然要对他的敌对方大发善心呢？这看起来有一些不可思议，但只要听一听美国人自己的表述，这个费解的问题就变得容易理解了。一切正如罗德斯预测的那样：饥饿人口可能更听话，更懂感恩，更依赖于廉价食物。这个逻辑让美国政府坚定了“把美国的剩余食物给那些饥饿的人吃”的信念。1954年7月10日，美国总统艾森豪威尔签署了“公法480号”（即Public Law 480）《农业贸易发展与援助法案》，当《法案》把其“崇高”目标描述为国际友谊的时候，食物援助变成了美国外交政策的一个核心部分。至1956年，食物援助占美国全部经济援助的一半以上。美国粮食向南半球国家输出达到了高峰——占出口总量79%的粮食都是面向第三世界国家。尼克松和福特总统内阁农业部长埃尔·布茨一语泄露了天机：“只要给饥饿的人们一些面包，他们就会听话，食物是一个工具，它是美国谈判工具箱里的一件武器。”

食物的大量输出，往往不仅仅是金钱和货物的交换，同时伴生着文化和观念的输出。与食物援助或粮食输出相关的一切，如超市、饭店、食物品牌、加工技术等等，最后都将演变成一个庞大的植入体系，从受援国的中心领域向四周辐射和扩散。

从表面看，美国及世界各国的餐桌因为那些大公司的不懈努力，变得越来越丰富了，但实际上却越来越偏离了人们生命真实的需求。那么人类生命里最真实的需求到底是什么呢？仅仅是吃得饱，吃得好吗？不，绝对不是。也许只有健康，才是最为重要的，但健康的标准又由谁来制定呢？如果按照那些大公司和他们收买过的营养学家的说法，世界上只有不会维持健康的人，没有不健康的食物。而我们所看到的却是，穷人越来越胖，富人却体态正常。这一点能够说明什么呢？难道我们能够根据这一点就判断所有的穷人吃起食物来都没有节制吗？事实上，真正的原因是穷人没有那么多钱来充分实现自己的意愿，穷人们只能听命于大公司的引导和饲育。因为放弃了人的自然本能而屈从于一种人为引导而造成的失衡，因为农作物体系的失衡带来了食品加工体系的失衡，从而带来了消费者营养结构的失衡，这才是穷人肥胖的根本原因。通过这件事，我们确认了这样的信息：一个个表面自由消费和自主消费者，变成了按某些大公司开出的食物配方喂养自己的消费机器，成了美国饮食文化的附庸，直接一点说，是饮食文化的被动接受者，更直接一点说，就是食物消费的奴隶。

为了俘获更多的消费者，铺天盖地的营养广告、营养专家建议以及一波又一波的饮食潮流，在猛烈地冲击着人们的心灵及肠胃。一个又一个消费者削尖了脑袋要迎合被资本定义了的格调和风尚，却一个又一个地被掏空了腰包。最终的结果总是如出一辙，总是会让那些美国大食品公司建立起的食品供应体系取代发展中国家原来自给自足的食品体系，而发展中国家总是要在一定的时间内丧失或不得不放弃他们自己传统、廉价、营养丰富的本地化食品，代之以现代、昂贵、呆板、缺乏营养的工业化食品。以麦当劳、肯德基为例，因为他们所有的原料都是垄断供应，连一个土豆都是从生产基地运到销售地，所以价格昂贵，结果这样装腔作势所谓“保证质量”的论调不但让很多人深信不疑，还心甘情愿地为其虚高的成本买单。

有数据统计，美国食品公司每年投入的“营养教育”费用相当惊人，仅百事可乐公司每年投入的广告及宣传费用就高达12亿美元，由此可知消费者在被谁教育，现代消费者就这样被连续不断地洗脑，并逐步改变了原来的饮食习惯，一味追求西化、洋化、时尚化，从而自觉不自觉地成为食品消费链条上一个按指令运行的部件。

与美国相邻的墨西哥，由于受北美自由贸易协定的影响，人们的食物和饮食习惯也发生了很大变化，尤其是那些供应量日益增加的高热量食物，直接导致了人们肥胖程度的陡然上升。据可靠的观察资料显示，越是更加接近美国边界的家庭，孩子体重超重的可能性就越大。墨西哥人不只是食量增大，食物花样也更多，如今他们对以小麦为原料的方便面的消费量已经高于豆类和大米，墨西哥人喝的饮料也远远多于牛奶，他们的饮食结构和饮食习惯已经越来越接近美国人的设计和引导。以沃尔玛为代表的超市占领了整个国家，并且正在按照美国的习惯和模式，引领着这个国家的日常消费。这些现象所造成的后果更是触目惊心，据统计，墨西哥将近1/10的人患有糖尿病，而国家每年用在糖尿病上的治疗费用则高达130亿美元。

在一直有“水稻之乡”之誉的韩国，在提供免费午餐面包的PL-480计划中，美国人“今天年轻无知的脸庞，就是明天的顾客”这句富有“哲学”意味的“生意经”得到很好的落实，学童们开始学习如何吃面包。与此同时，韩国的小麦产量在1966年到1977年的十年间，下降了86%，进口小麦的数量却增加了四倍。相同的故事，也在受PL-480援助的其他受援国上演。小麦就是美国农业的攻城槌。冷战期间的食物援助计划除有其政治或者经济目的之外，还兼具美学价值。虽然食物援助将人们的饮食习惯从广泛的食谱转向单一的美国过剩商品，但却最终制造并教会了人们一条有用的格言："赠人一块面包，你可以养活他一天，反复培养其对面包的喜好，你培育了一生的顾客。"

中国人一向坚持的理念是"教育要从娃娃抓起"，因为娃娃是未来，任何事情在他们身上都可以加上"长效"二字，一种理念或观念的植入，往往会发挥几十年的作用。所以，那些以美国为代表的各大跨国食品公司也独具慧眼地把营销力量倾注于"娃娃"身上。因为这些人深深知道，当一个人从小就在某种特定的食物体系中长大，那么他对于味道的本能已经不能告诉他如何才能吃得更好，他只是习惯和偏爱这一种味道。也许这并不是我们的错，食品工业每年都要花费数千亿美元的广告费培养和误导我们的生理需求，在这种情况下，向食物主权化的方向转变，就意味着重新检讨我们自己的欲望，重新审视我们已经被污染的本能。由于它们的味道已经深入到我们的味蕾，把我们自己解救出来就意味着与我们自身的欲望做斗争，这是一件非常艰难的事情。

商家们正是抓住人类这一特点，对儿童进行着肆意诱导。广告媒体已进入儿童生活的各个角落。在家里、在街上，就连在学校里，孩子们同样在被迫接受电视广告和品牌推广教育的轰炸。必胜客开展了"读书奖励计划"；麦当劳掀起了"全美读书挑战活动"；可口可乐旗下的美汁源发起了"美汁源夏日阅读计划"；一家德式牛排连锁店甚至设法赞助了一家印度学校。这些营销策略都通过一系列搭卖和赞助活动巧妙完成，通过这些活动，食品企业成功地吸引了孩子们的注意力。以孩子为目标的食品越来越泛滥，父母很容易妥协于孩子的吵闹要求，儿童的消费力就这样为商家所利用，从而导致了孩子们的健康问题。据英国儿童食品运动协调员理查德·瓦特说，每年仅在美国就有超过100亿美元花在向儿童推销食品上。在我们这个奇怪的世界上，每有1美元花在推广健康食品上，就有500美元花在推广“垃圾食品”上。

然而，这些在时间和空间上的布局，终究是有限的，如果一项侵略能够就此止步，那么它的效用和效能，毫无疑问也将在未来的某一天悄然解除。而美国人缺少的从来都不是战略，他们从来都不会把目光只放在近处或表层。当有一天全世界的落后国家和发展中国家都在谴责他们是“生物海盗”的时候，人们才猛然发现，原来美国人对世界和人类的用心竟然如此之深，如此之久。

2000年，美国孟山都公司到中国进行商务访问，临走时双方互赠礼物，孟山都公司送给中国一颗转基因大豆种子，中国送给孟山都公司一颗野生大豆种子。孟山都公司拿到这颗大豆种子之后，立刻用他们最尖端的技术分析大豆的基因，结果从这颗大豆里面找到了高产量和抗病的基因。然后，他们向全球包括中国在内的101个国家申请了60多项专利，这些专利的注册，意味着凡与这颗大豆有相同基因的大豆在没有经过孟山都公司允许的情况下，种植或流通都侵犯了孟山都公司的权益，包括中国在内，只要商业流通大豆中含有被他们注册的基因成分就得向他们付专利费。

这仅仅是一个个案。

据“互动百科”等网站登载，所谓“生物海盗”行为，就是指一些欠发达国家和地区经过深厚历史积淀的遗传资源和传统知识，遭遇一些外来机构的无偿窃取和利用。非洲凤仙是深受英国园艺家喜爱的一种植物，跨国生物科技公司先正达公司推出的新型非洲凤仙便是西方对发展中国家进行“生物海盗活动”的案例之一。据一家国际研究机构透露，先正达公司隆重推出新型非洲凤仙时，声称这是经过多年研究培育出的，花期是整个夏季直至初次霜冻前，成熟期能开出长达70厘米的花串……这种花在北美和欧洲的园艺中心出售，每株卖2英镑。这是一次商业上的巨大成功，随后先正达公司为这种植物申请了专利。但是，这种所谓新型凤仙实际上是一种罕见的非洲植物，为坦桑尼亚乌桑巴拉山一带所特有。西方国家的公司就是这样在发展中国家猎取原材料并申请专利，然后制成价格高昂的商品在市场上销售，从中赚取巨额商业利润。多数情况下，这些公司根本不与原产国分享成功果实，必要时甚至要指控原产国侵权。

据《观察家报》披露，英国莱斯特大学的科学家和美国Genencor公司合作，为生活在肯尼亚东非大裂谷湖里的一种微生物申请专利。他们发现，在洗涤牛仔裤时，这种微生物能制造一种酶，“吃掉”布料上的靛蓝染料，使牛仔裤有“穿旧”的感觉以迎合人们怀旧的时尚情感需求。这家公司向洗涤剂制造商和纺织品公司销售产品，每年创收100多万美元。

总部在美国的埃德蒙兹学院发表报告，列举了30多个西方医药、园艺和化妆品公司“窃取”非洲植物的例子。埃德蒙兹学院负责人贝丝·伯罗斯说：“西方人踏遍非洲或南美，攫取他们想要的任何东西换取商业利益，这样的时代已经一去不复返。现在出现了一种新的殖民掠夺行为，那就是植物和知识产权领域里的窃取、利用、控制和勒索。”

据“互动百科”等网站登载，美国曾公布，至2002年6月30日，从中国引进植物资源932种20140份，其中大豆4452份，包括野生大豆168份。而中国官方记载同意对外提供的品种资源目录仅2177份，并没有将野生大豆列入其中。

我国是大豆的原产地，野生大豆资源占全世界的90%以上，逾6000种。然而由于野生大豆资源流失，目前分散保存于各个国家作物基因库中的大豆资源总计已经达到2万多份。在知识产权领域，由于我国缺少这方面的专门法律，在相关国际谈判中始终处于被动局面。我国是中医药的发源地，拥有1万多种中药资源和4000多种中药制剂。然而，目前有900多种中草药项目被外国公司在海外申请了专利，我国中药专利在国外申请只有近千项，日本210个中药制剂，处方都来自中国。我国的传统医药知识产权面临着“生物海盗”行为的严重威胁。尽管对于中药产业知识产权保护的呼声日高，但实际上目前中药领域的知识产权保护仍然非常脆弱，尤其是我们的中药保护，完全脱离了国际现行的知识产权制度。

对中国来说，也许像野生兰花、红豆杉等虽然珍稀却仍属于闲花野草之列的事物是否失守，已经不显得那么紧迫，而最要紧的还是粮食。粮食作物中的大豆和一些蔬菜的失守已经毫无疑问，而在此之前，那些拥有着先进技术和雄厚资金的跨国公司已经将黑手伸向我国的玉米、水稻等粮食作物。我们现在所面临的问题并不是有没有渗透，而是渗透得有多么广泛和深入，以及如何做出进一步的防范。

如果说在传统战争中，战败是一种耻辱的话，那么在现代粮食战争中的战败，特别是以生物基因为基础的战败而被统治则是永远的。传统意义上的战败，充其量不过是赔款、割地，在几年或几十年内丧失主权，而粮食战争中战败的结果有可能严重到永世不得翻身，其耻辱的印记将如生命基因和上帝的话语一样，不可更改，直到地老天荒，直到物种消失。

未必有预想的结局

在世界舞台上，不管是假装上帝的人，还是扮演魔鬼的人，归根到底都不是神灵，而是必须面对神灵、面对自然秩序的凡人。也就是说，这场大戏的结局，不是由人类来设计的，没有人能够对人类自身使用上帝的权柄。一个为自已装上蜡质翅膀的人，必须时刻保持冷静的头脑，必须清醒地知道自已既不是雄鹰也不是天使，绝不可以飞得太高太远，与太阳或上帝靠得太近。玩一把心跳之后，要马上回到地面上来忏悔，要对自己的同类以兄弟相称，以朋友相待，否则，你命定的名字就叫作伊卡鲁斯，命定的结局就是翅膀融化，命殒大海。

任何一场戏剧中的角色扮演者，最后都要从他扮演的角色里退出来，尽管有一些角色让人很上瘾，比如扮演王子或者上帝。没有预想的结局，结局是所有的扮演者最后都要醒来，都要退出舞台，结局是所有的生命都要各从其类，各安天命。

其实，在那段狮子“吃”大象的片子里，大象的最后逃离并不是一个奇迹，因为大象本来就不应该落入狮子之口，众多的狮子困住了一只因粗心而失去防范的大象才是一个奇迹，虽然素食的大象并没有尖利的爪牙，不会将对手撕得血肉横飞，但一个警醒着的大象却有足够的能力把那些凶残的对手一脚一个地踏进泥土。

大象并非不能起舞。

现在回首共和国建立之初的那一场漂亮、完美的粮食战役，仍然让人感到振奋，仍然让人坚信，中国从来都不缺少解决棘手问题的潜力。

那是1949年的秋天。

华北粮食歉收，粮价看涨。10月份，察北又发现了疫情。为了防止疫情扩散，政府暂时封锁了平绥铁路，这使北京粮源受阻，粮食市场呈现异常紧张状况。一些粮食投机分子纷纷抢购粮食，造成粮价一日数涨。

北京市公安局抽调专门力量，对此事进行了侦查，结果发现这股涨价风潮是以王振廷为首的一伙粮食投机商策动起来的，人们称他们为“粮老虎”。11月，北京市召开第二届各界人民代表会议，29位代表联名提出一个为稳定物价必须打击“粮老虎”的提案。北京市市长聂荣臻专门就物价问题向代表做了报告，表示接受广大群众和人民代表的要求，决定将这些“粮老虎”逮捕法办。公安部门在摸清了“粮老虎”的底细后，于11月13日逮捕了王振廷、田雨川、田柏林等15名不法奸商。北京市军管会军法处于11月27日对10名奸商进行正式判决。上海市公安局也根据人民群众的要求，在11月16日传讯了7家哄抬粮价、牟取暴利的米店老板，并对其中情节严重的送至当地人民法院依法惩办。通过对“粮老虎”的坚决打击，人民政府较好地控制了粮价上涨势头，很快稳定了市民情绪。为从根本上制止粮价上涨，稳定市场，党和政府采取了从全国调运粮食、棉花集中抛售，狠狠打击投机商的重大举措。

11月1日和5日，中央财政经济委员会分别召开第一次和第二次委员会议，分析物价猛涨的原因，讨论收缩通货、抛售物资、加强市场管理的办法以及制止物价上涨的措施。选择制止物价上涨的时机非常重要，当时国家掌握的物资实力还是足够的，可作为商品调用的粮食不下25亿公斤，并且国营公司掌握的棉纱和棉布接近或超过全国产量的一半。拥有这样的实力应该可以削弱物价上涨之风了，但如果时机不成熟或方式不得当，则仍可能是杯水车薪，甚至功亏一篑。

对此，陈云做了具体分析，他根据市场商品和货币的流通情况，预计物价综合指数要比7月底上升2至2.2倍，才能使两者大体平衡。他注意到：在达到这个界限前，上海曾一度连续平价抛售粮食和纱布，结果不仅没有稳住物价，反而使大量游资涌进上海抢购，使投机商人得以低价购入，坐待高价抛出，这是一个教训。

与预料的一样，到了11月中旬，物价已涨了两倍，涨势渐趋稳定。中央认为时机到了，已有可能通过收缩银根、调运粮棉、抛售物资来稳定物价了。当时对物价影响最大的就是粮食，而粮食主要从已完成土改的东北老解放区运来。11月11日，陈云、薄一波致电东北李富春、叶季壮："根据关内8月初以来及今后两月发行指数的估计，目前物价指数的涨度将达顶点。因此，我们正准备各项措施及实力，计划在不损实力以便应付明年2月涨风的原则下，于12月初顶住这次涨风，以求以后两个半月之平静。为此目的务请设法从11月15日起，由东北保证每日运500万公斤至600万公斤的粮食进关，我们则保证卸车及空车回运。此项进关粮之作用，估计除平日应市需量外，其他粮食不致卖出，但必须进关才能压台。如何望即复。粮食进关时请自登报。"

为确保东北粮食进关，陈云特地派曹菊如到东北去调运粮食。陈云亲自交代："你坐镇沈阳，东北必须每天发一个列车的粮食到北京，由北京市在天坛打席囤存粮，必须每天增加存粮席囤，要给粮贩子看到，国家手上真有粮食，粮价不能涨，使奸商无隙可乘！”

与此同时，陈云还周密部署好纱布的调运，并决定财政部自11月16日至30日于德石铁路以北及平原省拨交贸易部2.1亿斤公粮，以应付棉产区所需的粮食销售。11月13日，陈云代中财委起草了《制止物价猛涨》的详细指示。指示提出了全力稳住物价的12条办法。这12条办法的第二至第五条即是调运粮棉的指令。关于粮食调拨，指示说：“东北自11月15日至30日，须每日运粮500万至600万公斤入关，以应付京津需要。东北及京津贸易公司须全力保证装卸车，铁道部则应保证空车回拨。”关于粮食棉纱等主要物资的抛售，陈云指示：“目前各地贸易公司，除必须应付门售者外，暂时不宜将主要物资大量抛售，应从各方调集主要物资于主要地点，并力争于11月25日（至迟30日）完成；预定11月底12月初于全国各主要城市一齐抛售。为了解各地准备情况及避免抛售中此起彼落，各地需将准备情况报告中财委，以便大体上统一行动日期。”

这个指示经毛泽东、周恩来批准后，当天就通过电报下发到各地。经过一段时间的紧张准备，大量物资集结完毕，国家手中掌握了充足的纱布，与投机商进行较量的时机成熟了。一场有目的、有组织、有步骤的制止物价猛涨，打击投机商人的战斗即在全国紧张而有序地打响了。

陈云自然是这场战斗的直接指挥者。这虽是一场没有枪声、没有硝烟的战斗，但他却像指挥作战那样认真对待。他要求各地向中财委及贸易部随时报告各种物价信息，并依据中财委及贸易部提供的信息来抛售物资，确定本地的合理价格。于是，贸易部里电话铃声不断。北京、天津、上海、武汉、广州、西安、大连等几大市场每晚都有电话汇报。内容大致包括：市场粮食卖出多少、买进多少，当日价格，资本家的吃进、吐出情况。贸易部副部长姚依林也是重要指挥者，他每晚坐镇部内忙于听电话汇报，及时做出决定，指出次日开牌粮价多少为宜，需抛卖多少，买入多少。中心城市指挥全局，各大市场决定着小市场的步伐。有的省物资不足，立即由其他省调拨。

11月25日，中央指示全国采取统一步骤，在上海、北京、天津、武汉、沈阳、西安等大城市大量抛售纱布。投机商一看有纱布出售，争相购入，甚至不惜借高利贷。上海的借贷这时甚至出现了以日计息的现象，上海人称为“日拆”。根据过去的经验，投机商以为纱布一日数涨，吃进纱布后，当日转手，不仅可以应付“日拆”，还可获高利。可是这次他们的算盘打错了，国营公司源源不断地抛售纱布，一边抛售还一边降价。一贯讲究“买涨不买跌”的投机商们这时才意识到大事不妙，于是又赶紧抛售自己手中的纱布，但他们抛得越多，价格跌得越快。这使他们又赔本又付息，受到了严厉的打击。投机商们叫苦不迭。10月开始的涨风在11月底平静下来后，陈云并未掉以轻心，他料定投机分子定不会善罢甘休，这次在纱布上吃了苦头，跌了跟头，短期内不敢再做纱布的文章，但很可能在粮食问题上做文章。当时上海的存粮只有4000万至4500万公斤，防守力量是很脆弱的。各大城市也都面临粮荒。因此，在11月底物价渐趋平稳后，陈云已在开始筹划下一场战斗，即在粮食问题上与投机分子继续较量。

1950年2月12日，中财委召开了全国城市供应会议，陈云在会上讲话，对全国范围内统一调度粮食的工作做了具体部署。会后不久，四川就征集了2亿公斤大米接济上海。此前，为了解决川粮济沪的运输等问题，陈云于1950年1月11日致电华东局饶漱石、曾山等人："四川的4亿斤大米2月初即可启运，务请抽调大批干部去川运粮。"同日，他又致电中南邓子恢、东北财委并曾山，说上海存粮仅此四五千万公斤，要求华中、东北短期内运粮济沪以应急。1月22日，陈云在给中共中央和毛泽东的报告中，提出了解决上海等大城市粮食供应办法：除先调沪宁、沪杭两线公粮，同时抓紧华中、四川、东北向上海运粮外，应准备向国外增购2亿公斤大米。

投机商们在等着春节后从粮食市场上的"红盘"开市时夺回损失，他们料定政府绝不可能有足够的粮食与他们较量。

为确保粮食问题上的较量万无一失，陈云对东北和四川这两个强大的后盾特别关注。对于东北，1月23日，陈云再次致电特别指出："本月上海米价猛涨，估计春荒难关过不去。华中、四川调给上海的公粮，或因山地集中不易，或因船运量小，何时与能否调到，实在把握不大。由于米价贵，进口的外米能否很快运来，亦属疑问。询问东北可否再收买一批大米或稻子，能买多少，何时可买到手。"对于四川，陈云考虑更多的是运力问题。为此，他又于1月26日致电中南财委并转中南交通会议，要求他们设法组织公私船只，接运由重庆到宜昌的大米，并运到上海。他强调，此一任务，关系到全国物价计划及上海供应问题，必须解决。经过两个月的准备，人民政府在上海周围完成了三道防线的布置。即：杭嘉湖、苏锡常为第一道防线；第二道防线，江苏、浙江、安徽急速运粮；第三道防线，东北、华中、四川组织抢运粮食。这几道防线合在一起，则政府掌握的周转粮就有几亿公斤，足够上海周转一年半。北京、天津、武汉等大城市的粮食也得到大量的补充。

上海等地的资本家和投机势力在经历金融和棉纱两次打击后，果然仍不甘心，还在找机会较量。他们看准了1950年春节前后的粮食市场，要在粮食问题上做文章。如前所述，上海的粮食市场上，历来有春节后“红盘”，即正月初五开市第一天看涨的老规律。投机商们满以为政府粮食准备不足，以为这一次一定可以在粮食市场上大捞一把，以挽回前两次的损失。春节前夕，他们就开始向粮食进军，千方百计囤积粮食，市场上能买到多少大米，就买进多少，以为择机抛售肯定能利市百倍，这样暴利便会滚滚而来。奸商们抢购粮食一直抢到1949年农历三十的晚上，然后，烧香拜神，等待大年初五财神爷上门。

可是这次不灵了。正月初五到了，粮食市场上“红盘”开出，出乎投机商们的意料，他们完全没想到也不愿看到的是，粮食价格不但没有如往年一样看涨，反而连续下跌。在中财委的部署下，上海广泛开设国营粮店，并连续抛售了1亿多公斤大米。投机商们被逼无奈，不得不在亏本的情况下，把囤积的大米全部吐了出来。资本家和投机商们弄不明白，共产党从哪里搞来了这么多的大米。①

现在回过头来看，这场并没有太多“技术含量”和高深莫测的谋略，但难度却十分巨大的传统商战，能够实现完胜，简直是一个奇迹，是一件

① 以上的这段记述，引自唐正芒《新中国粮食工作六十年》，湘潭大学出版社，2009年版。

不可想象的事情，是一段令人赞叹的大象之舞。这么大的一个行动，涉及那么广大的地域、那么多的行政区、那么多的系统、那么多的人员、那么多的相互配合的层级，不论哪一个环节出现了一个小的纰漏，比如消极懈怠、衔接失当、走漏风声，等等，都会功亏一篑，满盘皆输。那么，为什么新中国成立之初，并没有受过专门训练，也没有任何商战经验的第一代领导者们面对一群老谋深算的奸商却能把这一场粮食之战打得这么漂亮?

这是一个很复杂，同时也很简单的问题，就像我们问，那大象为什么能够在狮群的集体围攻下突然站起身来一样。说简单，就是因为那时从上到下有一个统一而坚强的意志；从上到下同心协力，精诚团结，高度协调，能够奔向一个共同的目标；因为集体、个人，上级、下级没有人想到要顾及自己的私利；因为我们都为一个共同的目标而殚精竭虑。当然，说复杂也很复杂，也许，在这个自由市场经济和商业化时代，已经没有人能够完整地回答这个问题了。这确实是一个很复杂的问题，复杂得如同我们根本无法说清，一头大象为什么，怎么会在最危难的时刻协调、调动起生命里的所有潜能，从死亡的边缘上站起，为自己打开一道生命之门。

季节中的11月，已经是冬天了。遥想那更加荒凉的非洲草原，正是群狮饥饿的时候，如果是在夜晚，你会看到一片绿色的光如燃烧的火焰。但不知道那头粗心的大象，还会不会再一次毫无警觉地独自走进狮群。

第八章　真实或不真实的现实与梦境

——粮食与未来

昨天的路
以及今天的路
已经重叠
如重叠的时光
迅速穿过
一棵树与另一棵树
对望的视线
在山的转角处
未来
露出它羞涩的尾鳍
一条前途未卜的鱼
从看不见的起点
游向海
无限的深远

——诗《未来》

庄周一觉醒来时，意识到自己很可能就在梦中。

“那么，到底是刚才我变成了蝴蝶，还是现在蝴蝶变成了我呢？”他开始很认真地思考这一个问题。

有人说这是一个哲学问题，我却认为这个问题与哲学无关。庄周只是一个爱做梦的人。因为他是神人，神人可以自由控制自己的梦与现实，可以让两者模糊互化，互为因果。所以，做梦对他有很多好处。如果他作为一只蝴蝶，正在被人追捕，他就可以“醒来”，成为一个不被追捕的人类；如果他作为一个人，正在忍受饥饿，他也可以向另一个方向“醒来”，成为一只不依赖粮食而在花粉和雨露间自由飞舞的蝴蝶。

然而，对于一个凡人来说，却永远无法在梦与现实之间自由进出，更无法控制梦与现实的走向。

徐二喜并不是一个喜欢做梦的人，因为他做的很多梦都是他不喜欢的，他做梦是因为他无法摆脱梦的纠缠。

他在梦中醒来时，常常会很久很久地呆坐在那里，仿佛仍然在梦中。

“我做了一个梦，”他说话时语气里残留着梦的气息，“我梦见家丢了。”

徐二喜说，在梦里，当他从地里干活儿回来时，就找不到自己家的门了。到处是木板条围起来的篱笆墙，走过了一回又一回，就是没有发现门在哪里。他在梦里找门时，感觉并不是自己在走，而是那篱笆墙在走，在旋转，就像一个轮子。后来，终于找到一个隐蔽得几乎看不出来的门，那门又上了锁。

他心里好生奇怪，是谁把门锁上的呢？记得离家的时候门是虚掩着的呀，可现在却锁着。会不会是走错了呢？他踮起脚，伸长了脖子向院子里看，一切都很熟悉，似曾相识，但一切又都很陌生，恍如隔世。他心里清楚，从出去到现在不过一会儿的工夫，哪会有一辈子那么久呢？一定是自己累晕了，还是翻墙而入吧。当他正要跳墙时，一个胖胖的人不知道从哪里突然冒出来，挡在他面前。胖子说，他们没有告诉你吗？这里已经不再是你的家了，你现在属于400公里以外的那个大城市，这个村庄的人都走了，你赶快追去吧，晚了怕赶不上了。

二喜愣愣地在院门前转了三圈儿。虽然此前他一心想成为城里人，但这突如其来的消息还是让他手足无措。他不知道肩上的锄应该怎么处理，因为他从十五岁开始，就一直在肩上扛着一把锄，现在要进城了，总不能带着锄吧。

胖子笑呵呵地说，都要进城了，这东西还要它做什么，干脆扔到那边的沟里算了。二喜心里十分不舍，这把锄还是他爹过世前在县城精心挑选的呢，经过这么多年的使用和打磨，已经十分得心应手了。那把锄在二喜手里，就如同他伸长的手臂一样，会灵巧无误地在禾苗与杂草间穿行。有时，二喜就想，如果锄草时困乏了，那锄能不能自己在田垄间自动行走，把那些累人的杂草一一铲除呢？回答是肯定不能的，因为那锄怎么说也不是神锄啊，但他经常这样想时，那把锄似乎就拥有了某种能力，只是还没有显现。

不论如何，那把锄是不能带在身边了。于是，二喜狠了狠心，扔下锄，开始拼命地往前跑。他似乎远远地看到了车马扬起的烟尘，但不管他怎么跑，都无法看见前面那些人的身影。

他翻过了一道山，又翻过了一道山。

没完没了的追赶和不着边际的空旷，让徐二喜心里渐渐地生出了惶恐。

终于到了城市，他看见很多高楼大厦，但不知道怎么进到那些楼里，也不知道自己的家在哪里。他想找一个人问问他的家在哪里，可是开口说话时，却好像没有人能够听得懂，而对方说的那些话，他似乎也听到过，就是不明白什么意思。他想从人们的手势和眼神里判断出一些信息，却始终徒劳无获。

终于，在一个空旷的厂房里，他遇到了一位貌似警察的人，他想管那人叫叔叔，因为很小的时候，当他感到无助时，他就会想到去找“警察叔叔”。可是这么多年，他一直没有与任何一位警察面对面地说过话。他想，如果叫警察叔叔，那人肯定会认真地听他说话。结果他真就叫了警察叔叔，但那人并没有想象中的那种亲切的表情，好在那人说的话他能听懂。那人很清晰地告诉他：你找错了地方，在这个城市里查不到你的住址……

徐二喜醒来后，把这个奇怪的梦说给了本村最会解梦的刘荣，七十多岁的刘荣摇了摇头，说，他也不知道这梦是什么意思，因为凭经验，以前并没有人做过这样的梦；凭典籍，在《周公解梦》里也查不到这个梦的类型。

其实，徐二喜的梦之所以难解，并不是因为他的梦有多么复杂，而是因为他的梦并不是真正的梦。他的梦是当下中国许许多多农民的现实，是这种现实的映射。这个梦，或许很久以后的某一天才会应验到徐二喜身上，但现在却与徐二喜没有多大的关联。它只是通过一些朦胧的信息存入徐二喜的大脑，偶尔在潜意识里醒来，才成为一个支离破碎的梦。

一颗流星，离开它的母体和正常轨道，坠入大气，并不意味着地球上将发生什么大事，而在遥远的宇宙里已经发生了一件大事，这颗流星只是那场大事件之后所流露出的一丝信息。如果徐二喜不去问解梦师，而是就这个梦去咨询各级政府统计部门的官员，二喜可能很快便会清楚，他所谓的梦根本没有什么神秘可言，也不需要费尽心思去破解，他梦里的那些事，正在其他地方或其他农民身上以不同的方式上演着，他需要的只是等待和确认。

稍有观察和思考的人，一定早已经发现，目前在中国广大的农村和城市，正进行着一次大规模的社会变革与整合。梦境与现实，身份与处境，志趣与理想，文化与文明，等等，正在发生着一场剧烈的、大规模的位移与交错。大量的农民工因为追求梦想或因为现实生活的逼迫，告别土地，流向城市；而一些被城里的噪声、拥挤的生存空间和越来越激烈的生存竞争逼仄得无处躲避的城里人，却把目光和触角伸向了广大农村。和多年以前很多农民梦想成为城里人一样，如今，有许多城里人正在梦想着拥有一片属于自己的土地，梦想着成为生活在农村的人。很多人在乡下盖起了自己的房子；大量资金投向农村的土地开发；很多企业经营者摇身一变成为土地或农机经营者。过去，有很多农村孩子费尽周折要成为一名国家统招统分的大学生，从乡村走向城镇；如今，又有许多大学生因为无法在城里找到合适的工作，去应聘乡干部、村干部，从城镇走进了乡村……

这正在显现的未来的轮廓、未来的一切，重新生成的格局，已经在我们的视野里变得一天比一天清晰。

大国小农

上小学时，天天听老师讲，我们的祖国山川秀丽、地大物博，就深信我们的“地”广大无边；天天听老师讲，我们拥有四大发明，历史辉煌，就感觉我们的文明或发达水平可能是世界一流。后来，长大了，一点点从蒙昧中超脱出来，才发觉那是因为当时我们自己太小。太小，看什么都会感觉很大，连看到学校的操场都感觉如现在看到的飞机场一样广阔；太小，看什么都感觉特别“悠远”“悠久”“悠长”，从家里到县城区区二十公里的路程，好像漫长得走也走不完。

随着年龄的增长，我们不仅视野在一点点变宽，视线也在逐渐变远。我们终于有一天学会了分数，不仅能看到分子，而且能够照顾到分母。于是，我们那盲目而脆弱的自豪感被一种简单的知识瓦解。我们不情愿地发现，许多事情，只要用一个巨大的分母一除，就可以轻而易举变得微不足道。

现在，我们重新回到农业这个话题，就再一次遇到了同样的问题。虽然我们一直自称为“农业大国”或“粮食大国”，实事求是地说，从漫长的封建社会开始，中国的农业生产就始终无法摆脱自然分散的“小农”状态，我们是典型的“大数小商”，一大堆数字，摆弄来摆弄去，摆弄到人头时，所得到的结果原来竟是一个微不足道的小数。从历史到当下，我们似乎并没有什么充分的理由盲目自豪或“藐视一切敌人”。

新中国成立后，因为消灭了不合理的土地使用制度，我们走上了社会主义道路，成立了人民公社，使中国农业第一次有了一个“大”的设想和尝试。但人民公社实行的一系列不切实际的生产及分配制度，严重挫伤了农民的积极性，竟然使那个来势凶猛的“大”不明不白地夭折了。

是的，经过改革开放后的三十多年努力，中国农业取得了长足进步，不仅粮食总产量呈螺旋上升态势，逐年攀升，而且全国粮食供给状况也由过去的无法自给转变为基本实现自给。但这个农业巅峰，本质上仍然属于“小农”的巅峰。经过三十多年时光的洗礼，家庭联产承包责任制，这个曾经顺应了8亿农民心愿，把中国农业照耀得熠熠生辉的“太阳”，对农村乃至改革的推进能量似乎已基本释放完毕。随之而来的，是动力的衰减和光晕的暗淡，一些与小农经济相伴生的弊端日渐凸显。

当我们面对新的问题和拥有了新的视野之后，再从几十年甚至几百年“农业大国”的称谓中反躬自省，我们看到了中国农业几千年来从观念到思想，从形态到本质，一脉相承下来的“小”。

拥有着18亿亩土地的中国农业，冷眼看是一块非常壮观的大蛋糕，但8亿把刀叉一齐切下，去掉边角及各种耗损，能够记到每个人名下的资源就一下子变得零碎、细小和不值一提了。拥有13亿人口之巨的中国，人口总数占到了全世界的22%，而耕地面积却不足世界的10%，人均占有耕地面积约为0.08公顷稍多，按亩算，就是1.4亩左右，仅相当于世界平均水平的1/3。

与其他很多国家相比，我们的劣势毋庸置疑。据资料显示，加拿大人均耕地面积是我们的十八倍，印度人均耕地面积是我们的二十倍。我国人均土地面积在世界190多个国家中，排在第一百一十位；人均耕地面积排在第一百二十六位；人均草地面积排在第七十六位；人均森林面积排在第一百零七位。目前，我们国家已经有664个市县的人均耕地在联合国确定的人均耕地0.8亩的警戒线以下。经常与我们相提并论的美国，却是另一番景象，它的国土面积是963万平方公里，资源丰富，土质肥沃，地跨温、热、寒三个温度带，几乎有着世界上所有的气候类型，有着适合作物生长的良好气温。北极气流越过浩瀚的太平洋每年带来充沛的雨量且分布均匀，使得它的主要农业区域很少出现严重的干旱。美国总人口少于中国和印度，其人均耕地面积近0.73公顷，是世界人均耕地面积的三倍。

如果说中国在漫长的农业文明时代，一些诸侯、乡绅和地主手中还曾有过大面积土地的话，那么，经过诸多变迁，到了新一轮土地承包之后，中国的耕地，除了目前仍有部分省份，比如黑龙江、内蒙古还保留了一些大型农场，其余的已经彻底化整为零了，全国18亿亩耕地差不多被划成2亿个小块儿。土地被以家庭为单位进行承包后，随着农业生产力的进一步发达，科技水平的提高和科技手段的介入，便一点点显现出诸多的局限和弊端。过小的土地面积无法实现统一规划和统一耕种，更不可能实行大机械作业。目前有一些乡村集体购置了大型农机，却因为地势不平整、地块不规则、农作物品种杂乱而无法大量使用，致使耕作效率低下，耕种成本居高不下。这样的现状，正好与我们最大的农产品和粮食竞争对手美国形成了鲜明的对比。美国2000年共有217.2万个农场，平均经营规模为193.4公顷，其中75%的土地集中在少数大农场和特大农场中。所以美国粮食生产效率极高，早在20世纪40年代就实现了粮食生产机械化。因此，美国的农业生产率在全球也是独一无二的，美国现有农村人口仅占全国人口总量的2%，也就是说，一个农民生产的农产品就能够养活50多人。

论及农业产值和耕种效益，中国农业的“小”就更加凸显了。据有关专家分析，中国农业的低产值和低效益主要有三个方面的原因。首先，粮食价格一直处于低位运行的状态，致使农民的收益无法实现正常增长，再生产能力以及生产积极性受到严重制约。长期稳定低迷的粮食价格虽然在某种程度上维持了全国的物价水平，实际上是牺牲了农业利益，保护了工商业的利益，是典型的以弱“护”强；其次，农业生产资料价格逐年上涨，农业及粮食生产成本逐年加大，压缩了农业的利润空间，损伤了农民的生产积极性，限制了农民再生产能力和他们生活水平的提高；再次，农民人均拥有的土地资源太少。中国目前拥有18亿亩耕地，而靠这18亿亩耕地谋生的农业人口却有8亿之多，人均可支配的土地刚刚达到2亩多一点。而美国目前拥有19745万公顷耕地，折成我们的亩，就是29.6亿亩，而他们的农业人口才600万左右，农业人口人均可支配的耕地可达500亩，资源水平相差200倍之多。就算粮食价格在现有水平上再提高五倍，我国农民的人均收益和富裕程度也达不到美国农民的水平。因为贫穷，就没有资金进行扩大再生产，就没有能力引进或尝试新的科学种田方式，就没有能力使用现代化的农机，甚至没有能力购买最好的种子和最有效的化肥，更没有能力抵抗来自市场和粮食生产中的任何风险。由此，我国农业的现代化水平和再生产能力以及市场竞争能力就可想而知了。

农民的平均土地占有量过小，已成为制约中国农业发展水平和农民自身发展能力的另一个关键因素。在对十多个省份的农村调查中，我们发现，很多省份农民人均耕地的实际占有量还达不到1亩。土地资源紧张的省，比如陕西、河南等省，农民所占有的耕地已经少得可怜。我们在河南省内乡县赵店乡赵店村采访时，当地农民告诉我们，那里每一个在籍农民只分到5分地，而自外村嫁过来的女子，村里规定一律不分给土地，因为乡里的用地比较多，所以个人手里的土地很少。在这种情况下，乡里还在招商引资，大搞开发，准备征用村里的土地，建设一个商贸市场。后来我们到了聂庄，那里的农民老张告诉我们，他们的情况要比赵店乡好一些，每人8分地，但老张全家四口人只有三口人有地，一共也不过3亩2分地，就算是每亩收入能达到1000元，一年下来，这个家庭的总收入也只有3200元，去掉几项主要成本，连维持正常生活都很难。老张说，如果不出去打工的话，日子是没法儿过的。

后来，我们又去了情况好一些的西北、东北和内蒙古，但就是那些我们原本认为“天苍苍，野茫茫”的空旷之地，人均土地面积也已经没有想象中那样宽松。以吉林省为例，西部干旱区通榆、乾安、长岭等县，由于耕种条件较差，盐碱加沙化的贫瘠土质再加上“十年九旱一年涝”的恶劣气候，农业人员相对较少，人均耕地面积也不过6～8亩，如果按每户粮食总产量计算，可能也并不比那些土地很少的南方农民更优越，是典型的“光卖力气不打粮”。土质比较肥沃的榆树市等地，人均耕地占有量却只有区区的2～3亩，农业收入每户每年过万元的家庭都不是很多。

陕西棣花，是著名作家贾平凹先生的老家。

在那里，我们走访了一个四口之家，小两口和一个老人、一个孩子，他们和这里的其他农民一样，每人有3分农田，总共1亩2分地。我们不用规划这1亩2分地每年都用来种什么，也不用计算每亩地能有多少收入，因为这少得可怜的一点儿土地，不管种什么也养活不了一家四口，更不要说过上小康生活。

当我们问及那里耕地的租金多少钱一亩时，他们的回答令人吃惊。原以为土地越少就会越金贵，也就越值钱，谁想到他们却说，那里租用土地根本就不用付钱，因为外出打工的人都没有时间回来种那一点儿不值得种的田，人走了土地就会闲置，与其那么荒着还不如送给别人耕种，等回来时那田还仍然是田，不成为荒地就好。稀缺，自然是金贵的理由，但少到一定时候，不管它值多少钱也没有多大的意义了，没有了量的概念，再值钱能值多少啊。也许我们从这个事例中能够发现并理解，为什么一些土地紧缺的地域，反而大量出现土地撂荒的现象。

进入市场经济时代之后，中国的经济也相应进入了多元化时代，农业生产已经不再是国民经济发展的唯一支柱，农民家庭的经济来源也不再是以往单一的农产品生产，一些先知先觉者，早在改革开放之初就已经尝试放弃中国农民几千年来一直坚守着的土地。特别是中国加入WTO之后，粮食生产和世界市场直接接轨，更多的中国农民深切感受到来自国际市场的压力，也深深地认识到了自身条件的先天不足。虽然此时的中国农民已经与土地实现了和解，不再因为固守土地而挨饿，但这时的农民已经不再是昔日的农民，他们已经知道从土地上抬起头，把目光投向远处。

于是，土地的魅力和诱惑，在他们的心中一点点变得暗淡，再也不能够牢牢抓住他们的情感。他们的心不再专注，眼看着城里的姑娘穿上了时装，农村的女子仍然衣着简朴；城里的人大把大把地花钱，而依靠粮食生产的人们仍然在基本生活线上徘徊……这时的土地对农民来说，已经成为弃之不忍，留之无味的“鸡肋”，不能再谈什么依恋与激情。毕竟，土地并不是农民的终极追求，土地只是一个手段，终极追求是过上好日子，是最后的富裕。

破“茧”的隐痛

贾平凹先生曾经用满怀同情的语气说，农民是土里生出的草，挖出来，抖净土，到哪里也不能活。

然而，中国农民这棵草，不管怎样都必须做出离开土地的选择。不离开土地，他们就永远走不出贫穷和落后；不离开土地，他们就无法获得足够的生存空间；不离开土地，他们终究还是一棵任烧任砍贱命的草；不离开土地，将来有一天不但自己“不能活”，而且还会拖累整个国家与他们一起“沉没”。

在中国农村，每一个农民都面临着是否要“走出去”的选择。走出去，对于很大一部分农民来说，已经不是选择，没什么可选择的，而是一种不可选择的必然。当下，可供他们选择的似乎只剩下什么时候走出去，以怎样的方式和姿态走出去。一棵草想要彻底改变自己的命运，不管是死是活，都必须鼓足勇气把自己从土里拔出，只有不再是一棵草时，你才有可能成为别的。

传说中，有一种再生叫作涅槃或羽化。对于一个普通农民来说，并不一定明白涅槃或羽化是怎么回事（事实上，困在茧里的蛹也不知道什么是羽化，怎样去羽化），但却懂得比较和选择，在“不能活”与“坐以待毙”之间，他们凭着自己的直觉和某种“本能”，首先选择了冲破那个“坐以待毙”的定局。

于是，曾经信奉“牢守田园”的中国农民，一改世代因袭的传统，开始离弃土地，玩起了对土地的“转身”。很多精壮劳力纷纷外出打工，只把土地留给老弱病残和女人经营。尽管中国农民的素质和能力从总体上说，还无法适应现代工业化流程和政府办事机构的用人需求，但为了生存或更好地生存，他们不得不通过各种渠道和方式，纷纷涌向城市。

当然，走出去的结果也是千差万别的。有一些农民因为离开了土地确实使自己的生活得到很大改善，而更多的农民却因为不具有走出去的条件和能力，走出去之后，反而使自己的生存状态变得更加糟糕起来。但已经被现实封死了后路的中国农民，只能义无反顾地向前行进，就像当年的逃荒和“闯关东”，尽管前途未卜，但为了不重新落入身后那已知的惨境，也只能选择勇往直前。前方，最起码还有一线希望和曙光，总比守着那点儿越来越近于枯竭的生存资源坐以待毙强得多。

临汾，古代的汾水之滨。

自古，这里就是一个意味深长的地方。明洪武和永乐年间，为恢复中原经济，推行大规模的“移民垦荒”政策，官府在洪洞广济寺设局驻员，从平阳、太原、汾州等地选“丁多田少及无田之家，分其丁以实北平”。据说每次移民搬迁前，都在洪洞大槐树下集散，移民临行前频频折槐为记，恋别故土，所以，至今在那里仍流传着“若问祖先来何处，山西洪洞大槐树”的史话。

我们在临汾近郊古官道经过的辛建村，与村民们谈及当下的农业和他们的生活。题有“清挹”字样的古钟楼为我们遮住了正午的阳光。二十米远的对面就是这个村子的民居，一道道高达丈余的围墙和一扇扇巨大的朱红色大门，严严地把人们的视线挡在外边。这样的高墙深院，在远一点的时候，应该是富贵人家。一切的荣辱与成败都关在里边，一切的欢乐与悲愁以及承载了这些人间常情的细节都成了秘密，你甚至靠想象都无法逾越和穿透。“深院朱门”，这不正是中国传统中的富贵意象吗？如今，对于部分中国农村的村民来说，这已经不再是什么高不可攀的梦想。但这样的气象和状态，并不是依靠土地和粮食生产而达到的。正在和我们交谈的老张，刚刚从城里回到家。据说，他在城里一家小区的物业打工，是做物业管理的，具体管理什么呢？我有一点没有勇气去问，那么大的年纪了，有很多的事情还是模糊一些的好。他对我透露，这个村里的那些大房子，都是出去打工的人在城里赚了钱回来盖的，如果仅仅靠种粮食的话，恐怕永远都盖不成这样的房子。

在同一个村，向前走不到50米，我们见证了另外一个实例。

年过八十的孙氏老太太如今仍然住在一处古旧的房子里。据说，那房子是从清代就有的，到底有多少年了，没有人说得清楚。房子里有一口缸，据老人的女儿介绍，那口缸在日本鬼子侵华时期曾经作为装米的工具藏在那座房子的棚顶。我仔细地打量着那座房子，严严实实的木板棚，虽然已经发黑，但依然能够看出当年的讲究。光是板棚到房顶的距离就有差不多一米半。危急时大约能够藏住很多的东西，包括人。但那已经毫无意义，时间会在不经意间瓦解掉人们的一切心机。因为它的主人并没有能力带着它或撇下它走入一个崭新的时代，所以那房子给人的感觉，最终只剩下了陈旧和残破，如一个没有被时间洗去的历史残迹。

孙氏老太太的儿子已经年近六十了，大清早出去打工，到傍晚时还没回来。因为他年纪大，没有文化和技术，就只能去城里干一些搬运建筑垃圾的力气活儿，为了多挣几个辛苦钱，他必须每天延长等活儿和工作的时间。早晨临出去时，他给老母亲做的一碗面一直泡在锅里，现在已经烂成了粥，没办法食用。从矿上来看望母亲的女儿带着自己的女儿和外孙赶到后，等了两个多小时也不见哥哥回来，就只好自己动手，做饭，给老太太洗头……尽管孙氏老太太母子二人和那些拥有大房的富户比，日子显得破败与寒酸，但如果没有孙老太太的儿子每日打零工挣回些零用钱，恐怕连这样破败的日子也过不上。

在吉林省四平市的农村，我们采访了在玉米田里锄草的一对小夫妻。两口人每人分到了2亩地，去掉购买种子化肥等生产成本，一年总共能剩4000元钱。如果男人只在家侍弄这4亩地，那么只能过上温饱日子。但是他们选择了农闲时男人外出打工，农忙时回家帮妻子侍弄农田的方式。男人外出打工如果运气好的话，每年可赚到1～1.5万元钱，这样，小两口儿每年的收入差不多能达到2万元左右，在农村，这基本是小康的水平了。外出打工，确实使一部分农民将剩余的精力和体力兑换成了用以提高生活水平的钱或生活物资。

然而，并非每一个进城的农民工都能够像前面事例中的主人公一样，各得其所。有一些人的遭遇，用时下惯用的夸张语说，应该叫作“巨惨”。每一天，当我们随便打开一张报纸或点开一个网站，几乎都能够看到他们单薄的身影和发生在他们身上那些不幸的故事。什么欠薪、侵权、冷遇、歧视、盘剥、伤害等等都已经司空见惯，不再具有值得关注的新闻价值。最近网上又出了一个关于农民工的新鲜事，虽然并不够庄严、沉重，却可为那些平淡无奇的情节增添一点儿“新意”。

宜昌市五峰县一个四十多岁的农民工，在外省一家私营小煤窑矿井底下为煤矿老板挖了一年煤，付出的艰辛自不必提，一年来吃的是猪狗不如的伙食，干的是牛马难及的苦力。年终结账，矿老板算给他8000元钱的“年薪”。原本，对于来自偏僻乡村的农民工，8000元也是一个不小的数目，再加上这一年种地的收入，该过一个喜庆红火的春节啦！矿里一个头儿亲手在矿井阴暗处把钱面交给他，当他的面数了钱的张数，都是百元大钞，并千叮咛万嘱咐，叫他小心谨慎，社会太乱，不要把钱放在外面，免得像电影《天下无贼》里的傻根儿一样招来祸患。他遵嘱当即将钱牢牢缝在内裤里面。揣着一笔“巨款”，满怀希望，心中暗喜，他乘上了到宜昌的火车。一直到出了宜昌火车站，见有警察在往来巡视，他以为安全了，忍不住把他的“年薪”拿出来“欣赏”，不禁大吃一惊：那一沓钞票，只有外面一张是人民币，里面全部是冥钞，那种清明时节雨纷纷的时候，用来寄托对已逝前人的追思的“冥钞”。他顿时瘫软在地……

实事求是地说，众多农民工的种种经历或际遇已经在中国社会的肌体上刻下了一道渗血的伤口。但正是因为这个群体的数量巨大，才化解、冲淡了这个伤口中的“盐分”，使身在其中和身在其外的人们都没有感觉到剧烈的疼痛。哲人说，一份痛苦两个人分担，就减少了一半。那么，在这个伤口覆盖下的农民工群体到底有多大呢?

时任国家统计局局长的马建堂2010年初透露，根据抽样调查数据推算，2009年中国总的流动人口规模1.8亿人左右，其中外出农民工1.49亿人，这是一个推测的数据。最近，又有人透露，外出农民工总数已经达到2.3亿人。如果这个数字准确的话，那么在中国2.38亿农户中，平均每一个农民家庭就有一个人外出打工，并且，随着我国人口城镇化进程的加快和力度加大，这个数字有可能还会迅速变大。

如今的农村人口城镇化就更加具有内在的动力和不可逆转的必须性。其隐含的指向非常明确，就是解决城市就业问题，同时也解决困难时期人们的吃饭问题。在粮食短缺时期，那未必不是一个一石二鸟的两全之策。

但相比之下，这一次农村人口的城镇化则并不是一个为了解决临时性问题所采取的权宜之计，而是一个由社会发展阶段所决定的必然趋势，是一种不可逆转的社会潮流。除非农村的土地在未来的某一天因为失去耕者而大面积荒芜，否则，城市人口绝没有可能再度大量流回。

从生产力与生产关系之间的相互制约规律看，当下中国农业生产关系已经开始制约日趋先进的农业生产力的发展。我们的“小农”已经明显支撑不起这么一个庞大的国体：无法适应先进技术和先进耕作方式的需求，无法适应突飞猛进的工业及商业化进程，更无法适应市场经济和国际竞争的需要。我们多年来一直引以为自豪的农业生产模式已经到了必须变革的时刻，如果不马上做出格局上的调整和资源以及生产方式的整合，我们的农民和农业可能即将面临生死存亡的考验。

一只蚕，在茧里困到了一定的时候，就必须破茧而出，就算破茧而出会遭遇再多的痛苦和危险，这一步也得坚决地迈出去。羽化，也许是绝处逢生的唯一出路。

土地的新主人

当越来越多的农民纷纷主动或被动地离开土地的时候，我们一时还不知道如何来命名他们的行为，或者可以轻松一点儿，叫作“胜利大逃亡”吧！我们不知道应该把他们的状态看作一种失落还是一种解脱，所以也不知道应该为他们感到庆幸，还是悲哀。

这是一件很难说清的事情。我们说不清，其他人也说不清，有时连农民自己也说不清。因为谁都无法说清，所以这一切便成了一种谁都左右不了的无可奈何。

农业上的事情，看起来就如大海里的事情。

从农业所出的粮食，滋养着世世代代的人类，就像海里的水，世世代代滋养着鱼类等水族。当我们因为离农业太近而想不清农业的时候，不妨以一个旁观者的姿态和一种超然的态度去想一想大海里的事情。

也许并没有什么必要将一切从头说起。过去我们很少去花时间思考农业和粮食，那并不是我们的过错，因为很多的时候我们没有必要去思考。这就如处于常态下的水族经常会忘记或不在意水的存在，就如陆地上的动物们会忘记和不在意空气的存在一样，因为水和空气与依赖它们而存在的众生亲密得如同一体，形影相随，从来没有须臾的分离。也就是说，在水族的理念里，水是不会消失的；在陆地动物的理念里，空气也是不会消失的。

然而，世界上的任何一种东西都不是永恒的，一切都有消失的可能。

起初，海是风平浪静的。本来海上是否有风浪，从根本上并不会威胁到水族的生存，所以水族们都不把目光盯住水，更没有谁想通过对海水的控制而控制其他水族或刻意弄潮炫耀自己的能量。偶尔的潮涨潮落，总是无法烘托出海的生动、万象和繁荣。或许，以人的理念衡量，这也算是一种缺憾，因为人和其他动物不同，人在天堂里吃过开启眼目的智慧果，人永远都不会安分和平静。

那时，海的主人是那些温和而能力稍差的龟类。由温和柔弱者执掌圭臬的时代，是自然无为的时代，掌控或不掌控都不会让靠水而生的水族们想到因为断水而引起的生命安全问题。然而，大海，以人类的理解，就是应该有风有浪的，就是应该起伏波动的，那才叫有活力。大海，那么重要的事物，像空气一样，也不应该被长久地忽视，更不应该由堪称弱者的龟类掌控，它的掌控权应该归属于有能力呼风唤雨和执掌生杀的强大种群，比如说龙族。也只有这样，才能够使各个水域重现生机，才能够赋予海更强、更大的能量，才能够有效地抵御外来的侵扰和危险。如今的海，已然不再是一片和平的海了，而是“民攻打民，国攻打国”的混乱战场。真正的弱肉强食时代已经到来，所以无能而又无力的龟类，理应退出大海的政治舞台，为了海的安全也为了他们自身的安全。

这片已经变得越来越凶险的海上，只能是少数强者的舞台。让强大者担负起与强大相称的职责，让弱小者摆脱力不从心的苦苦支撑，是所有选择中最合理、最人性、最必然的选择。虽然新的权力体系的转移和交接将以痛苦的方式完成，最后以挤对和逼仄的方式让那些占据着重要而又凶险位置的弱者离开他们早已习惯并有一点热爱的生存、生活方式，背井离乡，流落到一个陌生的领域，但事实上却让他们在极不情愿的撤离中逃避了一场劫难。这样的选择既顺应了强者的意愿，实际上，也符合弱者的需求。如果说现实是残酷的，那么无视现实，一意孤行或执迷不悟，造成的结果将更加残酷。

当我们把大海里的道理平移到不得不面对的农业领域，便会发现几千年中国粮食生产史，原来一直有一个重要的误会，那就是让最难以担当重任的农民过长过久地担当了养活这个泱泱大国的重任。或许，中国几千年的粮食生产史已经到了必须重新审视、重新书写的时候了，让本来属于弱势群体的农民世代肩负着如此重任，而又从来不真正对他们怀有感恩之心，不尽感恩之义的历史应该结束了。

当依靠土地生存的农民离开土地，当乡下人纷纷变成局促的城里人，当部分没有出路的贫苦人依然会那样贫苦而没有出路，我们应该投以怎样的情感呢？和他们一起满怀深情地回忆过去，还是充满迷茫地展望未来？也许我们唯一正确的反应，还是面对现实，因为只有现实能够给我们提供可行之路。

然而，那个轮廓不清的未来很快就会成为与我们对面而坐的现实。就在我们心思仍然惶惑着在当下踟蹰流连之时，我们那不由自主的脚已经有一只迈进了未来的门槛。

“海上”就要起风浪了。

拥有10公顷玉米田的杨金河，在犁完最后一垄田地的时候，在田头的草埂上熄了他的手扶拖拉机。

那时天色尚早，他并不忙于赶回两公里以外的家中。他的妻子是邻村王家的姑娘，人长得不算好看。他心里清楚，这并不是自己的要求低，或运气不好，有些事从性质上看与运气没有太大的关系。就算是有再好的运气，在这样偏僻的乡村里也就只能娶到这样的媳妇了，而且就算是这样的媳妇，在十里八村的乡间，也算是个出色的人物了。

杨金河从心里往外是没有抱怨的，因为他知道，自己只是一个农民，总不能娶一个天天在电视里演戏的那种美人儿吧。那些人哪里是人啊，个个都是狐狸一样的人精儿，连一层灰儿都沾不得，连一根麦秸都不能往她的肩上放，那哪是咱农民娶得起的呀，就算是娶到了家，也会养不住的。算了，谁让咱是农民了，农民就得想和农民相配的事儿嘛。虽然当农民也是一个人的命，可是这个命是谁都能够改变的吗？就算是一个人再犟，也犟不过自己的命啊。

眼前的妻虽然看着并不受用，但用起来却是好的，不但腰壮臀宽，能操持家务，能帮男人干地里的农活儿，也会生养，不用打针吃药不生闲病。再者说，就是娶回个天仙，天天屁事不顶地放在那里当画儿看，不也得看腻。想到这里，杨金河使劲儿地吐了一口唾沫，像是要把一些令人不快的东西从嗓子眼儿里甩出去一样。

东北农村把成熟的男人叫老爷们儿。好老爷们儿不能光把心思放在老娘们儿的身上，家里有一个老娘们儿，起到一个阴阳平衡的作用也就行了，想更多的又有什么益处！好老爷们儿就是要把心思放在自己的土地上。老爷们儿的天命并不仅仅是让老娘们儿生孩子，更重要的还是让土地长出更多的粮食。如果土地长不出更多的粮食，就算老娘们儿再好，生出再多的孩子又有什么用？到头来还不是落得个能生不能养的结果？与其眼看着生下来的孩子被饿死，还不如一开始就不生。

温润而又清爽的风，夹着新翻起的泥土气息，轻拂过杨金河的脸，他微微地眯起了眼睛。这是一份从心里升起来的惬意，在杨金河心里，比爱情更令人陶醉。他展目回头望了望那一片黑油油的土地，感觉那土地像黑色的油脂缓缓流动起来，一直向目力所及的远方扩展开来，转瞬间，他的视野、他的疆域已经扩大了几十倍。恍惚间，他的土地差不多已经由原来的10公顷变成了50公顷、100公顷、200公顷或更多，更多，多到他自己都不敢往下想，他突然打了一个冷战，像从梦里醒来一样。

当他从这个近于白日梦的狂想里回转过来时，他觉得浑身乏力，疲软得立不起身子，又渺小得如地头的一棵杂草。他知道，如果他的10公顷土地真的变成了200公顷或300公顷，那地就不一定是他的了，因为那么多的土地，用他现在的心去丈量，就显得太广大了，广大得他那颗脆弱的心无法承受。人心不能不足，人心不足蛇吞象嘛。人所能拥有的财富，并不是想得到就能得到的，财富也知道走熟路，一般情况，它是不愿意光顾那些贫穷的陌生人的。如果将来有一天，眼前这大片土地真连成了一片，这土地的主人就一定会换成别人。到那时，别说10公顷，恐怕连一垄也保不住了。

梦幻和现实从来都有着很大的区别，杨金河深深地知道，自己说到底仍旧是一个贫贱之人。多年的乡下生活，多年的农民身份，让他心里非常清楚，贫贱之人就是贫贱之人，这个事实难以更改。如果社会底层人也会如那些上层人一样，受人尊重、令人敬畏，那么他就不是社会底层的人，他就已经是上层人了；如果穷人也如富人那样有什么愿望就能实现什么愿望，想拥有什么就能够拥有什么，那么他就不是穷人，而是富贵之人了。

如果，将来土地面积扩大了，中国农业也能像美国农业一样现代化的时候；如果，将来种田的人得到了社会的普遍尊重和承认，土地的出产不再受到不应有的歧视，变得和其他商品一样有利可图，或者比其他商品都金贵和受尊重，那时候，拥有土地的人，一定不是现在的农民，也一定不是他杨金河，而是最终拥有现在的土地的另一些人。到那时，收入微薄的农民仍然会和现在一样收入微薄。

作为一个有经验的农民，杨金河并不确切地知道将来的事情会发生怎样的变化，但却朦胧地知道，事情变化后或保持不变的结果。

当杨金河坐在田头闲遣幽思时，土地未来的新主人们早已经开始了他们由远而近的布局和由缓而急的行动。

首先，看好中国农业的是那些拥有大量资金的外国投资机构以及外国企业。早在中国改革开放之初的1980年，就有外资企业陆续进入中国的农业领域，但那些试探性的投资数量较少，并且主要集中于改革开放的前沿地区，主要有广东省光明农场的养猪、广西南宁的菠萝种植、海南澄迈的油棕种植以及天津滨海养虾等项目。20世纪80年代的十年间，农业外商投资项目不到2000个，协议金额约10亿美元。进入20世纪90年代，外商对中国农业的投资开始加大幅度。“八五”期间，共有外商投资项目7101个，投入资金58.8亿美元，比“七五”期间增长了25.8亿美元。新世纪以来，2002年开始，外资投向农业进入了一个新的发展时期。到2002年底，外商对农业直接投资约220亿美元，项目数累计约有15000多项。从投资特点看，出现了项目规模扩大、投资来源多元化的发展趋势；投资领域由初期单一创办农产品加工企业发展到创办生产基地、区域性的农业综合开发、水利灌溉、土壤改良、粮食流通及基础设施、农村政策调整、农村改革、农村金融事业、农业教育科研及农业支持服务体系等十多个领域，投资方式则从原来的由国际机构、经济组织间接投资，转变为跨国公司直接对农业进行投资。

我们心里非常清楚，外商直接投资带来的诸多危险和危害，比如造成农产品品牌等无形资产的流失，国内农产品价格被控制，致使国内农业企业的全球综合竞争力降低；比如农业的结构性、阶段性失业问题进一步突出；比如转嫁污染、因资源过度利用和不合理开发而造成生态环境的破坏；比如大量农业和生物资源被掠夺、占有等等，但我们长期“缺血”的农业，却让我们的行为显现出某种程度的迫不及待和不顾一切。用我们自己的话说：“新的发展形势为我们的农业吸引和利用外资提供了千载难逢的机遇。”用外商的话说：“为我们顺利进入中国的农业领域提供了千载难逢的机遇。”

最近几年，外资对中国农业投资的热潮愈加高涨，势头不亚于旧金山淘金。不仅美国的资金大举进入，日本、韩国、加拿大、澳大利亚、德国、意大利、荷兰、瑞典、丹麦、比利时等国家的资金和企业也纷纷进入；不仅嘉吉、孟山都、先正达、先锋良种等老牌跨国农业公司在中国调整了战略，完善了布局，就连诸多非农资本也在大举进入农业领域。华尔街大投行高盛已成功投资我国肉类加工企业，并以延伸产业链条的方式一点点向我国农业的中心层渗透推进。

虽然在敏感性和战略性上，中国企业难以与外国企业相比，但很多国内企业也在近些年的市场经济中得到了锻炼，其跟进水平和能力在逐年提升。他们一改前些年对中国农业漠视、躲避或观望的态度，开始跟随着国外资金的流动方向，将大量资金投向农业。

2009年3月，全国首家市级专业化农业担保机构——北京农业担保有限公司，正式挂牌成立，主要为北京市的农业企业、农业经济合作组织和农户提供贷款、融资租赁及其他经济合同的担保、担保信息咨询等服务。紧随其后，又有七家国内机构组建的创投公司将200亿元投资瞄准农业。其实，这些都是小新闻，不论投资规模还是投资时间都算不上什么大新闻，但接下来的信息却意味深长。很快就有熟悉内情的人毫不避讳地表示，他们之所以有这样的举动，主要是因为受到了外资的启发，因为软银在中国收购太子奶，黑石集团投资寿光农产品物流园曾在农业和风险投资领域引起大范围震动，所以才有部分中国企业或投资机构意识到中国的农业极有可能成为下一个有利可图的领域。“七家”公司中的中农科创董事长这样说：“风险投资行业里越来越多的人已经意识到，农业将成为风险投资回报率逐步提高的一个行业，其上升趋势很明显。”这就意味着，在不久的将来，国内也将有很多的“跟风”资金倾注到农业领域。

在这种风潮的推动下，那些非农企业也开始把他们趋利的手伸向农业。房地产和钢铁大亨郭广昌的复星集团启动1.6亿元资金战略投资江西国鸿，进入养殖业；互联网企业家丁磊宣布投资建设养猪场；原本从事掌上电脑销售代理的吴子申，则在内蒙古创建永业集团，进入植物、动物营养品的制造、销售，并开始了更具革命性的农业科技服务和城乡农业产业链整合的商业模式创新。

国家新一轮土地流转和土地整理政策实施后，为私企和个人投资者进驻农业提供了门槛较低的便利通道。在吉林省西部土地整理项目中，很多来自于城镇的个人手持现金排队争购新开荒土地的承包使用权，在实行大面积土地整理的各乡镇政府的预订名单中，有很多预订100公顷以上土地的大户在挂名，等待着当地农民放弃新开荒土地的承包权。个别“胃口”大的个人投资者，甚至与政府商谈，打算一次签订3000公顷的土地承包合同。

在这次土地竞包中，张群间接托了三个人才找到家乡某市的一个乡的书记，订下200公顷水田。张群是第一批参加高考，从农村出来的知识分子，尽管他已经在政府机关里工作了近三十年，看上去形象、思维以及生活观念都与“土生土长”的那个“土”没有一点儿关系了，但这些年他心里一直藏着一个当地主的梦想，因为在离开故乡之前，他的父辈们把这个世代传承的梦想刻印到他的心里。以至于这些年什么农村的印记都没有了，只有这个灵魂上的印记仍然清晰。当他听到家乡的土地整理政策后，毫不迟疑地拿出全部积蓄，瞄准了即将成为现实的梦想。因为家庭里的这一决策，妻子原来想换一处大房子的心愿只能就此搁浅，看着他不容置疑的表情，小声地说了一句：“骨子里的农民。”但张群自己却不这样认为，他认为自己所做的是一项最时尚、最前卫的投资。因为这个预订据说是十分不把握的，只有当地农民确实放弃承包，而剩下的土地还要在所有的预订者中排队，排到的人才有可能包到土地，所以这个梦想其实离真正实现还有很远的距离。尽管如此，提起这件事张群仍然兴奋得不能自已。这期间，他曾多次给远在外省的同学打电话，说自己就要成为一片土地的主人了，并兴高采烈地向每一位电话另一端的朋友详细复述着自己的建设规划，并在这片尚没有确定的土地上勾画出一幅美丽却虚拟的蓝图。

但不管怎么说，张群有能力也有可能成为一片土地的新主人。他自信，我们也相信，一旦回到了土地上，他就是一个比他父辈更地道、更优秀的新型农民，叫作农场主或农业经营者。不能否认，许许多多的土地投资者都是张群这样的梦想家，许许多多的土地投资者都将以各种不同方式成为新的“地主”。而原来在土地上耕种的农民，除一部分成功者或实力雄厚者之外，大部分会改变目前的身份。有些人，可能仍然留在土地之上，也可能彻底告别土地，但归根到底要落到一点上，就是他们将不再对原来耕种的土地拥有支配权，他们将不再是土地的主人。

按照目前世界农业生产力水平推算，耕种区区的18亿亩土地，只用不到1000万的农业技术工人就足以应付，并且随着科技的进一步发展，效率将逐步提高。就是按目前中国最落后地区的农业生产力水平计算，每一个农民平均耕种1公顷土地，那么18亿亩土地至多就够1亿农民耕种。按照现在中国的耕种能力，全国8亿农民则至少有7亿农村劳动力是过剩的或闲置的。

对于个人来讲，精力与体力的过剩或闲置无疑是一种极大的浪费，也是不可容忍的。对此，农民们的态度十分明朗，用他们自己的话进行表述就是："不能那么干闲着，坐在那里等着受穷。"过去那些年，农民受穷是因为农业出产率低下、生产力水平也低下，很少的土地、很少的收益就足以将一个壮实的劳力死死地捆绑于土地之上。而现在农村劳动力已经得到了极大的解放，每一个农户现有的承包田不再需要精壮劳力全力侍弄，只要老人和妇女张罗一下就可以应付了。所以，现在很多农民都有了过剩的精力和心情，去考虑如何改变长期在低水平徘徊的生活状态。

对于一个行业来说，面对国际市场如此激烈的竞争，这种劳动力大量过剩的现象也是无法容忍的。人多地少，不仅仅意味着农业成本过高，不仅仅意味着单位利润率过低，更重要的是如此沉重的负担和压力，会让这个行业处于低产出、低收入、低素质、低灵活性、低抗风险水平能力、低竞争力的恶性循环之中不能自拔。这就意味着在国际市场竞争中被动挨打，被吞并，被控制，被盘剥，被奴役，甚至于整个行业因为长期被扼住喉咙无法喘息而一点点萎缩、消亡。如果这是一件仅仅关系到一条毛巾或一双拖鞋的小事，我们完全可以不在意它，守着那点儿有限的资源过着悠闲、自在、没有压力的日子，不就是生活水平低下一点儿，穷一点儿嘛，也没什么大不了的，完全可以不用对我们已经习惯了的一切做出调整和改变。但农业、粮食，那是涉及一个国家、国家中的每一个人生死存亡的大事，谁敢不在意，谁敢在生死关头无动于衷！

未来之路

在谈到粮食生产，谈到中国农民，谈到中国农业的时候，几乎每一个人都会情不自禁地反问，将来的路到底会怎么走呢？

我想，这疑问，这忧虑，至少包含着对四件事情的深切关注：中国的农业和世界的农业将来会是一个什么样子？中国的农村将来会是一个什么状态？中国农民未来的出路在哪里？中国人的饭碗会掌握在谁的手中，我们会不会永远有饭吃？

其实，在这四个问题里，最让人关注的还是第四个问题，中国人的饭碗最终会掌握在谁的手里，我们会不会一直有饭吃。这是一个牵动着所有人神经的粮食安全问题，但这个问题并不是一个独立的问题，它是前三个问题的结果。解决前三个问题的最终目的，就是要更好地解决第四个问题，前三个问题解决好了，确定下来了，第四个问题便可迎刃而解。

关于世界和中国粮食的未来，一直是一个专业上和学术界争论激烈的问题，就算是在某一领域里最权威的专家，也只是阐述着个人的观点，可信度有多大，尚不得而知，而我作为一个普通写作者，更无法给出权威的答案。

提起未来农业的前景，很多人毫不犹豫地把目光投注于所谓的“基因革命”，认为未来的农业将在一个科学神话中诞生并演绎发展下去。自从一些国家把生物基因工程大量应用到农业领域之后，一切似乎都变得高度可控了，但实际上，一切都变得更加不确定了。表面上一些事物是在按照人类中某些人的意愿发展演化着，而实际上，这些人的意愿又会在某一个层面上受制于他们所控制的事物，从而受到另外一些人意愿的反作用。

在这个“基因革命”的大概念下去想象未来的农业，恐怕动用最丰富的想象力也难以描绘将来会是什么样子。因为在这样的背景下探讨问题，能够决定未来状态的因素就太多了，不仅未来的生产方式无法想象，有时，就连作物本身的状态都可能完全偏离或超越人们的传统经验。很难想象，在我们生活的地球上将会长出什么样的植物，植物中会生出什么样的虫子和病毒，植物又会结出什么样的果实，每一种果实都是什么样的形状、味道，人们吃到胃里后会有什么感觉，会有什么反应，又会激发出一些什么物质。

正是由于对转基因食物的深深恐惧和对未来农业不确定性的极大忧虑，所以才有另外一些人不约而同地把情感和希望投向了一种与当今世界前进惯性完全相反的事物——生态农业或绿色农业。虽然我们每一个人都不希望挨饿，都希望土地上能够出产更多的粮食或其他食物，但我们却实实在在地不想让自己的食物里含有那么多有毒的农药、化肥、抗生素、毒素、激素，也实在不希望我们的食物里存在着一些无法控制的如孤魂野鬼一样四处游荡等待“投生”、寻找宿主的游离基因碎片。于是，便有人开始沿着梦想的路径，寻求一种几乎相反的解决方案——

曾有一个天真的巴西人对我们绘声绘色地描述过生态农业：“在我们农场，已经种植大豆四年了，我们那里是唯一的生态农场，我们邻居的反应非常有意思，他们觉得我们是不是头脑发热了，因为我们没有使用任何除草剂除去杂草，反而用红三叶草与燕麦间种，红三叶草在燕麦下生长，燕麦收割后，地里就剩下红三叶草了。其实这样可以培育土壤肥力，我们还可以采摘红三叶草的种子卖掉，这是真正的有机种子，每磅值2美元呢，仅这一项上，每英亩地我们就能收入270美元。我们向邻居传授经验，可他们根本不感兴趣。连我在农场的同伴最开始都没把生态农业当回事儿……”

这就是所谓的生态农业，但怎么看怎么像一个传说。是的，这是一个近于理想的构思，生动、有趣，又极符合我们经过几千年农业经验培养起来的审美习惯。庄稼地里长着被容许的草，草里生着被容许的虫，虫被飞来这里歇脚或繁殖的鸟儿们当作食物……一切看起来都是那样的天然而又和谐，并且在实际效果上，据生态农业的尝试者说，不论从综合利润还是粮食产量上看，生态农业都比化学农业的成本更低，效益和效率更高。然而，这种尝试并不是世界各地的政府和企业都愿意看到的，因为没有人希望那些制造农药、化肥或其他毒药的工厂停下来或倒闭，没有人希望大量失业人员出现和大量税收消失，在客观上，这就是没有人愿意看到土地和我们的食物不被毒害。平心而论，没有人希望农业生产模式以及与其相伴生的生态破坏、环境污染等各种负面效应无休止地延续下去，但却又不得不半推半就地任其凭着惯性一直走下去，任其越走越远，越陷越深，最好的办法也不过是转移一下我们的粮食生产基地，顺便将生态失衡和污染、毒害转移至那些欠发达地区和国家。而真正的理想模式却因为需要损失既得利益，并要另外投入大量资金和时间去转变和改造旧有的渠道、旧有的生产体系、旧有的生产支持体系而永久性地被搁置在一旁。

应该说，这一反一正的两种方向，都属于未来农业的发展背景，并不具有可操作性。现在，让我们回到中国农业的现实中来，进入与我们的现实有着更直接关系的话题。

曾有国内的某些政府官员、农业专家展望过中国农业现代化的美好前景。但在陈述了各种可能的状态后，总会把话锋一转，加上一个“但是”。按照中国人惯有的风格和表达方式，往往前边那长长的陈述都是轻描淡写，而只有那个短短的“但是”是十分沉重的。很显然，中国农业的未来并不像我们畅想的那样气象万千，而实实在在是举步维艰。因为我们所面对的问题，是任何一个国家都会感到无从下手的大问题，是从历史中继承下来一直找不到有效解决方式的老问题。

摆在我们面前的，首先是农业生产规模化、集约化的强烈需求与我们当下联产承包、土地资源高度分散的现实存在着难以化解的矛盾。任何产业都有最终实现规模经济和规模效益的要求，而我国农业却因为落后生产关系的制约一直难以在规模化上取得突破性的进展。一家一户的小农模式，致使良种及先进的耕作方式难以推广，大型水利设施无法建设和高效使用，大型机械无法在小地块儿里发挥作用……生产效率低下。

其次是现代农业对农田水利设施先进性的要求和目前水利工程不完善，残破、落后的现状之间存在着不容忽视的矛盾。水利灌溉问题不从根本上解决，我们的农业就解决不了靠天吃饭的问题，粮食产量就无法控制，粮食安全问题就如一把悬在头上的利剑，随时都有可能危及我们的生存安全。

第三是国家对粮食价格稳定的要求与农民增收之间的矛盾。由于国家对粮食价格特别敏感，所以，总是把粮食价格稳定放在第一位，其他领域里的物价都已经涨得离谱儿了，粮食的价格还在压，压到最后，落到外国人手里时就开始利用这么多年累积的涨价空间大涨特涨，比如大豆和食用油。无限压低的结果是城镇的通胀没有得到有效控制，农民们却首先失去了改善生活以及扩大再生产的先决条件。

第四是低素质的农民队伍与现代农业需要之间的矛盾。由于农村教育的长期欠账，致使中国农民普遍处于低文化、低素质状态，根本无法适应现代化农业的需要，这是一个长期的任务，并不是仅靠花钱就能够解决的问题。就算是有人肯花钱，肯下大力气去解决，也需要十年、几十年甚至更长的时间。只有把农村和农民的教育水平提上来，最终达到或接近世界标准，中国农业、农村的问题才有希望从根本上得到解决。引用一位地方官员的话："这是慢功夫，坦率地说，没良心的人绝不会费力不讨好地抓这玩意儿！不用说别的，只说大领导到基层视察，有几个看学校的？都看经济项目，看招商引资！"

第五是现代农业对资金的需求和整个农村落后的金融体系的矛盾。中国农业最缺的是大资金的投入，但中国农民却又是世界上最穷、最缺资金的群体。种子、化肥、农机具以及基础设施建设等等，每个环节都需要加大投入，但却没有钱，想贷款，却又借贷无门。四大国有银行，包括农业银行在内几乎都从农村撤退了，偶尔也在人口密集区设点儿，但都是吸储多于放贷，把吸来的钱拿到城里或投放到其他领域，以至于一些地方干部形象地将它们命名为吸血者，但金融及商业系统客观上的趋利性本质，又让那些谴责他们责任感缺失的人变得不那么理直气壮。

五个问题像五块巨石，压在中国农业瘦弱的脊背上。

无疑，中国农业一直在发展，一直在朝着一个既定的方向前行，这是世界公认的事实。然而，那沉甸甸的步履和粗重的喘息，却又时刻提醒着我们千万不要漠视它的沉重和脆弱，当我们把目光投向前方的时候，却无法看到它必然的结局。看不到结局并不是因为我们悲观或目光短浅，而是因为结局正如一团被揉搓着的面团，在各种力量的竞相作用之下变幻着形态。我们现在所能看到的只是纷纷扰扰的觊觎、争夺和风起云涌的变幻与整合。

然而，在这激烈的变幻之中，有几种初具形态的解决方案。

这就是传说中的北大荒。

多年前曾经看过一部电影，到底是什么电影，电影里的故事及情节都已经遗忘了。一个时代，一片广大而空寂的土地，就这样在我们的记忆里一直保持着某种客观的或主观的神秘与"飞白"。但电影里的一段歌谣，却始终令人难忘："北大荒，真荒凉，又有兔子又有狼，就是没有大姑娘。"直到今天，那歌谣在记忆里仍然清晰如昨。

我们不知道从那个电影之后，在北大荒这块鲜为人注目的土地上到底发生了什么，有多少人在那里播撒了汗水、心血和青春年华，又有多少辛酸或快乐的往事，在那里开花结果。

当多年后我们再一次将目光移回，重新注目这个似乎暗淡了许久的农业传奇时，它依然闪烁着往昔的光晕，仍然为新时代的中国农业保存着一种堪称成功的范式。

在赶往九三农场的路上，我看到了一望无际的大豆田，在全国的大豆种植面积迅速减少的背景下，这些并不高大的植物看起来竟然是那样的雄壮、伟岸。这恐怕是中国最后一片大面积的大豆田了。在豆田的映衬下，飘着白云的蓝天显得空阔、高远。在远处，在极远的远处，大地被简化成细细窄窄的一条绿线，我们的眼睛已经无法分辨那绿色到底是哪一种庄稼的身影。这窄小的视角，用几何学的常识提醒着我们，这是一片我们无法俯瞰的土地。

当我们在地图上寻找九三农场时，"九三"并不是一个城镇，也不是一个行政区域，它就是一个代号。代表着一片土地面积，代表着一种农业生产方式。但它却是一个新兴的城市，也许，在某种程度上讲，它就是中国农业的未来。

我们所说的九三农场，全称叫九三农场管理局，位于黑龙江省嫩江县双山镇富嫩铁路双山站东4公里处，北距县城34公里。1949年组建的鹤山、"八一五"、伊拉哈荣军三个农场，1952年合并为国营九三荣军农场，1962年设九三农垦局，1968年编为黑龙江生产建设兵团第五师，1976

年改成现在的这个名称。它地跨嫩江、讷河两县，总占地面积5563平方千米，总人口17万人，其中职工近8万人。隶属于黑龙江省国有农场管理总局，辖鹤山、荣军、尖山、大西江、红五月、跃进、七星泡、嫩江、山河、嫩北、建边等十一个农场和三个工厂、六个公司、四所学校、一个科研所和一个中心医院。经济以农业为主，农工商综合经营。现有耕地300余万亩，大中型拖拉机2000余台，联合收割机1300余台，是大型机械化农场群，在整个黑龙江垦区亦居重要地位。

新一轮土地承包后，农场改变了原有管理模式，实行土地分包集中作业方式，将所有的土地分包给农场职工。春种、秋收、施肥、除草、农药喷洒、粮食销售等环节全部由农场管理局统一组织实施，并代办农业灾险。承包人需要做的只是交纳相应的土地承包费、管理费及机械租用费和进行必要的田间监控及零星作业管理。劳动强度及风险都很低。

一位农场医院的退休职工对我们说："这几年农场的效益好，包地的职工都发了家。我看过一个包地的职工秋收时光黄豆就卖了1000袋（每袋100公斤），那景象真是壮观啊，但那还不是最多的，还有人承包了上百垧、几百垧土地，还有不少人自己买了大型农机。看着那些大把大把往回点钱的农场工人，真是羡慕啊！"

近些年，农垦总局所辖的各家农场，包括"九三"在内，不仅耕种本农场的耕地，还尝试着打破区域界限和体制束缚与地方县、乡联手推进农业产业化进程。自2002年起，九三农垦分局就与嫩江县联手走出了一条"资源共享、平台共建、互惠互利、共同发展"的路子。农垦九三分局充分利用农业现代化程度高、生产模式和管理方式先进、龙头企业规模大、产品档次高等优势，开始跨区到地方作业，在土地种植上进一步推进农场模式化栽培，实施统一深松整地、统一采用优良品种、统一测土配方施肥、统一连片播种、统一无残留化学除草、统一田间管理的“六统一”农场模式化试点，年均跨区作业面积200万亩次左右，彻底解决了嫩江县多年来耕地严重板结，犁底层增厚上移的问题，为粮食增产、农业增效打下了坚实基础，同时也为地方农业经济的发展起到了示范和带动作用。

经过了几十年的低位徘徊，以九三农场为代表的国营大型农场终于在生产力水平得到极大提高的基础上，显现出了得天独厚的优势。北大荒，这个中国农业的先行者，势必要在农业规模化经营条件日渐成熟的今天，继续发挥它先行者的作用。如果不怕别人指责我们乱下结论的话，我们可以充满信心地说，它将是中国未来农业的一个风向标。

当国有大型农场正在开足马力向农业纵深地带推进时，在农村，在民间，一些有识之士也正在积极探索新的组织、经营模式。

我们在甘肃省彭原县草庙乡遇到了年轻的农民吴志军。

今年三十四岁的吴志军，看上去除了面色稍黑了一点外，已经没有传统农民的样子，表情沉稳而灵动。和许许多多的农民一样，吴志军很早就去城里打工了。因为毕业后没考上大学，家里的几亩地又用不了那么多人，他就抱着闯一闯的想法，离家去了西安。他做过力工，做广告策划，但多年的打工生涯让他明白，自己终究是一个农民的儿子，最熟悉的生活和领域仍然还是农村这块一直没有得到很好开发的准处女地。在甘肃这片干旱的土地上，农业也一直处于干旱的状态，商业化、产业化的水分始终没有渗透到这个领域。这是一个令人沮丧的领域，也是充满生机和希望的领域。

年轻的吴志军看到了这一切，所以，这个善于观察和思考的年轻人，最终把事业的着力点校正到了他所熟悉的农业领域，及时从打工的队伍里抽出身来，怀揣着无限的梦想和希望回到了土地之上。

在做了大量市场调查的基础上，他创办了一个专门种植和经销黑土豆的合作社，与当地种植土豆的农民联合搞起了订单经济。他负责订购、技术指导和营销，农民只负责土豆种植。目前，他已经在本省及邻省建立了三个工作站，每个工作站都配备两名指导种植的技术员。甘肃省一个生产站，大约掌握着500亩黑土豆的种植面积；宁夏一个生产站，也大约控制着300亩黑土豆的种植面积；西安有一个营销站，专门负责黑土豆的宣传与销售。这只是第一年，预计下一年他的土豆种植面积将达到4000亩以上。彩色土豆的销售价格一般在0.5公斤3元左右，每年春节是销售旺季，能达到0.5公斤5元，而普通的土豆却只有几角钱一斤。他们以订单的形式，从农民的手里以0.5公斤1元的价格购入黑土豆，土豆的产量在当地是每亩1500～2000公斤，仅这一项农民可以不担风险地每亩净赚2000多元钱。为了增加储量，他们还在当地建起了几百万公斤规模的储藏库，以便进行反季节销售。

这是一个有眼光、有魄力的农民，或者叫新一代的农业工作者。中国广大而落后的农民群体里正在饥渴地需求着这样的观念，这样的胆识，这样的人才。一位富有经验且善于思考的产粮市的市委书记说："省里前年搞泥草房改造，要消灭泥草房，领导问我是什么意见，我说，这事该办，但要排序，这不是第一位的，第一位的是教育，首先要解决农民文化素质低的问题。房子十年二十年又旧了，你还给他盖呀？农村最需要的是人才，你把泥草房改造的钱投到教育上，过个十年二十年，农民有了知识和文化，你不用再给他盖房了，肯定房子都是好的。有人说，现在考上大学也找不到工作，我认为那是一种偏见，城里没有工作就回来种地嘛，这也是工作，是更有前途的工作。大学生搞农业肯定比他爹、他爷搞得都好，他了解和掌握现代科技呀，也肯定能创造更多的财富。吉林大学一对夫妻回来了，学计算机的，搞畜牧养殖，特别好，我们已经树为典型了。”这番话虽然不是国家重要领导人说的，并不具有政策导向性，但却在中国农业的内在需求和未来取向上，切中了要害。

其实，中国农业未来的总体方向还是基本明确的。近几年，国家和各地方政府也都在做着努力，将中国农业推向规模化和产业化，因为这已经是一条现成的路，外国人走着，部分中国人在其他领域里也已经走着。产业化和规模化早已成为国际竞争中最普遍也是最有效的一招，并且我们也能够看到，身边的各个领域已经随处都有它们的痕迹。

近些年，人们差不多已经玩儿疯了，到处去旅游，九寨沟、乌镇、西递宏村……但人们总是在兴奋或疲惫中忽略一个有意义的细节，那就是它们的经营方式。如果那些曾经拥有着实际资源的“原居民”直到现在还在坚持一家一户一个山头地单独经营，单独对外的话，我敢说，直到现在那些地方也不一定成为旅游热点，也不可能产生如此大的经济效益。当然，“原居民”们因发展旅游业而获得的收入或许只是微乎其微，但是他们大多数确实都是因为采取了一种相似的“整合”方式，之后才开始兴隆起来。那就是实行股份制，以实物作价组建股份公司，“原居民”可以在公司里就业，也可以外出另谋职业，每年从股份公司里获得的收益是固定的。尽管目前有一些旅游景点的收益及分红的合理性不尽如人意，但那并不是经营模式的问题，而是制度和初始协约不尽合理的问题。毕竟，通过这种整合已经把个人与公司的利益捆绑到了一起。

各旅游景点的经营模式提醒我们，中国农村那些支离破碎的零星地块儿将来能否以股份制农场的方式整合到一起，让拥有小块土地的农民以土地使用权入股，由新组合的大农场统一经营那些土地，所得收益按股权分红。而原来那些农民，一部分可以留在农场继续经营土地，另一部分可以抽身到城里或到外地另外创收。不管留下的还是外出的，都相当于有了一份固定收入后，又另谋了一份职业。

当我们在这里纸上谈兵，推测着中国农业的未来时，我仿佛看到了6.7亿农民外加6.6亿多城镇居民不约而同地用怀疑的目光斜视着我。农民们仿佛在问，我们到城里去干什么？谁给我们体面的工作？谁给我们公平的待遇？谁给我们栖身的房屋？谁给我们食物让我们填饱肚子？城里人仿佛在问，那么多人都挤到我们身边，我们怎样正常生活？怎样走路？怎样坐车？怎样毫无顾虑地工作？怎样清净地在这个熟悉的城市里居住、生活？想起来，未来农业的问题以及农业和粮食的问题确实是一个很复杂的问题。面对着这样的一个问题，如果撇开问题的复杂性只考虑结果，可能就有理想主义或天真、简单之嫌，如果不顾必然结局地迟疑或保守极有可能导致最后的崩溃和覆没，什么也没有守住。

然而，我们的农业，我们的粮食安全，的确面临着不容忽视的危险。

那么，在“洪水”来临之前，我们必须提醒那些为我们端着饭碗的人，要注意，不要被无情的“洪水”吞没，当然，他们也一定不希望自己被“洪水”吞没。那些站在高处的人们，要心里清楚，站在哪里并不重要，重要的是不要让这些农民、这些为我们擎着饭碗的人被洪水吞没，否则，我们将既失去饭碗又失去尊严。为了我们共同的生存，我们必须移动一下自己的双脚，为那些人腾出落脚的地方，必要时还要伸出不愿意伸出的手拉他们一把；而那些拿着饭碗的人们也要清楚，你们拿着的不仅是别人的饭碗，更是自己的饭碗，如果它破碎或在洪流里丢失，谁都没饭可吃，最后谁都难活，都是死路一条。

在“洪水”即将来临的时候，我们要做的并不是盘算和选择，而是做出必要的牺牲与割舍。我们要以最快的速度学会放弃、改变和适应。我们要拿出智慧和勇气。要知道，我们付出了短短的阵痛，换取的却是长久的安全。

真的，不要用那样的目光看着我，“洪水”真的要来了。